金银岛·化身博士
Treasure Island   Dr. Jekyll and Mr. Hyde

〔英〕斯蒂文森 著 荣如德 译

R. L. Stevenson

上海译文出版社

图书在版编目（CIP）数据

金银岛·化身博士/（英）斯蒂文森
（R. L. Stevenson）著；荣如德译. —上海：上海译文
出版社, 2018.6（2024.9重印）
（译文40）
书名原文：Treasure Island　Dr. Jekyll and Mr. Hyde
ISBN 978-7-5327-7822-5

Ⅰ.①金… Ⅱ.①斯…②荣… Ⅲ.①长篇小说—小
说集—英国—近代 Ⅳ.①I561.44

中国版本图书馆CIP数据核字（2018）第073855号

R. L. Stevenson
TREASURE ISLAND
DR. JEKYLL AND MR. HYDE

金银岛·化身博士
［英］斯蒂文森　著　荣如德　译
责任编辑/冯涛　　装帧设计/张志全工作室

上海译文出版社有限公司出版、发行
网址：www.yiwen.com.cn
201101　上海市闵行区号景路159弄B座
上海景条印刷有限公司印刷

开本 890×1240　1/32　印张 9.75　插页 2　字数 171,000
2018年6月第1版　2024年9月第6次印刷
印数：17,001—18,500册

ISBN 978-7-5327-7822-5/I·4806
定价：28.00元

本书中文简体字专有出版权归本社独家所有，非经本社同意不得连载、摘编或复制
如有质量问题，请与承印厂质量科联系。T: 021-59815621

译本序

英国文坛到了十九世纪最后的四分之一，狄更斯（1812—1870）、萨克雷（1811—1863）等批判现实主义的旗手已相继去世，形形色色的现代主义思潮开始广泛传播。若干象征派的作品热中于讴歌超然物外的抽象美；一些自然主义小说的主人公又大都是悉听客观环境摆布的消极牺牲品。同笼罩在这类文学中的悲观情绪和精神空虚相抗衡，也有一些作家着力描写充满冒险和奇遇的生活，创造意志坚强、敢于向命运作拼死斗争的人物形象，在新的基础上再现诸如笛福（1660—1731）、司各特（1771—1832）等大师笔下的罗曼蒂克情趣。文学史上称这一流派为新浪漫主义，而斯蒂文森无疑是它的奠基者和最杰出的代表之一。

罗伯特·路易斯·斯蒂文森一八五○年十一月十三日生于苏格兰的爱丁堡。祖父和父亲都是有名的灯塔建筑师。斯蒂文森自幼体弱多病，这对他的生活道路和英年早逝都有很大影响。一八六七年，他进爱丁堡大学攻习土木工程，后又改学法律，并于一八七五年取得苏格兰律师资格。但他作为一名律师前后总共只受理过四单委托业务，全部收入没有超过十英镑。其实工程和法律都是斯蒂文森奉命学的，与他自己的志愿并不吻合。从少年时代起，他就喜欢在原野上漫游，看看书，写写诗。后来他曾多次徒步或乘独木舟在国内以及去法国、比利时、德国等地旅行，并把见闻写成游记，如最早出版的《内地游记》（一八七八）和《骑驴漫游录》（一八七九）便属此类。

一八七六年，斯蒂文森在巴黎东南的枫丹白露镇邂逅因与丈夫感情破裂而处于苦闷中的美国人芬妮·奥斯本太太，两人产生了爱情并于一八八○年结婚。十九世纪八十年代是斯蒂文森创作成果最丰硕的时期。他一生写过不少优美的诗歌和杂文，但流传最广、生命力最强的还是那些具有鲜明创作个性的小说。他认为"生活是丑陋的，没有很清楚的界限，不合逻辑，杂乱无章……与生活相比，艺术作品要来得明确、完整、合理……"按照斯蒂文森的观点，作家应当去创造新的、美好的生活。为了远远地离开平庸灰色的当代英国现实，他每每把小说的背景推向古代，搬到异国。历史题材和异国情调为他惊人丰富的想象力提供了纵横驰骋的广阔天地。十五世纪蔷薇战争年代里的侠盗复仇记、十八世纪苏格兰高地爱国者的生活斗争录，仿佛一幅幅色彩斑斓、如火如荼的画卷，赢得了千千万万读者的赞赏。《新天方夜谭》（一八八二）、《金银岛》（一八八三）、《化身博士》（一八八六）、《诱拐》（一八八六）、《黑箭》（一八八八）、《错箱记》（由斯蒂文森与他的继子劳埃德·奥斯本共同署名合著，一八八九）、《白兰垂小爵爷》（一八八九）等脍炙人口的小说都在八十年代写成问世，这在一个病人身上简直是奇迹。不过，他的大部分小说没有能够把引人入胜的惊险故事同切中时弊的思想内容很好地结合起来。就创作的社会意义而言，原籍波兰、继承新浪漫主义传统的约瑟夫·康拉德（1857—1924）取得的成就要高于斯蒂文森。

斯蒂文森大半辈子忍受着肺结核和神经衰弱症的折磨。故国严峻的气候环境对他的健康极为不利。一八八七年，他离开欧洲，举家赴美。一八九〇年以后，他定居在南太平洋西萨摩亚的首府阿批亚，同岛上的土著相处得很好。十九世纪末叶，一些军事大国都想称霸世界，萨摩亚群岛也成了列强角逐的目标之一。斯蒂文森同情和支持萨摩亚人民的立场，使他深受岛上土著的尊敬和爱戴。一部《西萨摩亚史》就有专写斯蒂文森维护当地人民利益的篇章。一八九四年十二月三日，斯蒂文森突然中风，当晚与世长辞，年仅四十四岁。第二天，按照斯蒂文森生前的愿望，他的遗体被抬上陡峭的瓦埃亚山，葬在可以俯瞰浩瀚无垠的太平洋的地方，墓碑上刻着他所作的《安魂曲》中的诗句：

在那寥廓的星空下边，

挖一座坟墓让我长眠，
我活得快乐，死得欢喜；
躺下时就怀着一个心愿——

请把下面的诗句给我刻上：
"他安卧在自己心向往之的地方，
好像水手离开大海回故里，
又像猎人归心似箭下山冈。"

* * *

　　《金银岛》又译《宝岛》，不仅是斯蒂文森的成名作，也是他全部文学遗产中流传最广的代表作。最初，三十一岁的斯蒂文森在陪他的继子（即本书题献中所说的那位"美国绅子"劳埃德·奥斯本）作水彩画时，画了一幅海岛的地图，由此引起种种联想，终于写成一个古往今来最著名的海盗故事。小说的情节虽是作者丰富想象的产物，但不少地方受到笛福、华盛顿·欧文、爱伦·坡、金斯莱等前辈英美作家的启发和影响。藏宝的荒岛无疑纯属虚构，作者无意从两帮人围绕宝藏展开的殊死搏斗中引出太多的教训来。说到底，书中谁也不是埋在海岛上的巨额财富的真正主人。作者最大的成功在于通过这个脉络清晰、波澜迭起的惊险故事，自始至终牢牢地吸引住读者的注意力，教人非一口气读完不可。无可否认，惊险小说历来拥有大量读者，然而像《金银岛》这样一百多年来一直为全世界广大读者——不光是青少年——传诵和喜爱的作品并不很多，这不能不归功于作者在构思布局、渲染气氛、刻划人物方面的卓越技巧。如今从书刊到银幕，从剧场到荧屏，多的是为惊险而惊险的平庸之作，往往一味铺排荒诞离奇的情节，头绪纷乱，令人厌烦。《金银岛》却像一棵主干挺拔的嘉树，绝少枝蔓而又无单薄之嫌。作者叙事明快，有话则长，无话则短。尽管斯蒂文森在回忆此书创作过程时自己写道："这是一个给男孩们读的故事，不需要十分讲究心理描写或优美的文体。"事实上并不如此。书中的好些人物，包括主要的和次要的，仍然具有堪与浮雕媲美的鲜明性。首先要提到的是约翰·西尔弗这个反面形象。此人两面三刀，心狠手辣，却又善于用脑，见风使舵。多次搬上银幕的《金银岛》乃至前不久出现在我国电视屏幕上的续貂之作《重返金银岛》，均以此人为第一号主角，而且通常由大牌明星扮演，如半个多世纪前的华雷士·比莱（主演过1932版的《大饭店》）和当代的恰尔顿·赫斯顿（主演过《宾虚传》、《豪门恩怨》、《浮华世家》）即是。当我们读完此书，对西尔弗有了一个完整的印象时，会觉得作者在第一部中一再述及比尔·蓬斯如此害怕这个"独脚海上漂"不是没有道理的。本书在创作过程中原名《船上的厨子》，可见斯蒂文森本人十分重视这个人物的塑造。有时作者只用寥寥几笔，却能凸显出一种典型性格的重大特征，给人留下深刻的印象。例如，霍金斯太太在数死去的海盗留下的钱币时，危机四伏的气氛紧张达于极点，她"却不同意在收回欠她的账之外多拿一个铜板，又顽固地不肯少拿一个子儿"。正是这些特色使《金银岛》成为古典名著中最容易被接受的一部传世之作。

《化身博士》原名《杰基尔博士与海德先生奇案》，根据此书改编摄制（不止一次）的美国电影解放前在我国上映时译作《化身博士》，这里仍予沿用。

一八八五年，斯蒂文森居住在英格兰西南海滨休养地伯恩茅斯。他肺病缠身，经济拮据，长期失眠，心情郁悒，便拚命工作，想写一本有销路的新小说。据他自述：

"……整整两天，我搜索枯肠构思情节，第二天夜里梦见了发生在窗口的一幕以及海德为逃脱罪责当着追捕者的面服药变形的一幕（后来分成两场处理）。其余的则是在醒着的时候有意识写就的……"

斯蒂文森在梦魇中被妻子叫醒,曾斥责她不该打断这个精彩的鬼怪故事。但他清楚地记得梦中的情境,很快便把它写成一篇惊悚小说。他的妻子认为作品不该单纯给读者提供刺激,而应有一定的寓意。尽管作者为此与她大吵一场,但最后还是听从了这一忠告。他把此稿毅然付诸一炬,在三天内写出了本书现在这个格局的初稿。

在《化身博士》之前,斯蒂文森已经几次尝试写人的劣根性被礼义和道德所囿这一主题,最值得指出的是短篇小说《马克海姆》和戏剧《迪肯·布罗地》(与诗人威廉·厄内斯特·亨里合作)。后者是以真人真事为基础的:迪肯·布罗地白天是个受人尊敬的细木工(斯蒂文森幼时卧室中的箱柜便是他的手艺),夜里却是个胆大妄为的盗贼,最后给逮住了送上绞架。《化身博士》在为作者赢得广泛声誉和巨大收益的同时,更重要的是创造了文学史上最成功的双重人格典型之一。作品说得很明白:潜藏在社会精英(杰基尔)体内的魔鬼(海德)如果占了上风,杰基尔便将面临两种选择:一方面,他可以沉湎于罪恶和堕落的生活,这种生活会逐步销蚀一个体面人的每一点残余,最终可能毁灭他本人;另一方面,杰基尔对狂躁邪恶的海德失去了控制能力,那就只能把他杀死。由于杰基尔和海德占据着同一个躯体,由于海德的力量一旦释放出来,不可避免地将主宰杰基尔的命运,那么其中之一要活下去,另一个就必须死去。所以,杰基尔的自杀是最后的、也是唯一的出路。作者似乎想通过这个故事说明,人要在文明社会里生存,只有自己处死他的一部分本性,才能获救。

斯蒂文森善于借书中人物之口或笔以第一人称的方式叙事。《金银岛》几乎全部是客店主人的儿子吉姆·霍金斯的自述,中间插入少数几章,由李甫西大夫补叙吉姆不在场时发生的事情。在另一位英国作家威尔基·柯林斯的两部最著名的小说《月亮宝石》和《白衣女人》中,故事也由书中人物分头叙述。这种手法使叙事显得较为可信而又不流于单调。《化身博士》前八章虽然没有采用第一人称法,但读者很自然地会把自己置于厄特森的地位。这位律师没有解开的谜也是读者切望知道答案的问题即悬念。第四章凯茹遭凶杀的经过则由目击者提供。最后两章分别由两位医学博士通过笔述来揭开迷雾之幕，使真相大白。作者果断地放弃了在侦查谁是杀害凯茹勋爵的凶手这一点上大做文章的诱人前景，不让悬念的主干——海德是谁？——节外生枝，这样的剪裁是需要勇气的。而斯蒂文森的小说的魅力之一恰恰在于他往往把长篇压缩成中篇，而决不把短篇拉长成中篇。

斯蒂文森的小说以扣人心弦的情节和兔起鹘落的节奏见长，但并不忽略细节的精心安排。以《化身博士》第八章《最后一夜》为例，律师和管家发现后门钥匙被碾裂，杰基尔平素推崇备至的一本书竟被人涂上亵渎的批语。这两件事并不是什么关键所在，即使没有下文，读者也不计较。然而，作者还是让杰基尔在最后一章里作了合情合理的交代，从而使这个幻想故事显得虚中有实，简而不率。

关于这部小说的"科学性"，相信不会有人认真加以探究，也不必担心有谁会做化身的试验。至于其中的哲理或伦理部分，显然不可能三言两语就说清楚。我们不能因为斯蒂文森写了一个会化身变形的医学博士，就硬说作者认为人人都有两重性格。杰基尔博士的自供在人的天性中善与恶的分和合这个问题上也是语焉不详。作者并不指望一本幻想小说起到建立某种理论体系的作用。这一点可以说是没有疑问的。但是，杰基尔和海德已经脱离书页成为一种特殊的典型，在中型以上的英语词典里一般都可以查到 Jekyll and Hyde 就是"集两重性格于一身的人"的释义，正像莫里哀喜剧中的达尔丢夫和吴敬梓笔下的严监生成了"伪君子"和"吝啬鬼"的同义语一样。从这一意义上说，《化身博士》的成就超过了一本悬念小说所能达到的高度，恐怕也是作者始料所未及的。

我国译制了一部名为《恶魔杰克》的英国多集电视剧，虽数度播放，我发现观众对剧情和主题依然不甚了了。主要原因在于不了解《化身博士》这个在西方流传很广、在英国更是家喻户晓的故事。英国人不一定都读过此书,甚至可能没听说过斯蒂文森,但很少有人不懂得"哦,他吗?他是个典型的杰基尔和海德"这句话的意思。

荣如德

2006年2月

目 录

金银岛 ·· 001

第一部 老海盗

第 一 章　老航海在本葆将军客店 ······································· 007
第 二 章　黑狗的出现和消失 ··· 014
第 三 章　黑券 ·· 020
第 四 章　水手衣物箱 ··· 027
第 五 章　瞎子的下场 ··· 033
第 六 章　船长的文件 ··· 038

第二部 船上的厨子

第 七 章　我上布里斯托尔 ··· 047
第 八 章　在望远镜酒店里 ··· 053
第 九 章　火药和武器 ··· 059
第 十 章　航程 ·· 065
第十一章　我躲在苹果桶里所听到的 ······························· 072
第十二章　军事会议 ··· 078

第三部　我在岸上的惊险奇遇

第 十 三 章　我在岸上的惊险奇遇是怎样开始的 …………… 087

第 十 四 章　第一次打击 ………………………………………… 092

第 十 五 章　岛中人 ……………………………………………… 098

第四部　寨子

第 十 六 章　弃船的经过（由大夫继续叙述）………………… 109

第 十 七 章　舢舨的最后一趟行程（由大夫继续叙述）……… 114

第 十 八 章　第一天战斗的结果（由大夫继续叙述）………… 118

第 十 九 章　守卫寨子的人们（以下仍由吉姆·霍金斯续叙）…… 123

第 二 十 章　西尔弗来谈判 ……………………………………… 129

第二十一章　强攻 ………………………………………………… 136

第五部　我在海上的惊险奇遇

第二十二章　我在海上的惊险奇遇是怎样开始的 …………… 145

第二十三章　潮水急退 …………………………………………… 150

第二十四章　小艇巡洋 …………………………………………… 154

第二十五章　我降下了骷髅旗 …………………………………… 160

第二十六章　伊斯莱尔·汉兹 …………………………………… 165

第二十七章　"八个里亚尔！" …………………………………… 173

第六部　西尔弗船长

第二十八章　身陷敌营 …………………………………………… 181

第二十九章	又是黑券	190
第 三 十 章	君子一言	196
第三十一章	猎宝记——弗林特的指针	203
第三十二章	猎宝记——树丛中的人声	210
第三十三章	首领宝座的倾覆	216
第三十四章	尾声	223

化身博士 229

金银岛

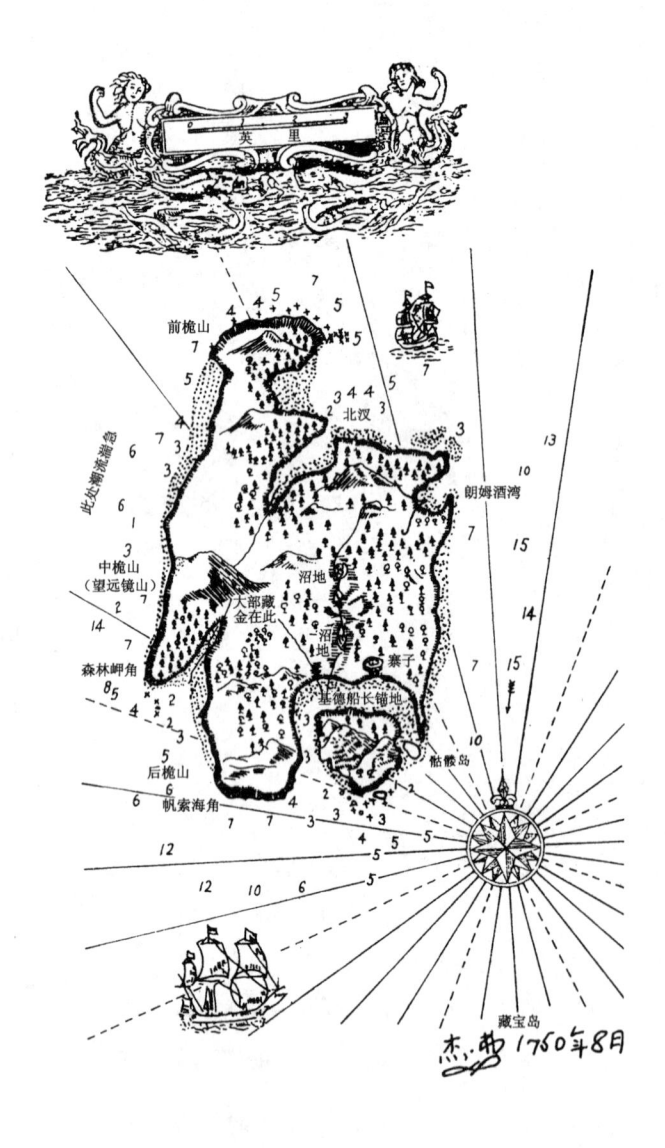

1754年7月20日由杰·弗在萨凡纳交付海象号大副威·蓬斯按原图复制，经纬度由詹·霍金斯删去。

献　给

劳埃德·奥斯本

下面的故事就是按照这位美国绅士纯正的趣味构思的，以报答和他在一起度过的一大段快乐的时光

作者——他的挚友——
怀着最善良的愿望谨题

第一部　老海盗

第一章
老航海在本葆将军客店①

乡绅②屈利劳尼先生、李甫西大夫和其他几位绅士要我把有关藏宝岛的全部详情从头至尾毫无保留地写下来。不过，该岛的位置还不便公开，只因那里还有未起的宝藏。现在（公元一千七百××年），我就拿起笔来，回到我父亲开设本葆将军客店的时代。当年，那个褐色的脸上有一道刀疤的老航海就在我们店里下榻。

现在回想起这个人来，简直像是昨天发生的事情。我记得他步履维艰地来到客店门口，他的一只水手衣物箱让人用小车推着跟在后面。他身材高大，结实而笨重，皮肤晒成栗壳色，涂了柏油的辫子垂在稀脏的蓝外套肩上；一双手疙疙瘩瘩，伤痕累累，黑色的指甲缺损断裂；一侧脸颊上有挨过弯刀留下的创疤，颜色白里泛青，不干不净。我记得他独自吹着口哨，把店外的小小海湾察看了一番，忽然扯开嗓子唱起一支后来他经常唱的古老的水手歌谣：

　　　　十五个人扒着死人箱——
　　　　唷呵呵，朗姆酒③一瓶，快来尝！

那苍老的声音高而不稳，像是在转动绞盘的扳手唱号子时喊破了嗓门。然后他用随身所带的一根撬棒似的棍子重重地敲门，等我父亲出来应门，便粗声大气地要一杯朗姆酒。酒端给他以后，他慢条斯理地啜饮着，像行家在细细品味，一边望着周围的峭壁，又抬头看看我们的招牌。

"这个小湾挺方便，"他终于开口说。"酒店开在这地方真不坏。生意好吗，朋友？"

我父亲对他说，生意很清淡，真遗憾。

"好吧,"他说,"我就在此地住下了。喂,伙计!"他招呼跟在他后面推小车的人。"往这儿靠近些,帮我把箱子搬进来。"他继续对我父亲说:"我要在此地住几天,我这人不讲究,我要的只是朗姆酒、熏猪肉和鸡蛋,还有站在那边看得见过往船只的崖顶。要问我的名字嘛,你就管我叫船长得了。哦,我明白你的意思。拿去,"他把三四枚金币扔在门槛上。"这点钱我花完后,你可以告诉我,"他说,那威风凛凛的神气俨然是一位长官。

的确,虽然他的衣着不好,说话也粗鲁,却不像个普通水手,而像商船的大副或船长,惯于发号施令,甚至动手打人。推小车的人告诉我们,他是昨天上午乘邮车到乔治国王旅馆的,在那里打听海边有哪几家客店。大概他听人家说我们店的名声不坏,地方又僻静,于是就选定本葆将军客店做他的寓所。关于这位客人,我们所知道的只有这么多。

他生性很少说话,整天在小湾附近转来转去,或者带着一架铜管望远镜攀登峭壁。晚上,他总是坐在客厅一角的壁炉旁边,喝朗姆酒只对一点点水。你跟他说话,他多半不开口,只是猛然狠狠地瞪着你,从鼻子里发出船在雾中鸣号那样的声音。我们以及到我们店里来的人不久就懂得,还是由他自便为妙。他每天散步回来,总要问有没有水手在此路过。起先,我们还以为他问这话是因为想念自己的同行,但后来我们开始明白他是要避开他们。要是有一个水手在本葆将军客店歇脚(间或有这样的客人沿着海滨大路到布里斯托尔④去),船长总要从门帘后面先看一看他,这才走进客厅。碰到有这样的客人在场,他总是噤若寒

---

① 约翰·本葆(1653—1702),英国海军中将。曾在牙买加附近的海面上与法国舰队激战,后因伤重身亡。本书主人公霍金斯一家开设的客店即以他的姓氏命名。
② 原文 squire 指英国的地主,同时也是对这类人物的敬称,用法很像我国早期白话中"员外"一词。
③ 朗姆酒,用甘蔗汁酿造的一种甜酒。
④ 布里斯托尔,英国西海岸一港口。

蝉。至少我是了解其中的缘故的,因为我在某种程度上分担着他的恐惧。有一天,他把我叫到无人的地方,表示愿意在每月的一号给我一个四便士的银币①,只要我"时刻提防一个只有一条腿的水手",一看到此人出现,立即给他报信。到了一号,我去向他要报酬,他往往只是冲着我从鼻子里鸣号,并且瞪着眼逼得我不敢看他。然而,不出一个星期,他一定会改变主意,把四便士的银币给我,同时重申原来的叮嘱,要我留心那个"只有一条腿的水手"。

你们不难想象,我简直在梦里也看到他所说的那个人。在风暴肆虐的夜里,房屋的四角被刮得摇个不停,小湾里惊涛冲击着峭壁,我会看到那个人化成一千种不同的形状,现出一千种狰狞的表情。一会儿那条腿截到齐膝盖,一会儿截到齐屁股,一会儿他又变成一个要末没有腿、要末在身躯中央长着一条腿的怪物。最可怕的恶梦就是看见他连跳带跑越过树篱和水沟向我追来。总之,这每月四便士挣来可不容易,我付出的代价就是这些可恶的梦魇。

尽管我一想到那个"独脚海上漂"就心惊肉跳,但对船长本人我却远不像其他任何认识他的人那样害怕。有几个晚上,他喝的掺水朗姆酒远远超过了他的脑袋所能忍受的限度,于是他就坐在那里旁若无人地大唱他的古老、粗鄙、狂放的水手歌谣。有几次他吩咐请每个人喝一杯,强迫所有在场的人战战兢兢地听他讲故事,或者跟着他唱的歌齐声应和。我时常听到"唷呵呵,朗姆酒一瓶,快来尝"的吼声震得房子发抖。人家见了他都怕得要命,所以十分卖劲地加入合唱,每个人都努力唱得比别人响,否则就要挨骂。因为他在发酒疯的时候蛮不讲理,委实是个世间少有的恶霸:他会猛敲桌子喝令大家肃静;要是有人提问题,他会一下子暴跳如雷;要是谁也不提问题,他又认为人家不注意听他的故事,也会大发雷霆;他甚至不许任何人走出店门,直到他醉得昏

---

① 便士,英国辅币名。旧制 12 便士合一先令,20 先令合一英镑。

他把我叫到无人的地方。

昏沉沉，打着趔趄回房去睡觉为止。

大伙最怕听他讲故事。那些故事十分恐怖，内容都是关于绞刑、走板子①、海上风暴、德赖托图加斯②、在加勒比海南部横行不法的海盗和他们的巢穴之类。据他自己所述，他在海上同普天之下最凶恶的一些亡命之徒厮混了一辈子。他讲这些故事时所用的语言，几乎同他叙述的罪行一样使我们那儿的乡下老实人震惊骇怪。我父亲经常说客店非关门不可，因为顾客不久即将绝迹。谁乐意在船长的淫威下活受罪，回去睡觉时还浑身发抖？不过我相信，船长住在这里对我们有好处。人们当时虽然吓得魂飞魄散，但过后回想起来，还是觉得很有意思；在宁静的乡间生活中，这不失为一服上佳的兴奋剂。甚至有一群小伙子表面上对他非常钦佩，称他是"真正的老航海"、"不含糊的老水手"等等；还说英国得以称霸海上正是靠的这种人。

在某种意义上说，他确实有可能迫使我们破产。他住了一个星期又一个星期，一个月又一个月，预付的那点钱早就花完了，而我父亲始终鼓不起勇气向他再要。只要父亲一提此事，船长立即从鼻子里发出很大的响声，简直像在咆哮，并且瞪着我那可怜的父亲，吓得他连忙从屋子里退出去。我曾看见他在碰了这样一鼻子灰后扭绞着自己的双手。我确信，这种敢怒而不敢言的心情大大加速了他不幸的早亡。

船长住在我们店里的那段时间，除了从一名小贩那儿买过几双袜子外，衣着方面始终没有任何改变。他的三角帽有一道卷边挂了下来，从那天起他就一直任它挂着，虽然遇到刮风时极为不便。我记得他的外套破成什么样子；他曾在楼上自己房里把它补了又补，到最后，上面除补丁外别的什么都没有了。他从来不写信，也没有收到过信；他从来不跟任何人交谈，除非跟店里别的顾客，那也多半在他灌饱了朗姆酒的时

---

① "走板子"指蒙着眼睛在伸向舷外的木板上行走，最后坠入海中，是海盗残害俘虏的一种方式。
② 德赖托图加斯，墨西哥湾东部一群珊瑚礁的总称。

候。我们谁也没有看见他打开过那只大箱子。

他只有一次被人顶撞,那是在最后我父亲病入膏肓的时候。一天傍晚,李甫西大夫来看病人,吃了我母亲张罗的一餐饭以后,到客厅里抽一斗烟,等他的马从村子里牵来,因为本葆老店没有马房。我跟在他后面进入客厅,记得当时我曾注意到:大夫衣冠楚楚,容光焕发,头上洒着雪白的发粉,一双黑眼睛炯炯有神,举止文雅得体;而那些乡下人却显得比较浮躁,特别是那个模样儿怪吓人的海盗,又邋遢又臃肿,灌了一肚皮朗姆酒,醉眼蒙眬地趴在桌上;他们之间形成了鲜明的对照。忽然,他——就是那个船长——又扯开破嗓子唱起那支老调:

十五个人扒着死人箱——
唷呵呵,朗姆酒一瓶,快来尝!
其余的都做了酒和魔鬼的牺牲品——
唷呵呵,朗姆酒一瓶,快来尝!

起初我猜想"死人箱"大概就是放在前楼他那间屋里的大箱子。这个念头在我的恶梦中同我老是惦着的独脚海上漂纠缠在一起。不过,彼时我们大家对那支歌谣早已不大在意了,那天晚上只有李甫西大夫是第一次听到。我看得出他对此毫无好感,因为他很生气地抬头向船长看了一眼,然后继续同花匠老泰勒谈一种治疗风湿病的新方法。当时船长愈唱愈上劲,最后拍了一下他面前的桌子,我们都懂得那是命令别人静下来。谈话声戛然而止,只有李甫西大夫依旧在口齿清楚、语调亲切地说着,每吐几个字就轻快地吸一口烟。船长瞪眼向他看了一会儿,又拍一下桌子,眼睛瞪得更加凶狠,最后夹着一句下流的诅咒喊道:"那边的人听着,不许说话!"

"你是在对我讲话,先生?"大夫问。那恶棍说正是,同时又夹着一声咒骂。"我只有一句话对你讲,先生,"大夫说,"如果你再不戒酒，世上不久就会减少一个十足的混蛋！"

那老家伙怒不可遏。他跳起来，掏出一柄水手用的大折刀，把它拉开来托在掌上掂量，威胁着要用飞刀把大夫钉在墙上。

大夫纹丝儿不动，还是跟刚才一样向肩后侧着脸，用同样的语调对他说话，声音提高了一些，使客厅里人人都听得见。他极其镇静而坚定地说：

"如果你不马上把刀子放回到口袋里去，我用名誉担保，下一次巡回审判一定把你送上绞架。"

接着，他们展开了一场互相瞪眼的目光战，但船长很快就败下阵来，收起了他的刀子，回到自己的座位上，像一条挨了打的狗，喃喃地嘟囔着。

"现在，先生，"大夫继续说，"既然我知道我管辖的地区有这样一个人在，告诉你，我要日日夜夜监视你。我不光是医生，我还是本地的治安推事。要是有半句抱怨你的话传到我耳朵里，哪怕只是为了像刚才那样的无礼行为，我将采取有效措施，把你抓起来从这里赶走。旁的我不想多说。"

不一会，李甫西大夫的马被带到门口，他就骑着走了。这天晚上，船长再也没吭一声，此后好几个晚上都比较老实。

第二章
黑狗的出现和消失

此后不久就发生了一连串神秘事件的第一桩，这些怪事终于使我们摆脱了那位船长，不过并没有摆脱他带来的麻烦。你们读下去自会知道。

那年冬天酷寒难当。霜雪经久不化，狂风频频猛刮。我那不幸的父亲恐怕没有希望挨到春天了，这从一开始就可以看清楚。他的病一天重似一天，母亲和我得把店里的事统统包下来，忙得不可开交，所以没有怎样注意那位不受欢迎的客人。

在一月份一个寒风割面、滴水成冰的清晨，小湾在严霜的覆盖下只见一片灰白，微波轻柔地舔着沿岸的石头。还没有升高的太阳刚刚碰到山顶，远远地照向海上。这天船长起得比往常早，他夹着铜管望远镜向海边走去，帽子歪戴在后脑勺上，一柄弯刀在蓝色旧外套肥大的衣裾下晃荡。我记得他一路走，从口中冒出的烟雾似的蒸汽一路紧跟着他。当他转到一块巨大的岩石背后去时，我最后还听见他气冲冲地大声呼哧着，好像挨了李甫西大夫一顿抢白始终耿耿于怀。

母亲在楼上服侍父亲，我在楼下张罗船长回来要吃的早餐。忽然，客厅的门被推开，走进我过去从未见过的一个人来。那人的脸像白蜡，没有血色，左手缺两个指头；他虽然佩带弯刀，可是不太像好勇斗狠的人。我时刻注意着有没有一条腿或两条腿的水手出现，而这个人当时却使我难以作出判断。他的样子不大像水手，然而又给人以吃海上饭的印象。

我问他要点儿什么，他说他想喝一杯朗姆酒。可是我正要离开客厅去给他取酒，他却在一张桌子上坐下来，把我叫回去。我拿着餐巾就地站住不动。

"你过来，孩子，"他说。"走近一点儿。"

我向他那边跨前一步。

"桌上的早餐是不是为我的朋友比尔准备的？"他乜斜着眼睛问。

我回答说，我不知道他的朋友比尔是谁；早餐是为住在我们店里的一位客人准备的，我们都管他叫船长。

"这关系不大，"他说，"比尔大副也完全可以称做船长。他脸上有一个刀疤，脾气很讨人喜欢，特别在喝多了的时候。我的朋友比尔就是这么个人。为了叫你相信，我可以告诉你：你那位船长脸上也有刀疤，而且是在右边腮帮子上。可不是吗？我说是嘛。现在我问你，我的朋友比尔是不是在这所房子里？"

我告诉他，船长散步去了。

"上哪儿，孩子？他走的是哪条路？"

我把那一大块岩石指给他看。他问船长是否快回来了，大概要过多久，还提了另外几个问题。我一一回答了。

"啊，"他说，"待会儿我的朋友比尔一定会像看到好酒一样高兴。"

他说这话时脸上毫无愉快的表情，而我也有理由认为，即使这个陌生客人当真如此想，他的估计也是错误的。不过我想反正不关我的事，再说也不知道该怎么办。这生客老在店内紧靠门口的地方打转，眼睛盯着那个拐角，像猫儿在窥伺耗子。有一次我跨出店门走到大路上，他立即把我叫回去。他大概嫌我服从命令不够利索，白蜡一般的脸上旋即露出凶相；他命令我马上进去，还骂了一句使我直跳起来的话。我回进去以后，他又恢复先前那种半哄半嘲的态度，拍拍我的肩膀，说我是个好孩子，说他非常喜欢我。

"我有一个儿子，"他说，"跟你一模一样。他是我心中的骄傲。不过男孩子最要紧的是遵守纪律，孩子，一定要遵守纪律。你要是跟比尔一起出过海，你就不会站在那里让人家吩咐你第二遍，决计不会。比尔从来不说第二遍，跟他在一条船上待过的人都知道。瞧，果然是我的朋友比尔来了，胳肢窝里夹着望远镜。愿上帝保佑这个老头儿，我的天！孩子，咱们回到客厅里去躲在门后，给比尔一个小小的惊喜。让我再一次求上帝保佑他。"

说着，生客就和我一起回到客厅里。他把我拉到自己背后，躲在角落里，让开着的门把我们俩都遮住。可想而知，我觉得很不自在，心里害怕；看到生客自己显然也在发慌，我的恐惧有增无已。他撩开衣裾露出弯刀柄，把利刃从鞘中拔松一些。我们在那里等待的时候，他好像一直想把什么鲠在他喉咙里的东西咽下去。

船长终于迈步进来，砰的一声把门关上，也不向左右两边看看，径直走向客厅另一端给他准备好早餐的那张桌子。

"比尔，"生客招呼道。听声音我猜想他在给自己壮胆。

船长蓦地转过身来对着我们；脸上的深褐色顿时退尽，连鼻子也发了青。他的神态像是看见了鬼魂或恶魔，或者别的什么更可怕的东西——如果可能有的话。说真的，看到他一眨眼工夫变得那样衰老虚弱，我倒觉得他怪可怜的。

"喂，比尔，你认出我啦。是啊，你应该认得出同一条船上的老伙伴，比尔，"生客说。

船长一时喘不过气来。

"黑狗！"他只说出这么两个字。

"还能是谁？"生客回答时已不那么紧张。"正是当年的黑狗看望住在本葆将军客店的老船友比尔来了。啊，比尔，比尔，自从我丢了两根爪子以后，咱俩都经历了好多事情，"他说时举起缺少两个指头的一只手。

"没说的，"船长道，"你访到了我的下落，我就在这里。说吧，你要怎么样？"

"你还是那个性子，比尔，"黑狗回答说，"你说得有理，比尔。先让这个我觉得怪可爱的孩子给我来一杯朗姆酒。你要是愿意的话，咱们坐下来,像老船友那样直截了当地谈一谈。"

我端着朗姆酒回来时,他们已经坐在为船长摆着早餐的桌子两边。黑狗侧身坐在靠近门的一边,这样可以一只眼睛看着他的老船友,另一只眼睛注意自己的退路——我想大概如此。

他叫我走开,让门开直。"免得你从锁孔中偷看,孩子,"他说。我离开他们,回到酒柜后面去。

我当然竖起耳朵留神听着,可是在很长一段时间内,除了急促难辨的低语声,我什么也听不见。后来,两个人的嗓门提高了些,我才听出只言片语,主要是出自船长之口的詈骂。

"不,不,不,不;事情到此为止!"有一次他叫嚷起来。接着又说:"要荡秋千①大家一起荡,这就是我的话。"

后来突然爆发出一连串可怕的诅咒,还有其他响声:椅子、桌子一下子全部翻倒;继而是钢刀乒乒乓乓;接着有人痛得直叫。我旋即看见黑狗左肩膀淌着鲜血没命地往外逃,船长紧紧追赶,两个人手里都握着出鞘的弯刀。追到门口,船长最后一刀以可怕的猛劲对准黑狗砍去,要不是碰在我们那块本葆将军客店的大招牌上,肯定会把他的脊梁骨也劈断。直到今天,招牌下端的框子上还留着刀痕。

一场恶战就以这样的一击告终。到了大路上,黑狗虽然受伤,两条腿却快得出奇,没有半分钟就消失在小山背后。船长却像发了疯似地站在那里对招牌直瞪眼。他把眼睛揉了好几次,这才回到屋里。

"吉姆,"他说,"拿朗姆酒来。"说时身子略略晃了一下,一只手撑在墙上。

"你受伤了没有?"我问他。

"来朗姆酒,"他再次吩咐。"我得离开此地。朗姆酒!朗姆酒!"
我急忙跑去取酒,可是我被刚刚发生的一切吓慌了手脚,结果打破

---

① 意即"上绞架"。

一只杯子,自己撞在酒桶龙头上。我还没有来得及站稳,就听到客厅里什么东西倒下的一声巨响。我跑去一看,只见船长直挺挺躺在地板上。这时,给喊声和格斗声惊动的母亲正好奔下楼来帮我的忙。我们从两边把他的头扶起来。他的呼吸很响,很费力;眼睛闭着,脸色可怕得很。

"我的天哪!"母亲急得直嚷嚷,"我们店里竟出了这样丢人的事!你那可怜的父亲又病着!"

当时我们既想不出办法给船长施行急救,也不知道是怎么回事,只以为他在同那个陌生人搏斗时受了致命伤。尽管我拿来了朗姆酒试着往他喉咙里灌,可是他牙关咬得紧紧的,像铁铸的一般。可巧李甫西大夫推门进来看我父亲的病,我们这才松一口气。

"哦,大夫,"母亲和我叫了起来,"我们该怎么办呢?他伤在什么地方?"

"伤?连皮也没有擦破一块!"大夫说。"就跟你或我一样,什么伤也没有。这家伙是中了风。我早就警告过他。霍金斯太太,你还是回到楼上你丈夫那里去,如果可能的话,什么也不要告诉他。我这里尽我所能救这条毫无价值的命。吉姆,你去给我拿个水盆来。"

我拿着水盆回来时,大夫已把船长的衣袖撕裂,露出一条肌肉发达的粗大膀子。前臂上有好几处刺着端正清晰的字样,如:"鸿运高照"、"一帆风顺"、"比尔·蓬斯诸事如意"等等。近肩头处刺着一座绞架,上面吊着一个人。在我看来,刺这图案的手艺十分出色。

"他倒有先见之明,"大夫指着绞架说。"比尔·蓬斯先生,如果这是你的名字的话,现在我们可要看看你的血是什么颜色。吉姆,"他问我,"你怕不怕见血?"

"不怕,先生,"我说。

"好,"他说,"那你就拿着水盆。"说完,他取出一枚刺血针,给船长划开一条静脉。

血放掉了好多,船长才迷迷糊糊地睁开眼睛。他首先认出的是大夫，眉头立刻皱紧。后来他看见了我，似乎放心了些。但忽然他的面色大变，他想要撑起来，一边嚷着：

"黑狗在哪儿？"

"这里没有黑狗，"大夫说，"除了你自己背上那一条①。你没有戒酒，所以中了风，完全符合我向你提出的警告。刚才我违背自己的意愿把你从坟墓里拖了出来。现在，蓬斯先生——"

"我不是蓬斯，"他插了一句。

"我不管这些，"大夫说。"我认识一个海盗姓蓬斯，我就用它来称呼你，这样省事。现在你听我说：一杯朗姆酒还不至于送命，但是你只要喝第一杯，就一定会喝第二杯、第三杯。我拿我的脑袋担保，你如果不把酒戒绝，你必死无疑。懂吗？就像《圣经》上所说的，回到你来的地方去。来，使一把劲站起来。我扶你到床上去，只此一遭，下不为例。"

我们好不容易才把他扶上楼，让他躺在床上。他的脑袋颓然靠到枕头上，几乎要失去知觉似的。

"记住，"大夫说，"朗姆酒对你说来等于死亡。我已经仁至义尽了。"

于是他挽着我的胳膊一起去看我父亲。

"不用担心，"他刚把房门带上就对我说。"我给他放了不少血，足够叫他老实一阵子。让他躺上一个星期，对他对你都有好处。不过，要是再中一次风，他一定活不成。"

---

① 英语"背上有黑狗"是一句成语，意即"闷闷不乐"、"愁眉苦脸"。

第三章
黑　券

中午时分，我送了些清凉饮料和药到船长房间里去。他同我们离开他的时候一样躺着，只是身体略微抬高了些。他看来精力既不济，神经又紧张。

"吉姆，"他说，"这里我只瞧得起你一个人。你知道我一向对你好。我按月给你一个四便士的银币。你瞧，老弟，现在我的身体垮了，又没有一个亲人。吉姆，你去给我拿一小杯朗姆酒来，好不好，老弟？"

"大夫——"我刚开口。

他立刻把我的话打断，并用微弱的声音、但很生气地骂起大夫来。"大夫全都是笨蛋，"他说，"你那个大夫怎么懂得水手的心？我到过热得像滚烫的沥青那样的地方，在那里水手们得了黄热病会一批批倒下去，闹地震的时候陆地就像海浪一样上下翻腾——你那个大夫怎么知道有这样的地方？告诉你，我是靠朗姆酒过活的。它对我既是肉，又是水；既是朋友，又是老婆。要是我现在喝不上朗姆酒，就等于一条给风浪掀翻后漂到岸上的老破船。我变了鬼也要向你，吉姆，和那个笨蛋大夫讨命，"说到这里，他又咒骂了一通。"你瞧，吉姆，我的手抖得多厉害，"他用恳求的语调继续说。"我没法叫它不抖。今天我连一滴酒也没喝过。你别信大夫那一套，全是胡说八道。我要是不喝一口朗姆酒，吉姆，什么妖魔鬼怪都会在我眼前出现。我现在已经看到了一些。我看到老弗林特在你背后的角落里；我看得清清楚楚。每当我眼前出现这些可怕的东西时，我就会撒野、造反。你那个大夫亲口说过，一杯酒对我不会有害处。吉姆，我愿意给你一个金畿尼①换一小杯酒。"

他愈闹愈凶，我担心会惊动那天病情很重、需要安静的父亲。再说，刚才提到大夫所说的话我听了也觉得料来无妨，倒是船长的贿赂手段使我深感受到侮辱。

"我不要你的钱,"我说,"只要你把欠我父亲的账付清就够了。我去给你倒一杯酒来,但不能再要。"

我把酒给他的时候,他急忙抢过去一饮而尽。

"嗳,嗳,"他说,"这下好些了。我问你,老弟,那大夫有没有说我得在这倒霉的铺位上躺多久?"

"至少一个星期,"我说。

"活见鬼!"他失声惊呼。"一个星期!那可不成,他们会给我送黑券来的。那帮蠢货正在到处打听我的下落;他们自己的钱保不牢,便打别人的主意。这难道合水手们的规矩吗?我是懂得撙节的。我自己的钱从来不乱花,也不愿白白丢掉。我将再次把他们甩掉。我不怕他们。我要另辟航道,老弟,叫他们再扑一个空。"

他这样说着,好不容易在床上慢慢地把身体撑起来,使劲抓住我的肩膀,几乎疼得我直想喊叫。他搬动两条腿简直像搬两根铁柱。他的话尽管气势汹汹,可是声音却微弱得很,二者形成可悲的对照。他在床沿上摆好坐的姿势以后,停下来喘一口气。

"那个大夫可把我整苦了,"他埋怨道。"我的耳朵里嗡嗡直响。还是让我躺下吧。"

我还没来得及把他扶住,他已经往后倒在老地方,躺在那里半晌没有动弹。

"吉姆,"最后他说,"你今天看到那个水手了吗?"

"你是说黑狗?"我问。

"对!黑狗,"他说。"他是个坏蛋,可是那个派他来的人更坏。万一我不能从这儿脱身,他们给我送了黑券来,你要记住,他们的目标是我的水手箱。那时你就骑一匹马——你不是会骑马的吗?——去

---

① 一个畿尼值21先令。

找……反正顾不得这许多了！你去找那个该死的大夫，叫他调集所有的人马，包括附近各处的治安推事等等，到本葆将军客店来，把弗林特那一帮人中还活着的一网打尽。我从前是老弗林特的大副，只有我一个人知道那个地方。他是临死时在萨凡纳①向我交代了这件事情的，当时他就像我现在这样躺着。不过你先别去报官，除非他们给我送黑券来，除非你又看到黑狗或者那个只有一条腿的水手。吉姆，对那个独脚水手你要特别提防。"

"船长，黑券是什么东西？"我问。

"那是一种通牒，老弟。等他们送来的时候我会告诉你的。你只要留心守望，吉姆，将来我同你平分，我说话是算数的。"

他还语无伦次地说了一会胡话，声音愈来愈低。不久，我把药递给他，他像个小孩似地吃了，并说："从来没有一个水手需要吃药，只有我。"他总算昏昏沉沉睡着了，我就从他的房间里出来。如果一切顺利的话，我会采取什么行动——现在我也说不上来。也许我会把这件事统统告诉大夫，因为我怕得要命，唯恐船长后悔向我吐露了真情会把我干掉。然而我那可怜的父亲偏巧在这天傍晚突然死了，我只得把别的事情撂在一边。我家遭到这样的不幸，忙于接待来吊唁的邻居，料理丧事，还得张罗店里的事情，压根儿没有时间想到船长，更谈不上怕他。

第二天早晨他居然走下楼来，同往常一样进餐，虽然吃得很少，可是朗姆酒恐怕喝得比平时更多，因为他在酒柜旁自己动手，一边绷着脸，鼻子里哼哼哧哧，谁也不敢劝阻他。在我父亲下葬的前夜，他照样喝得酩酊大醉。在居丧之家听到他唱那支粗野难听的水手老调，实在不像话。可是，尽管他那样衰弱，我们仍然怕得他要命。大夫突然被请到好多英里外看病去了，自从我父亲死后一直没有到我家附近来过。刚才我说船长身体很衰弱；的确，他非但不见复元，反而像是越来越不济

---

①萨凡纳，大西洋西岸一海港，在今美国佐治亚州。

了。他扶着楼梯的栏杆爬上爬下，从客厅到酒柜走来走去，时而把鼻子探出门外嗅嗅海的气息，走动时要扶着墙壁作支柱，呼吸费力而急促，仿佛在攀登峻峭的山峰。他一次也没有单独跟我说话，我相信他已经完全忘了自己吐露的秘密。但是他的脾气却比以往更乖戾；如果把体力衰竭考虑在内，可以说比以往更暴躁。现在他喝多了酒更有一种令人胆寒的习惯：把他的弯刀拔出来放在桌上自己的面前。不过，在这同时，他几乎是目中无人的，似乎完全沉浸在自己的胡思乱想之中。例如，有一次我们极其惊愕地发觉，他用口哨吹起了另一支类似乡村情歌的曲调，想必是他年轻时当水手以前学会的。

就这样直到葬礼后一天的三点钟左右。那是一个天冷雾浓的下午，我到门口去站一会，脑际萦回着伤逝之情。这时我看见有一个人从大路上渐渐走近来。他显然是个瞎子，因为行走时用一根拐杖在前面探路。他额上套有一条很大的绿色檐罩，遮住眼睛和鼻子；弓腰曲背，像是年迈或体弱；穿一件肥大、破旧、带兜帽的水手大氅，显得奇丑无比。我有生以来从未见过比这模样更可怕的人。他走到我家店外不远的地方站住，扯开嗓子怪腔怪调地对他前面的空中说道：

"上帝保佑吾王乔治！哪位好心的朋友愿意告诉一个在奋勇保卫英格兰祖国时失去宝贵的眼睛的苦命瞎子：这里是什么地方？是我国的哪一部分？"

"我的朋友，你是在黑山湾的本葆将军客店门口，"我说。

"我听到了一个声音，"他说，"一个少年的声音。好心的年轻朋友，你可愿意把你的手伸给我，带我到店里去？"

我伸出一只手，立刻被那个说话和顺的瞎眼怪物牢牢抓住，就像夹在虎头钳里一样。我吓得拚命挣扎，可是瞎子用他的胳膊才一扯，就把我拉到他紧跟前。

"孩子，"他说，"你就带我到船长那儿去。"

"先生，"我说，"我实在不敢，请相信我。"

"哦,"他发出一声冷笑,"原来这样!马上带我进去,否则我就拧断你的胳膊。"

说着,他把我的手臂一扭,痛得我叫了起来。

"先生,"我说,"我是为你着想。船长跟过去已大不相同。他老是坐在出鞘的弯刀前面。曾经有另一位先生——"

"闲话少说,走,"他打断了我的话。我从来没有听见像这个瞎子那样狠毒、冷酷、可恶的声音,它对我的震慑力量比手臂的疼痛更厉害。我立即从命,进了门就带他朝着那个害病的老海盗所坐的客厅里走,这时船长已喝得昏头昏脑。瞎子紧靠着我,一只铁腕抓住我不放,把他的身体重量尽往我身上压,几乎超过我可以承受的限度。"你把我直接带去见他,到了他看得见我的地方,你就喊一声:'比尔,有个朋友找你来了。'你要是不这样做,我就给你这么一下。"说到这里,他把我的手猛然一抽,差点儿痛得我晕过去。我被那个盲丐这么几下子吓得已把对船长的恐惧抛在脑后,于是我推开客厅的门,用发抖的声音喊了瞎子命令我喊的那句话。

可怜的船长抬头一看,朗姆酒造成的醉意顿时一扫而光。他脸上的表情与其说是恐怖,不如说是临死的苦楚。他做了一个想站起来的动作,可是我看他已经力不从心。

"比尔,你就坐在原来的地方吧,"那盲丐说。"我虽然看不见,可是我能听到你的手在发抖。咱们公事公办。把你的右手伸出来。孩子,你把他右手的手腕子握住,伸到我的右手这边来。"

我和船长完全照办。我看到瞎子把一件东西从他挂拐杖的手中放到船长掌心里,船长接过后立即攥紧拳头。

"事情办妥了,"瞎子说罢,突然把我放开,旋即以难以置信的麻利劲儿三脚两步跨出客厅走到大路上。我还一动不动地站着,只听见他的拐杖的哒哒声愈去愈远。

过了半晌,我和船长方始如梦初醒。大概直到这时我才放开船长一

"事情办妥了，"瞎子说。

直被我扼着的手腕子。他把手缩回去,仔细看自己的掌心。

"十点钟!"他大声说。"还有六个小时。还来得及。"他霍地站起来。

可是他还没站稳,身子就晃了一下,一只手扼住自己的脖子,摇摇摆摆地站了一会儿。然后,他发出一阵奇怪的声音,整个身体向前仆倒在地上。

我立即向他跑过去,一边呼唤我母亲。但是急也无用。船长已经因脑溢血骤然身亡。说来也许难以理解:我从来就不喜欢这个人,虽然近来觉得他有点儿可怜;但是当我看到他死去时,禁不住泪流满面。这是我接触到的第二起死亡,而第一起死亡引起的悲伤在我心中还丝毫未曾淡忘。

第四章
水手衣物箱

当然，我把自己知道的一切马上告诉了母亲。也许我早该告诉她了。我们当即发现我们的处境尴尬而又危险。船长如果有钱留下，其中一部分无疑应归我们。然而，他的那些同船伙伴，尤其像我见到过的两个——黑狗和盲丐——看来不会愿意放弃他们猎获的钱财为死人付账。我要是遵照船长的嘱咐立即骑马去找李甫西大夫，就会撂下我母亲独个儿无人照应，这是不能考虑的。看来，我们俩谁也不敢再待在家里：炉栅上煤块落下的声音，甚至时钟的滴答声，都使我们胆战心惊。我们老是觉得周围有自远而近的脚步声。想到船长的尸体在客厅的地板上，而那个面目可憎的盲丐就在这里附近，随时可能回来，我有好几次像俗话所说的那样寒毛都竖了起来。必须当机立断。我们终于决定一起到附近的村子里去求援。说做就做。我们连帽子也没戴，立刻跑出店门，冲向苍茫的暮霭和寒冷的浓雾。

那个小村庄从我家虽然看不见，其实只隔几百码地，坐落在邻近一个小湾的另一边。使我大大壮胆的一点是：这与瞎子所自来的方向（想必他还是回到那里去了）正好相反。我们在路上没走多久，尽管几次停下来互相拉住，侧耳静听，但是听不见什么异常的动静，只有微波轻轻拍着海岸，林鸟呱呱叫上几声。

我们到达村子里已是上灯时分。我永远忘不了看见门里和窗上昏黄的灯火时那份高兴的劲儿。不过，在这一带我们所能得到的帮助也仅止于此了。你们想必认为，村里人应当感到惭愧，因为谁也不愿同我们一起回到本葆将军客店去。我们愈是诉说我们的困境，他们——无论男女老少——就愈是往自己家里缩。弗林特船长的名字对我来说是陌生的，村里某些人却相当熟悉，听了大起恐慌。此外，有些种地要到本葆将军客店那边去的人，回想起曾在大路上见到过一些陌生人，当时以为他们是走私贩,只顾匆匆避开他们了事。至少有一个人还在我们叫做基特海口的小港里看见一艘小帆船。说实在的,只要是船长的任何一个伙伴,都足够吓得他们魂不附体。总而言之,愿意骑马朝另一个方向去报告李甫西大夫的人倒是有那么几个,可是肯帮我们守卫客店的却一个也没有。

据说,胆怯会传染。但反过来说,争论也能使人勇气大增。等大家都说完以后,我母亲对他们讲了一番话。她表示不愿放弃应当属于我这失怙的孩子的钱。"既然你们都不敢,"她说,"吉姆和我敢去。我们仍走原路回去,不再打扰你们这些体壮如牛、胆小如鼠的人。我们即使丢了性命也要把那只箱子打开。克罗斯利太太,请你把那只提包借一借给我去装依法该归我们的钱。"

我当然表示要跟母亲一起回去,村里人当然纷纷叫嚷劝阻,说我们不顾死活。但到了这个时候,还是没有人愿意陪我们去。最后他们只借给我一支装好弹药的手枪①,以备遇到袭击时防身之用;还答应准备好马匹,以便我们遭到追逐时可以逃跑。同时,有一个小伙子骑马去找大夫讨救兵。

我们母子两人重新走上寒夜的险途,我的心怦怦直跳。一轮红红的满月刚刚升起,透过雾幕的上缘向下窥视,这促使我们加快脚步;因为我们明白,到我们再从家里出来的时候,月光就会把一切照耀得如同白昼,任何人都能发现我们。我们沿着树篱潜行,声息全无,动作又快,也没有看到或听到任何动静足以加剧我们心中的恐惧,直到走进本葆将军客店关上大门,方始如释重负。

我当即把门上闩。有一会儿工夫我们站在黑暗中喘气。除了我们娘儿俩,这所房子里只有船长的尸体。母亲从酒柜里摸着了一支蜡烛,我们手拉着手走进客厅。同我们离开的时候一样,死人仍仰卧在地上,

---

① 那时的枪支装一次弹药只能放一枪。

睁着眼睛,伸出一支胳臂。

"吉姆,把窗帘放下,"母亲悄悄地说。"不然他们来了会从外面看见的。"等我放下了窗帘,她说:"现在我们得从这死人身上找到钥匙。可是,谁敢去碰他呢?"她说着竟抽抽搭搭地哭了起来。

我随即跪下去。船长手边的地上有一小片圆的硬纸,一面涂着黑色。我确信这就是所谓的黑券。我把它捡起来,发现另一面十分工整地写着短短的一句话:"限你今晚十点钟交出"。

"妈,他们十点钟来,"我说。话音刚落,我家的一座老钟便当当地敲了起来。这突如其来的声响把我吓了一大跳。不过幸而时钟只敲了六下。

"快,吉姆,"母亲说,"把钥匙找到。"

我把他衣服的口袋逐一搜遍。几枚小硬币、一个顶针儿、一些线和几根大针、一条头上咬过的烟草卷、他的那把柄上裂开的大刀子、一具袖珍罗盘、一只火绒盒——东西全在这里了。我开始感到绝望。

"会不会套在他的脖子上?"母亲提醒我。

我按捺住强烈的厌恶,撕开他衬衫的领子,那里果然套着一条涂柏油的绳子。我用他的刀子把绳割断,拿到了挂在绳上的钥匙。由于这次得手,我们充满了希望,赶紧上楼到他住了那么久的小房间里去。从他来到我们店中的那天起,他的箱子一直放在那里。

从外型看,这是一只很普通的水手衣物箱。盖上用烙铁烫着一个B字,箱角有些破损,看得出已用了很久而又不加爱惜。

"把钥匙给我,"母亲说。锁虽然很不灵活,她还是能转动钥匙,一眨眼就把盖子打开了。

一股浓烈的烟草和柏油味从箱子里冲出来,可是面上只见一套料子很好的衣服,刷得很仔细,折得也齐整。母亲说,这套衣服还从来没有穿过。它下面尽是些杂七杂八的东西:一架象限仪、一只铁皮罐、几条烟草卷、两对精工制作的手枪、一根银锭、一块老式的西班牙表、几件不值大钱的饰物（大多是外国货）、一对镶铜框的罗盘、五六枚来自西印度群岛的奇异的贝壳。事后我常常心里纳罕，他过着这样漂泊不定、朝不保夕的犯罪生活，老是带着这些贝壳做什么？

当时，除了那根银锭和一些饰物，我们没有找到任何值钱的东西。然而我们要的却是现钱。箱底里有一件旧的水手斗篷，已被不知多少处沙洲上的海盐染成白色。母亲不耐烦地把它撂在一边，于是箱子里剩下的东西全部呈现在我们面前： 裹在油布里的一包东西像是文件；一只帆布口袋用手触碰时发出的声音像是金币。

"我要让那些流氓知道，我是个诚实的女人，"母亲说。"我只要收回欠我们的账，一个子儿也不多拿。你把克罗斯利太太的提包张开。"她开始数着把船长欠我们的钱从帆布袋里装进我张开的提包。

这是一桩费时间的麻烦事，因为袋里各国的钱币都有，大小不一，包括西班牙的杜布龙金币和每枚值八个里亚尔的比索、法国的金路易、英国的金畿尼，还有一些我不知道叫什么的，统统胡乱混在一起。其中畿尼大概最少，而我母亲只会用畿尼结算。

我们才数了一半钱，我突然把一只手按在她的胳膊上。我从寂静而寒冷的空气里听到的一种声音，使我的心简直要从喉咙口跳出来。那是瞎子的拐杖敲在冻硬的路上的哒哒声。这声音愈来愈近，我们蹲着连气也不敢喘。接着有人猛敲店门，我们听到转动门把和摇撼门闩的响声，大概那恶棍想进来。此后有好长一段时间房屋内外都鸦雀无声。最后，哒哒声又响了起来，并渐渐去远，直至完全消失。这使我们高兴得难以形容，真要谢天谢地。

"妈，"我说，"把钱都拿了，我们快走吧。"我相信店门上闩一定已引起疑心，势必招致那群黄蜂倾巢而出向我们进攻。我是多么庆幸把门上了闩啊！谁要是没有遇见过那个可怕的瞎子，是体会不到这一点的。

可是，我母亲尽管怕得要命，却不同意在收回欠她的账之外多拿一

我突然把一只手按在她的胳膊上。

个铜板，又顽固地不肯少拿一个子儿。她说，七点钟还没到呢。她知道自己有什么权利就要得到什么权利。她还在同我争论，突然，从远处小山上传来一声很轻的嘡哨。要制止我们娘儿俩的争执，没有比这更有效了。

"我先把数好的拿走，"她说着跳起身来。

"我把这东西带走抵账，"我说着捡起了油布裹着的那个小包。

接着我们就摸索着下楼去，把蜡烛留在空箱子旁边。我们开了门赶紧逃走，再不动身可就晚了。雾正在很快地消散，月光已把高地的每一边都照得透亮。只有谷底正中和酒店门口还垂着面纱似的一层薄雾，正好掩护我们通过最初一小段逃亡之路。距离到小村庄的一半路还差一大段，刚从小山脚下经过，我们就非进入月光照亮的地带不可。这还不算：好些人奔跑的脚步声已传到我们耳边。我们回头朝那个方向一看，只见一点摇曳不定的亮光正在迅速地冲将过来。这表明来者之中有一个人提着风灯。

"我的孩子，"母亲忽然说道，"你拿了钱快跑吧。我眼看就要昏倒了。"

我想：这下我们母子一定都完了。我诅咒村民的胆怯，埋怨母亲的诚实和小气。她刚才是那么糊涂，现在又是那么不中用！幸亏我们来到一座小桥旁。我扶着她跟跟跄跄走到岸边。她在那里总算喘过一口气来，靠在我肩头上。我不知道哪来这份力气，想必动作一定相当粗鲁；总之我拖着她下河岸往桥洞里走了几步。我没法再把她往里拖，因为桥太低，只能容我在下面爬行。母亲几乎毫无遮蔽。我们只得待在那里，与客店的距离甚至没有超出听觉所及的范围。

第五章
瞎子的下场

我的好奇心在某种意义上压倒了我的恐惧。我没法待在桥洞底下,还是爬回到岸上,躲在一丛金雀花后面,从那里可以望到我家门前的大路。我刚占好这个位置,敌人就出现了。他们有七八个人,沿着大路拚命跑来,脚步杂沓不齐,提着风灯的一个领先几步。有三个人手拉着手跑在一起,尽管有雾,我还是看出夹在中间的正是那个瞎丐。紧接着,他的声音证实了我的判断。

"把门撞开!"他喊道。

"唉,唉,先生!"两三个人应道,并向本葆将军客店冲去,提灯的人跟在后面。我见他们停下来低声交谈了几句,听话音好像他们发现门开着大出意外。不过在短暂的停顿之后,瞎子重又发布命令。他迫不及待,加上怒火中烧,因而嗓门更大更高了。

"冲进去,冲进去!"他怒喝着,并骂他们动作缓慢。

四五个人立即服从命令,两个人和可恶的瞎丐一起留在路上。隔了一会,屋里先是传出一声惊叫,然后有人喊道:

"比尔死了!"

可是瞎子又骂他们行动迟缓。

"你们这些偷懒的笨蛋,快搜他的身!其余的上楼去搬箱子,"他嚷道。

我听得见他们咚咚地踏着上了年纪的扶梯上楼去的脚步声,想必房子也随之而震动。很快又有人发出惊愕的喊声。船长房间的窗子被砰地推开,还有豁啷啷打破玻璃的声音。一个人探身窗外,月光照亮了他的脑袋和肩膀。他向楼下大路上的瞎丐喊道:

"皮尤,咱们让人家占了先。有人把箱子兜底翻过了。"

"东西在那儿吗?"皮尤在咆哮。

"钱还在。"

他又破口大骂。

"我是问弗林特亲笔写的东西，"他高声说。

"怎么也找不到，"那人回答。

"喂，楼下的人，你们看看比尔身上有没有？"瞎子又喊道。

另一个人，大概是留在楼下搜检船长尸身的，这时走到客店门口。"已经有人抄过比尔的身了，"他说，"什么也没留下。"

"这是店里的人干的！是那个小子！我恨不得把他的眼珠抠出来！"名叫皮尤的瞎子忿忿地说。"他们刚才还在这里：我来推门的时候，他们把门上了闩。伙计们，给我分头去搜，一定要把他们找到。"

"一点也不错，他们还把蜡烛留在这里呢，"站在楼上窗口的那个人说。

"给我分头去搜！哪怕把房子翻过来也要找到他们！"皮尤又说了一遍，同时用拐杖狠狠地敲击路面。

于是，我们的老店从上到下遭到了一场大破坏。沉重的脚步声往来不停，家具被乱扔乱砸，每一扇门都被踢开，直至周围的岩石纷纷发出回响。最后，那帮人一个接着一个重又出现在大路上，都说哪儿也找不到我们。就在这个当口，母亲和我在数船长的钱时把我们吓得半死的嗯哨声再次划破夜空，清晰可闻，不过这回却接连打了两声。起初我以为那大概算是瞎子召唤他的同伙投入冲击的号声，但我随即发现嗯哨是从面对小村庄的山坡那边传来的。从海盗们的反应可以看出，这是告诉他们危险临近的信号。

"德克又打嗯哨啦，"一个海盗说。"接连两声！伙计们，咱们溜吧。"

"溜？你这个兔崽子！"皮尤骂道。"德克一向是个傻瓜、胆小鬼，你们别理他。店里的人一定就在附近，他们不可能走远。别让到手的东西跑啦。分头去找，你们这些狗东西！哦，妈的，"他咆哮着，

"我要是看得见就好了！"

这番话看来起了点作用，有两个人开始在砸坏的家具堆里东寻西找，不过我想也是虚应故事罢了。他们始终惦记着自身的安危。其余的人站在大路上犹豫不决。

"发财的机会就在你们手里，可是你们这班傻瓜却拿不定主意！你们可以像国王那样富贵，只要找到那东西。你们知道东西就在附近，偏偏站在那里想打退堂鼓。你们没有一个敢跟比尔见面，还是我瞎子把黑券交给了他！现在我的机会眼看要被你们耽误了！我只好做一个臭要饭的，爬来爬去骗几个子儿换杯朗姆酒喝。而我明明可以坐马车兜风！只要你们不是彻头彻尾的孬种，就应该把他们逮住。"

"你嚷嚷什么呀，皮尤？咱们已经到手了不少杜布龙！"有一个嘀咕道。

"他们也许把那劳什子藏起来了，"另一个说。"给你这些个金畿尼，皮尤，别站在这儿狂叫胡闹。"

这确实是狂叫胡闹。皮尤听了那些唱反调的话火冒三千丈，终于怒不可遏地向左右的同伙胡乱打去。可以听见他的拐杖沉重地打在不止一个人身上。

于是他们也回骂那瞎眼恶棍，用可怕的话语恐吓他，试图抓住拐杖把它从瞎子手中夺走，可是没有成功。

这场争吵救了我们。他们正在闹得不可开交的当口，从村庄那一边的小山顶上传来了另一种响声——是迅速奔跑的马蹄声。几乎在这同时，有人从树篱边上开了一枪：先是火光一闪，然后一声枪响。这显然是最危急的信号，因为海盗们转身拔腿就跑，朝不同的方向纷纷逃窜：有的沿着小湾向海边跑，有的走斜线翻越小山，等等。不出半分钟，连一个影儿也不见了，只留下皮尤一人。他们把他撇下究竟是慌乱中没有顾得上呢，还是对他恶言恶语和乱挥拐杖的报复，我不知道。反正他落在最后，气得用拐杖在路上猛敲，一边摸索，一边呼唤同伴。最

后他转错了方向,在离我几步的地方向村庄那边跑去,一路叫着:

"约翰尼、黑狗、德克,"还有其他一些名字,"别把老皮尤撇下,伙伴们,可不能把老皮尤撇下!"

这时马蹄声越过山顶,四五个人骑着马出现在月光下,正顺着坡面飞驰下山。

皮尤这才发现他的错误,便尖叫一声转过身来,却径向路旁的沟那边跑,结果滚了下去。但他一骨碌又爬起来,再次力图逃跑,不料慌乱中正好落到离他最近的一匹马蹄下。

马上的人努力想救他的命,但是来不及了。皮尤的一声惨叫响彻夜空,四只马蹄从他身上践踏而过。他倒下时先是侧向一边,然后慢慢地脸朝下着地,从此不再动弹。

我跳起来招呼骑马的人。他们被这意外的变故至少吓得半死,急忙把马勒住。很快我就认出了他们是谁。最后面的一个正是从村里去报告李甫西大夫的那个小伙子,其余的都是缉私人员。那小伙子很机警,在路上遇见了他们,立刻带领他们回来。督税官丹斯已经得悉基特海口出现了一只帆船,这天晚上他正要到我们这边来。亏得他们营救,否则我们母子必死无疑。

皮尤已经完全断气。至于我母亲,我们把她送到村里,用上一点冷水和嗅盐之类,就苏醒了。虽然受了这许多惊吓,总算安然无恙。不过她还在叹惜没有来得及把账结清。

其时,督税官以最快的速度骑马赶往基特海口。但是他的部下不得不下马,摸向一道坡谷,一面牵着他们的坐骑,有时得扶住它们防止滑跌,还不断担心遇上埋伏。无怪乎当他们到达那个海口时,帆船已经启碇,不过尚未去远。督税官想把它叫回来。可是船上回答的声音警告他不要站在月光下,否则小心吃铅丸。说时一颗子弹嗖的一声,几乎擦着他的胳膊飞了过去。不一会,帆船绕过岬角,消失不见。丹斯先生站在那里,据他自己说"像一条被扔在岸上的鱼",只得差人赶奔布里斯托尔请求派快艇拦截。"其实，"他说，"这也不顶什么事。让他们跑了就甭想追得上。不过，"他添上一句，"皮尤先生撞在我的马蹄下，我觉得很高兴，"他说这话时已经听我把事情的经过讲了一遍。

我在他陪同下回到本葆将军客店。你简直无法想象一所房屋会遭到这样的破坏。他们穷凶极恶地搜索我们母子俩，把钟也扔在地上。除了船长的钱袋和钱柜里的一些银币，虽然什么也没被拿走，可是我一看就明白：我们破产了。丹斯先生看到这幅景象莫名其妙。

"你说他们把钱拿走了？那末，霍金斯，他们到底还想找什么呢？找更多的钱吗？"

"不，先生，我认为不是找钱，"我说。"其实，先生，我相信他们要找的东西在我胸前的口袋里。老实告诉你，我希望能把它放在一个稳当的地方。"

"对，孩子，说得对，"他说。"你要是愿意的话，可以交给我。"

"我想，也许李甫西大夫……"我没有把话说完。

"完全正确，"他欣然接口说，"完全正确。李甫西大夫是位绅士，又是治安推事。现在我想还是自己去跑一趟吧，向他或乡绅报告这件事。不管怎么说，皮尤先生毕竟死了。倒不是我感到懊恼，但死了一个人，难保没有人会向皇家督税官追究责任。听我说，霍金斯，你如果愿意，我带你一起去。"

我由衷地感谢他的建议，于是我们步行回到停马的村庄。在我把自己的打算告诉母亲的时候，缉私人员都已经上了马。

"道格，"丹斯先生说，"你的马好，就让这孩子坐在你后面。"

我爬上马背，抓住道格的腰带刚坐好，督税官便下令出发，于是我们一行的马沿着大路朝李甫西大夫家迅跑。

第六章
船长的文件

我们一路策马飞奔,直到李甫西大夫家门口。房子的正面一片黑暗。

丹斯先生叫我跳下来敲门。道格腾出一只马镫让我下马。一个女佣人立即出来开门。

"李甫西大夫在家吗?"

佣人说不在,他下午回来过,但又上庄园吃晚饭去了。晚上他和乡绅在一起。

"小伙子们,那我们就到庄上去,"丹斯先生说。

这回我没有上马,因为目的地不远,就拉着道格的马镫皮带向庄园大门跑去,再由两行秃树中间一条被月光照亮的长路来到一排白色的房屋跟前,两旁是古老的大花园。丹斯先生到此下马。一经通报,里边就吩咐让我们进去。

一名仆人带领我们经过铺着草垫的走廊,把我们让进走廊尽头一间宽敞的书斋。书斋四壁都是书橱,顶上摆着好些半身雕像。主人和李甫西大夫手里拿着烟斗分别坐在熊熊的炉火两旁。

我从来没有在这么近的地方看见过那位乡绅。他个子很高,超过六英尺,魁梧而匀称。他的相貌粗豪坦率,由于惯出远门,久经风尘,晒成暗红色的脸上皱纹不少。他的眉毛浓黑,掀动灵活,这使他显得有点儿脾气,但也说不上是坏脾气,只是急躁而高傲。

"进来,丹斯先生,"他的语气庄重,颇有些架子。

"晚上好,丹斯,"大夫点点头招呼他。"晚上好,小朋友吉姆。什么风把你们吹来啦?"

督税官站得笔直,像背功课似地把刚才发生的事说了一遍。两位绅士上身向前倾斜,听得惊讶不迭、津津有味,连烟也忘了抽,只是你望着我，我望着你。可惜读者没有看到那情景。当他们听到我母亲回客店去时，李甫西大夫重重地拍了一下自己的大腿，而乡绅喝彩道："好样的！"不觉竟把细长的烟斗在炉栅上折断了。在这以前，屈利劳尼先生（这是乡绅的姓氏，你们也许还记得）早已离开他的座位在房间里来回踱步。而大夫为了听得更清楚些，特地摘去洒粉的假发，坐在那里，露出他本人剪成平头的黑发，看起来反而异乎寻常。

丹斯先生终于把经过情形讲完。

"丹斯先生，"乡绅说，"你是一个很高尚的人。关于撞倒那个十恶不赦的坏蛋这一点，我认为是桩好事，先生，就像踩死了一只蟑螂。据我看，霍金斯这个孩子有出息。霍金斯，你给打一下铃好不好？丹斯先生需要喝一杯啤酒。"

"吉姆，你说他们要找的东西在你身上，是不是？"大夫问。

"这就是，先生，"我说着把油布裹着的一个小包交给他。

大夫接过来端详了一番，手痒痒地直想把它打开。然而他并没有这样做，而是镇静地把它放在外套的口袋里。

"屈利劳尼先生，"他说，"丹斯喝完了啤酒自然要回去履行他的职责。不过吉姆·霍金斯我看还是睡到我家里去。如果你允许的话，我建议把冷馅饼端上来让他当晚饭。"

"就照你这么办，李甫西，"乡绅说。"今天请霍金斯吃比冷馅饼更好的东西也应该。"

于是，一大块鸽肉馅饼送上来放在一张茶几上。我正饿得要命，便放开肚子饱餐了一顿。其时丹斯先生又听了一番夸奖，然后离去。

"我说，屈利劳尼先生，"大夫开言道。

"我说，李甫西大夫，"乡绅也同时开腔。

"我们一个个说，"李甫西大夫笑道。"你大概听到过弗林特这个名字吧？"

"怎么会没听到过？！"乡绅大声说。"当然听到过！他是有史以来最残暴的一个海盗。比起弗林特来,黑胡子只能算个娃娃。西班牙人对他怕到这样的地步,老实告诉你,先生,我有时简直感到自豪,因为他是个英国人。在特立尼达①附近的海上,我亲眼看见过他船上的中桅帆。当时我坐的那条船的船长是个胆小的酒囊饭袋,他立刻掉转船头返回西班牙港。"

"我在英国也听到过他的名字,"大夫说。"但现在的问题是:他有钱吗?"

"钱!"乡绅激动地说。"你没听见刚才丹斯讲的故事吗?除了钱,那帮匪徒还要找什么?除了钱,还有什么在他们心上?除了钱,还有什么能促使他们这样不顾死活?"

"这一点我们马上就可以知道,"大夫回答说。"可是你那么激昂慷慨,我连一句话也插不进来。我想知道的是:假定我这儿口袋里放着弗林特藏宝地点的线索,他的宝藏价值是否可观?"

"可观的,先生!"乡绅大声说。"肯定可观。如果我们真的掌握你所说的那个线索,我要到布里斯托尔码头去装备一艘大船,带着你和霍金斯一起出海。哪怕花一年工夫我也要把宝藏找到。"

"好极了,"大夫说。"现在,如果吉姆同意的话,我们就把这个包打开。"说完,他把那包东西放在他面前的桌上。

那个包是用线缝起来的。大夫还得取出他的医疗器械箱,用手术剪子把缝线剪断。里边共有两件东西:一本簿册和一只密封的套子。

"我们先看看这本簿子,"大夫说。

李甫西大夫亲切地示意我从吃晚饭的那张茶几旁过去共享揭开谜底的乐趣。乡绅和我在他肩后凝神看着。第一页上只有一些不连贯的字句,像是某人拿着墨水笔,出于无聊或为了试笔尖而信手涂上的。有

---

①特立尼达,加勒比海东南部的一个岛,首府西班牙港(现在是特立尼达和多巴哥的首都)。

乡绅和我在他背后凝神看着。

一条与船长身上刺花的字样相同:"比尔·蓬斯诸事如意"。还有"大副威·蓬斯①先生"、"戒酒"、"他在棕榈沙②外得到了他所应得的"以及诸如此类莫名其妙的片言只字,多半是单词。我不由得暗暗纳闷:是谁"得到了他所应得的"?"他所应得的"究竟是什么?会不会是从背后捅一刀?

"从这里大概不得要领,"李甫西大夫说着把这一页翻了过去。

接着的十至十二页都是奇怪的账目记录。每行的一端记着日期,另一端是金额,就像在普通的账册上那样。但是两端之间没有文字说明,只画着为数不等的叉叉。例如:一七四五年六月十二日有一笔七十镑的款子显然已归某人,可是除了六个叉叉外,没有任何说明。有几笔账目加注了"加拉加斯③附近"之类的地名,或者只写上经纬度,如62°17′20″, 19°2′40″。

账目记录前后历时将近二十年,一宗宗款项的金额愈来愈大。末尾,经过五六次纠正加法上的错误,算出了总额,并写上"蓬斯的一份"。

"我看了一点也摸不着头脑,"李甫西大夫说。

"事情十分清楚,"乡绅说。"这是那个黑心肠的恶棍的账本。上面的叉叉代表被他们击沉的船只和掳掠的市镇。金额是那混蛋分赃所得。在他担心发生混淆的地方,你可以看到他加上了一些说明。比方说:'加拉加斯附近'表示某一艘倒霉的商船在那里沿海遭到袭击。愿上帝保佑那些可怜的船员,他们早已化成了珊瑚。"

"对!"大夫说。"旅行家到底见多识广。说得对!你瞧,他的进款是随着头衔的升高而增加的。"

簿册的最后几页记着一些地名,还有一张法国、英国和西班牙货币

---

① 比尔就是威廉。前者是后者的昵称。
② 棕榈沙,墨西哥湾东北部一小岛,靠近佛罗里达半岛西岸。
③ 加拉加斯,南美洲北岸一港口,现在是委内瑞拉首都。

的换算表，此外什么也没有了。

"这家伙精明得很，"大夫说。"谁也别想算计他。"

"再看看那一件吧，"乡绅说。

那只套子好几处都用火漆封口，代替印戳的是顶针——用的大概就是我在船长衣袋里找到的那个顶针。大夫极其小心地把封口拆开，从套子里落出一张某岛的地图，上面标有经纬度、水深以及山丘、海湾和小港的名称。凡是船只要在那里安全靠岸和停泊需要了解的细节一应俱全。该岛大约长九英里，宽五英里，形状有点儿像一条竖立的肥龙，有两个被陆地环抱的避风良港，岛的中部一座小山标着的名称是"望远镜"。图中有一些补充是后来注上的，但特别醒目的是三个用红墨水画着的叉叉：两个在岛的北部，一个在西南部。在西南部的那个叉叉旁边用同样的红墨水写着："大部藏金在此"。笔迹细小清秀，与船长东歪西斜的字体大不相同。

地图反面由同一个人的笔迹写着如下的说明：

望远镜肩上一棵大树，方位北东北之北。

骷髅岛，东东南偏东。

十英尺。

银锭在北窖。你可顺着东圆丘的斜坡，面向黑色巉崖，在它之南十英寻①处找到。

武器很容易找到，在北汉角北尖嘴的沙丘内，方位正东偏北四分之一罗经点。

杰·弗

---

① 1 英寻 = 2 码 = 6 英尺 = 1.829 米。英寻一般用作测量水深的单位，如本书所附藏宝岛示意图中海面部分所标数字，即指该处水深为若干英寻。

文字说明到此为止。尽管只有寥寥数语,而且对我说来莫名其妙,可是乡绅和李甫西大夫却喜不自胜。

"李甫西,"乡绅说,"把你那可怜的行医生涯立刻结束了吧。明天我就去布里斯托尔。只要过三个星期——不,两星期!不,十天!——先生,就能为我们准备好英国最好的船和最精干的船员。霍金斯可以在船上当侍应生。你一定能成为一个出色的侍应生,霍金斯。你,李甫西,就当随船医生。我算是司令官。我们把雷德拉斯、乔伊斯和亨特带去。一帆风顺,很快就能把我们送到岛上,找到藏宝的地点一点不用费力气,那里的钱多得够你一辈子当饭吃,在上面打滚,拿来打水漂。"

"屈利劳尼,"大夫说,"我跟你一起去。我和吉姆保证尽到各自的职责。我只对一个人不放心。"

"对谁?"乡绅问。"把那个混蛋的名字说出来,先生!"

"对你,"大夫说,"因为你管不住你的嘴。这些文件并非只有我们三个人知道。今晚袭击客店的无疑都是些亡命之徒,他们和其余留在帆船上的人(我敢说附近还有),个个都不顾一切地想得到宝藏。在出海之前,我们谁也不得单独出门。在这期间,吉姆和我必须待在一起,你带着乔伊斯和亨特去布里斯托尔。关于我们的发现,我们任何人自始至终都不得露一点口风。"

"李甫西,"乡绅答道,"你说得有理,每一次都是这样。我一定守口如瓶。"

第二部 船上的厨子

第七章
我上布里斯托尔

　　我们为出海作准备所费的时间比乡绅想象的要多，我们原先的计划一项也没有能够按我们的设想实现，甚至李甫西大夫要我留在他身边也吹了。大夫得上伦敦去找一个医生来接替他的业务；乡绅在布里斯托尔忙得不可开交；我住在庄园宅第里，由猎场老总管雷德拉斯照看，简直像个犯人；然而航海的幻想占据了我的整个头脑，异国的岛屿和惊险的奇遇在我心目中展现出最诱人的景象。我常常一连好几个钟点研究那张地图，把上面每一个细节都牢记在心。我坐在管家屋子里的炉火旁，在想象中从各个不同的方向靠近那个岛。我把它表面的每一块小地方都考察过了。我已千百次登上那座名叫望远镜的高山，从它顶上欣赏瑰奇多变的景色。有时候岛上密密麻麻都是野蛮人，我们得跟他们开仗；有时候漫山遍野的猛兽向我们追扑。但是，在我的幻想中出现的奇遇没有一桩比得上我们后来的切身经历那样怪异和悲惨。

　　过了一个星期又一个星期。到了某一天，终于有一封给李甫西大夫的信送来，信上注明"如本人不在，由汤姆·雷德拉斯或小霍金斯代拆"。遵照这条指示。我们（实在是我，因为猎场总管只认得印刷体字母）从信上得知如下的重要消息：

寄自布里斯托尔老锚旅馆
一七——年三月一日

亲爱的李甫西：

　　由于不知道你是否已从伦敦回到庄上，我就把这封信一式两份寄向两个地点。

　　船已经购妥并装备好，目前停泊待发。你再也想象不出一艘更出色的纵帆船了——连小孩子也能驾驶它。载重两百吨，船名伊斯班袅拉号①。

我是通过我的老朋友勃兰德里物色到这条船的,他确实是个好得不能再好的人,简直像奴隶一样忠心耿耿为我效劳。其实,在布里斯托尔,关于我们这次航行的目的——我是指发掘宝藏——的风声刚一传开,每个人都乐于为我效劳。

"雷德拉斯,"念到这里,我停下来说,"李甫西大夫一定会不高兴的。屈利劳尼先生到底把事情捅出去了。"

"我问你,他们哪个说了算?"猎场总管嘟囔道。"我才不信屈利劳尼先生会听李甫西大夫的话充哑巴。"

我打消了发表我的看法的念头,继续读信:

勃兰德里亲自觅到了伊斯班袅拉号,并且运用极其巧妙的手段出极低的代价把它买了下来。布里斯托尔有一帮人对勃兰德里恨得要命。他们竟硬说这个老实人只要有利可图什么都干得出来,说伊斯班袅拉号是他自己的,他卖船给我敲了一大笔竹杠。这些都是不堪一驳的诽谤。不管怎样,他们谁也无法否认这条船的优点。

到目前为止,一切都很顺利。固然,装置帆樯索具之类的工匠干活慢得令人恼火,不过时间会纠正这种状况。使我伤脑筋的是配备一套船员班子的问题。

我足足需要二十个人(考虑到可能会遇上土著、海盗或可恶的法国人②),可是费了九牛二虎之力才找到六七个,直至福星高照送来了我求之不得的那个人。

---

① 伊斯班袅拉是加勒比海中部海地岛的别名,这里被用作船名。
② 当时英法两国海上争霸十分激烈。

我是站在码头上同这个人攀谈起来的,事情纯属偶然。我发现他是个老水手,目前开设一家酒店,布里斯托尔所有吃海上饭的他都认识。他在陆地上反而把身体搞坏了,很想在船上找个厨子的差事回到海上去。据他说,那天早晨他一瘸一拐来到这里,为的是嗅一下海水的咸味。

我听了大为感动(换了你也会感动的),纯粹是看他可怜,立即建议他充当我们船上的厨子。他名叫高个儿约翰,姓西尔弗,只有一条腿;但我认为这是最好的介绍信,因为他在不朽的霍克①手下为祖国服役时失去了那条腿。李甫西,他连养老金也没有。你想想,这是多么混账的世道!

先生,我以为我仅仅找到一个厨子,哪里知道我由此发现了整整一个船员班子。在西尔弗的帮助下,我在短短几天之内凑集了一班货真价实的老水手——样子不那么好看,可是根据他们的面孔可以断定都有不屈不挠的坚强意志。我敢说我们敌得过一艘战舰。

高个儿约翰甚至劝我从已经雇定的六七个人中剔去两个。他一下子就让我看清楚,在我们即将开始的这样一次事关重大的探险过程中,这些淡水里泡大的废物是最最要不得的。

眼下我的健康和情绪都非常好,吃饭像公牛,睡觉像木头。但是,在我听到我的那些老水手在绞盘周围奔忙起锚出发之前,我一分钟也安不下心来。到海上去!宝藏才不在我心上呢!使我神往的是壮丽辉煌的大海。李甫西,赶快来吧,一小时也不要耽搁,如果你尊重我的话。

让小霍金斯马上去跟他的母亲告别,由雷德拉斯陪他同行。

---

① 爱德华·霍克(1705—1781),18世纪中叶的英国海军名将,1766年任海军大臣。

然后你们就全速到布里斯托尔来。

约翰·屈利劳尼

我还没有告诉你,勃兰德里(他答应如果到八月底我们还不回来,就派另一条船去接应我们)找到一个出色的船长。此人相当固执(对这一点我表示遗憾),但在其他各方面是不可多得的人才。高个儿约翰·西尔弗发掘到一个十分能干的人当大副,他叫埃罗。李甫西,我选定的水手长会吹角笛发号传令;将来在伊斯班奁拉号这条出色的船上,一切都同军舰上一样。

我忘了告诉你,西尔弗是个相当有钱的人。我亲自了解到,他在一家银行里有存款,而且从来没有透支过。他留下他的老婆经营酒店;由于她是个黑人,恐怕这和健康原因至少在同样程度上驱使着他再去漂洋过海——像你我这样的老光棍作这样的猜想该是情有可原的。又及。

约·屈

霍金斯可以在他母亲那里住一宿。再及。

约·屈

读者可以想象,这封信使我兴奋到什么程度。我简直得意忘形;那个老汤姆·雷德拉斯却只会嘀嘀咕咕,唉声叹气,真让我瞧不起。总管手下的任何一名猎场看守都愿意替他出海远航,但乡绅指定的是他,而乡绅的吩咐在他们心目中好比法令。除了老雷德拉斯,别人甚至嘀咕几句也不敢。

第二天早晨,我跟他徒步前往本葆将军客店。到了那里,我发现母亲身体和精神都很好。长期以来闹得我们家宅不宁的船长,已到这个恶棍不再能制造麻烦的地方去了。乡绅吩咐把遭到破坏的一切都修好,客厅和招牌油漆一新，还添置了若干家具，特别是在酒柜后面给我母亲安放了一把漂亮的圈椅。他为她找了一个学徒，使她在我离家期间不致缺少帮手。

我看到了那个学徒，才第一次明白我的处境。在这以前我想的全都是等待着我去经历的奇遇，压根儿没有想到我即将离开的家。现在看到这个要留在我母亲身边替代我的笨手笨脚的陌生孩子，我才感到第一阵鼻酸。想必我一定把那个少年大大地折磨了一番；由于他是个新手，我有的是机会纠正他，出他的洋相，而每一次机会我都不放过。

过了一夜，第二天吃过午饭，雷德拉斯和我重又上路。我告别了母亲，告别了我出生以来一直住在那里的小海湾和本葆将军客店那块可爱的老招牌——自从重新油漆过后，它反而不像以前那样可爱了。我最后想到的是船长，他生前经常戴着三角帽，腮帮上留着一道弯刀砍的伤疤，胳肢窝里夹着一副铜框的旧望远镜，在岸边散步。转眼间我们绕过拐角，我的家就看不见了。

薄暮时分，我们在乔治国王旅馆附近的石南丛生的荒原上搭上邮车。我被塞在雷德拉斯和一位胖胖的老绅士之间。尽管车走得很快，晚上又冷，我必定从一开始就瞌睡连连，尔后邮车上山下谷，过了一站又一站，我索性沉沉睡去。当我肋骨上被猛撞了一下，终于醒来的时候，睁开眼睛一看，发现我们停在城里某街上一幢大房子的门前，天早已亮了。

"我们到了什么地方？"我问。

"布里斯托尔，"汤姆说。"下车吧。"

屈利劳尼先生就在码头附近的一家客店下榻，以便监督纵帆船上的工作。我们就向那里走去。使我大大高兴的是：我们要沿着码头打许许多多大小不一、装备不一、国籍不一的船只旁边经过。有几只船上的水手在一边干活，一边唱歌；另外几只船的水手正在我头顶上的桅杆高处，从下面看上去，仿佛挂在细得像蛛丝的帆索上。虽然我自小在海边长大,却好像以前从未靠近过大海。柏油和盐的气味使我感到新奇。我看到了形形色色的船头装饰,这些船都曾经出过远洋。我还看到许多老水手,他们戴着耳环,蓄着虬髯,辫梢上涂了柏油,大摇大摆地走着独特的水手步子。即使让我看到同样多的国王或大主教,我的高兴也莫过于此。

现在我也要去航海了!乘在一艘水手长会吹角笛传令,同船的水手都会唱歌、都有辫子的纵帆船上,航海到一个人们不知道的岛上去发掘埋在地下的宝藏!

我还沉浸在这样的美梦中,不觉已经走到一家大旅店的门前,遇见了屈利劳尼乡绅。他身穿料子厚实的蓝色服装,打扮得像个高级海员,面带笑容走出门来,一边着意模仿水手的步态。

"你们来了,"他大声说,"大夫昨天晚上刚从伦敦赶到。好极了!全体船员都齐啦!"

"哦,先生,"我欢呼着,"我们什么时候出海?"

"出海?"他说。"我们明天就出海!"

第八章
在望远镜酒店里

我吃完了早饭,乡绅要我送一张便条到望远镜酒店去给约翰·西尔弗。他对我说,地方很容易找,只要沿着码头走,看见一家酒店门口招牌上画着铜框大望远镜的便是。我兴冲冲地出发,因为又捞到一个机会可以看看船舶和水手。现在码头上正是最繁忙的时候,我从人群、大车、货包中间挤过去,直至找到那家酒店。

这是一处小巧而舒适的消遣场所。招牌新近髹过,窗上张着整洁的红帘儿,地上铺着干净的沙子。酒店的两扇门各向着一条马路敞开,使低矮的大房间里一切都可以看得清清楚楚,尽管里边烟雾腾腾。

顾客大多是吃海上饭的;他们谈话时嗓门是那么高,吓得我到了门口不敢进去。

我正在犹豫,有一个人从侧面一间屋里出来,我一看就肯定他是高个儿约翰。他的左腿一直截到臀部,左肩下的一根拐杖却出奇地听他使唤,他挂着拐杖一跳一跳,简直像一只小鸟。他身高体壮,一张宽脸盘大得像火腿,相貌平常,面色苍白,但是笑容可掬,颇不愚蠢。确实,他看来心情十分愉快,吹着口哨在桌子之间走来走去,对比较要好的顾客或者说两句笑话,或者拍拍肩膀。

说老实话,从屈利劳尼先生在信中第一次提到高个儿约翰时起,我便暗暗担心这可能正是我在本葆客店守候了那么久的独脚海上漂。但是,一看见这个人便足够叫我放心。我见过船长,见过黑狗,见过瞎子皮尤,我想我知道海盗是怎么个模样。据我看,这位整洁而和气的掌柜完全不像那号人。

我一下子鼓起勇气跨过门槛,径直向这个挂着拐杖正在跟一位顾客交谈的人走去。

"你是西尔弗先生吗?"我一边问,一边把便条递过去。

"是的,孩子,"他说,"我叫西尔弗,一点不错。你是谁?"这时他看到是乡绅写的信,我觉得他几乎像吃了一惊。

"哦!"他大声说着,伸出一只手。"我明白了。你是我们船上新来的侍应生。看到你很高兴。"

说着,他把我的手紧紧握在他坚实的大手掌里。

就在这个当儿,坐得较远的一个顾客突然站起身来向门外走。门离他很近,一转眼他已到了马路上。但他仓猝的动作引起了我的注意,我一眼便认出了他。这正是最早到本葆将军客店来找船长的那个面色像白蜡、缺少两个指头的人。

"嗨,抓住他!"我喊道。"那是黑狗!"

"我可不管他叫什么名字,"西尔弗激动地说。"不过他没付账。哈里,你去把他抓回来。"

离门最近的另一个人跳起身来追出去。

"哪怕他是霍克将军,也得付账,"西尔弗说。然后,他放开我的手问道:"你说他叫什么来着?黑什么?"

"黑狗,先生,"我说。"屈利劳尼先生没有把那帮海盗的事告诉你吗?黑狗就是他们一伙的。"

"真的吗?"西尔弗叫了起来。"在我店里?!本杰明,你跑去帮哈里一起追。他是那伙王八蛋中的一个?摩根,你不是跟他在一起喝酒吗?你过来。"

名叫摩根的那个白头发、面孔晒成红木颜色的水手——乖乖地走过来,嘴里嚼着烟草块。

"喂,摩根,"高个儿约翰声色俱厉地说,"你过去有没有见到过那个黑——黑狗,有没有?"

"没有,先生,"摩根敬一个礼答道。

"你有没有听到过他的名字,有没有?"

"也没有,先生。"

"老天在上,汤姆·摩根,算你走运!"酒店掌柜大惊小怪地说。"你要是跟这号人混在一起,就别想再进我的店堂,你可以相信我的话。他跟你讲了些什么?"

"我记不清了,先生,"摩根回答说。

"你说你这肩膀上长的究竟是脑袋还是木瓜?"高个儿约翰申斥道。"记不清了?也许你自己跟什么人说话也记不清了,是不是?他刚才在嚼舌根讲了些什么来着?航海、船长、船只?快说!你们在讲些什么?"

"我们在讲吃龙骨酱①,"摩根答道。

"你们在讲吃龙骨酱?确实该叫你们尝一尝这滋味,你可以相信我的话。汤姆,去坐好,你这个笨蛋!"

等摩根回到自己的座位上,西尔弗凑到我耳边,以一种我认为十分讨好的信任态度悄悄地说:

"汤姆·摩根是个挺老实的人,就是木头木脑的。现在,"他提高了嗓门往下说,"让我想想看。他叫黑狗?不,我没听说过这个名字,从来没有。不过,我好像——对,我见过这个王八蛋。他同一个要饭的瞎子一起到这里来过几次。"

"那准是他,没错,"我说。"那个瞎子我也认识。他的名字叫皮尤。"

"对了!"西尔弗这下真的激动起来了。"皮尤!他的确叫那个名字。你一看就知道他是个坏蛋!要是我们能把那个黑狗追回来,可就有好消息报告屈利劳尼船主了!本杰明是飞毛腿,很少水手跑得过他。本杰明准能追上他,又稳又快,老天在上!他刚才不是在讲吃龙骨酱吗?我就让他尝尝龙骨酱的味道!"

他一边这样说,一边挂着拐杖在店堂里跳来跳去,时而拍拍桌子,

---

① 用绳子把人缚住浸入水中在船身龙骨下拖的一种刑罚。

那种气愤的样子连伦敦中央刑事法庭的法官或违警罪法庭的警探也会深信不疑。在望远镜酒店发现黑狗使我的疑团又一齐兜上心头,我开始警惕地观察这位厨子。但是他的城府之深、反应之快和点子之多,决不是我看得透的。等到那两个人气急败坏地回来,说黑狗已经从人堆里溜走了,掌柜的把他们当作小偷一般骂得狗血喷头;这时,我愿意担保高个儿约翰·西尔弗是绝对清白的。

"听我说,霍金斯,"他说,"这件该死的事情弄得我非常为难,可不是吗?屈利劳尼船主会怎么想呢?一个江洋大盗居然坐在我的店里喝我的朗姆酒!你到这儿来告诉我他是什么东西,我竟眼睁睁地看着他从我们这里溜走!霍金斯,你得在船主面前为我说句公道话。你年纪虽小,可是聪明伶俐。你一进门我就看出来了。恨只恨我拄着这根劳什子,叫我有什么办法呢?要是发生在我是个精壮水手的当年,我决不会追不上他,不消眨几下眼睛的工夫,准保又稳又快地把他逮住;可现在——"

说到这里,他突然顿住,耷拉着下巴颏儿,仿佛想起了什么事情。

"酒钱!"他大叫起来。"三杯朗姆酒的钱!真见鬼,我把账也给忘了!"

他一屁股倒在一条长凳上纵声大笑,笑得眼泪顺着腮帮子淌下来。我也忍不住跟着他一起笑,两个人你一阵我一阵,直至把店堂都震得发出回响。

"我简直成了一头老蠢驴!"最后他抹着脸颊说。"霍金斯,你跟我倒可以凑一对儿,我敢发誓我只配当一名侍应生。好了,现在该准备走了。这个问题含糊不得。公事必须公办,伙计们。让我戴上我的旧三角帽,跟你一起去见屈利劳尼船主,向他报告这里发生的事情。霍金斯小老弟,要知道这可不是无关紧要的小事;应当承认,你我在这件事情上都没有什么光彩。连你也没有面子,咱们俩都当了傻瓜。可是,这小子竟然还逃了我的账!"

他又笑得前仰后合,以致我也不得不附和着凑他的趣,虽然不像他那样觉得可乐。

在我们沿着码头走的一小段路上,他表现出是个最有趣的伙伴。他把我们一路看到的各种不同的船只、它们的装备、吨位、国籍一一告诉我,并向我讲解正在进行的工作:有的正在卸舱,有的正在装货,有的马上就要出海。每隔一阵,他总要给我讲一个关于船或水手的故事,或者重复某一个航海用语,让我充分掌握它的意义。我开始认识到,交上这样一个同船伙伴真是再好也没有了。

我们来到旅店时,乡绅和李甫西大夫正坐在一起就着烤面包即将喝完一夸脱①啤酒,随后要到纵帆船上去检查一下准备工作做得怎样了。

高个儿约翰把酒店里发生的事从头至尾说了一遍,说得很激动,完全如实报告。"当时的情况就是这样,霍金斯,你说对不对?"他不时插进这么一句,我每次都证明他的话半句也不假。

两位绅士对于没有抓住黑狗表示惋惜,但我们一致认为那也无可奈何。高个儿约翰接受了一番夸奖,然后拿起他的拐杖走了。

"今天下午四点全体人员到船上集合,"乡绅冲着他的背影喊了一声。

"是,先生,"那厨子在走廊里应道。

"屈利劳尼先生,"李甫西大夫说,"总的说来,我对于你发掘的人才并不太相信;但是我要说,我对约翰·西尔弗表示满意。"

"这是个少有的忠厚老实人,"乡绅说。

"现在,"大夫临了说,"吉姆可以跟我们一起到船上去了,是不是?"

"当然,"乡绅说。"霍金斯,戴上你的帽子,我们一起去看看我们的船。"

---

① 夸脱,英国容量单位,1 加仑 = 4 夸脱 = 8 品脱 = 4.546 升。

在我们沿着码头走的一小段路上。

第九章
火药和武器

伊斯班袅拉号停得离岸比较远，我们的划子连钻带绕在其他许多船的头饰下面和船尾旁边通过；它们的缆绳时而擦着我们的船底，时而在我们上方晃荡。我们终于靠到伊斯班袅拉号旁边，大副埃罗先生——一位面色棕黑、戴着耳环的斜眼老海员——迎接我们登上甲板。他跟乡绅十分合得来，但我很快发现屈利劳尼先生同船长的关系却不是那么融洽。

船长是个神情严峻的人，好像船上的一切都使他恼火，并急于要让我们知道他为什么恼火，因为我们刚踏进房舱，就有一名水手跟着进来。

"先生，斯摩列特船长要跟你谈谈，"他说。

"我随时听候船长的命令。请他进来，"乡绅说。

船长其实就在他的使者背后，所以立刻走了进来，并随手把门关上。

"你好，斯摩列特船长，有何见教？我希望一切都顺利。是不是一切都已准备停当，随时可以出海？"

"你好，先生，"船长说，"我想还是直截了当地说比较好，哪怕可能得罪你。我不喜欢这次航行，我不喜欢这些人，我不喜欢我的大副。我的意见干脆而明了。"

"先生，你大概不喜欢这条船吧？"乡绅问；我看得出他很生气。

"在没有看到它经受考验之前，我不能这样说，"船长说。"这条船看来造得很精巧，别的我不敢说。"

"先生，也许你对你的雇主也不喜欢吧？"乡绅说。

这时李甫西大夫插了进去。

"等一下，"他说，"等一下。这样提出问题除了引起争吵毫无益处。船长要末把话说过了头,要末还没有说透,因此我不得不要求作出解释。你说你不喜欢这次航行。为什么?"

"先生,我受聘把这条船开往这位绅士要去的地方,而目的地却瞒着我,"船长说。"本来我并不在乎。但我发现船上每一个人都比我了解得更多。我认为这不公平,你认为如何?"

"是不公平,"李甫西大夫说,"我也认为如此。"

"还有,"船长说,"我了解到你们是去探宝的——请注意,我是听自己手下的人说的。发掘宝藏是非常靠不住的事情,我对于探宝之行毫无兴趣,何况事情既要保守秘密,而这个秘密——请原谅我说得不大客气,屈利劳尼先生——却连鹦鹉都知道了。"

"是西尔弗的鹦鹉吗?"乡绅问。

"我不过是打个比方,"船长说。"我是指那已经不成其为秘密。我相信你们二位都不了解所面临的形势;但我要把我的看法告诉你们:一场生死搏斗在所难免,而且形势十分险恶。"

"你说得很清楚,而且我认为很有道理,"李甫西大夫表示。"我们是冒风险的;但是我们并不像你所想的那样糊涂。其次,你说你不喜欢这个船员班子。他们不是挺好的水手吗?"

"我不喜欢他们,先生,"斯摩列特船长回答。"索性挑明了吧:我认为船员应当由我挑选。"

"也许应该如此,"李甫西大夫说。"我的朋友也许应该跟你一起商量。不过,如果这件事做得欠周到,那也不是故意的。你好像还不喜欢埃罗先生。"

"是的,先生。我相信他是个好海员,但他对待水手过于放任,不合一个好的负责船员的要求。一个大副应当记住自己的身份,不该同水手们一起喝酒!"

"你说他酗酒?"乡绅嚷了起来。

"不,先生,"船长回答,"只是他太随便了。"

"好吧,现在把话说得简单些,你对我们有什么要求,船长?"大夫问。

"先生们,你们是不是下定决心要作这次航行?"

"我们已经铁了心,"乡绅回答。

"很好,"船长说。"既然你们很耐心地听我说了这些我无法证实的情况,请再听我说几句。他们现在把火药和武器放在靠近船头的底层舱里。你们的房舱下面有很好的地方,为什么不把火药和武器放在那里?这是第一点。你们带着四个自己的佣人,我听说他们也要被安排到前舱去睡。为什么不给他们在这里房舱旁边安排几个铺位?这是第二点。"

"还有吗?"屈利劳尼先生问。

"还有一点,"船长说。"已经泄露出去的情况太多了。"

"的确如此,"大夫表示同意。

"我可以把我自己听到的告诉你们,"斯摩列特船长说,"据说你们有一张某岛的地图;地图上有几个叉叉表示藏宝的地方;那个岛在——"他说出了确切的经纬度。

"这我可从来没有对任何人说过,"乡绅急忙辩解。

"水手们都知道,先生,"船长说。

"李甫西,那必定是你或霍金斯捅出去的,"乡绅大声说。

"谁捅出去的现在无关紧要,"大夫说。我看得出,他和船长都不大理会屈利劳尼先生的表白。说老实话,我也有同感,因为他实在过于口没遮拦。不过在这件事情上我相信他确实没有说,我们谁也没有把岛的位置捅出去。

"总之,先生们,"船长继续说,"我不知道地图在谁那里;但我坚决要求,即使对我和埃罗先生也必须保密。否则我宁可辞职。"

"我明白,"大夫说。"你希望我们把这件事隐瞒起来,希望在船尾部分形成一支由我的朋友的随从为班底、拥有船上全部火药和武器的警卫力量。换句话说,你担心发生暴乱。"

"先生,"斯摩列特船长说,"我不想得罪你,但是我不承认你有权把我没有说过的话强加于我。先生,任何一个船长如果有充分根据说这样的话,就没有理由出海。至于埃罗先生,我相信他是绝对诚实的;有几个水手也是诚实的;甚至个个都是诚实的也难说。但我要对船的安全和船上每一个人的生命负责。我认为有些事情不对头。因此我要求你们采取若干预防措施,否则请允许我辞职。我的话完了。"

"斯摩列特船长,"大夫含笑开始说,"你有没有听到过关于山和老鼠的一则寓言[①]?请原谅,但你使我想起了那则寓言。我敢凭着我的脑袋起誓,你刚进来时的打算不止于此。"

"大夫,"船长说,"你很有眼力。我到这里来是打算辞职的。我估计屈利劳尼先生一句话也听不进去。"

"我还是不想听,"乡绅气冲冲地说。"要不是李甫西在这里,我早把你轰出去了。现在我总算听完了你的话,我可以按照你的要求去做;不过我对你的印象只会更坏。"

"那只得听便,先生,"船长说。"你将来会明白我尽到了职责。"

说完他便告辞。

"屈利劳尼,"大夫说,"同我的估计相反,我现在相信,你为我们这条船物色到了两个正直的人:一个是约翰·西尔弗;另一个就是这位船长。"

"关于西尔弗我同意,"乡绅说,"至于这个故意吓唬人的讨厌家伙,我认为他的行为不像个大丈夫,不合海员身份,一点没有英国人的气派。"

"好吧,"大夫说,"我们走着瞧。"

[①] 见《伊索寓言·分娩的山》(费德路斯编译):山在大声呻吟,行将分娩;结果从巨大的裂口中只跑出来一只小老鼠。这则寓言与"雷声大,雨点小"的意思相近。

我们从房舱出来走到甲板上时，水手们已经开始在把武器和火药挪地方，一边唷呵呵地唱着号子；船长和埃罗先生站在一旁督工。

这次重新安排恰如我意。全船的布局作了一次大调整：在船尾上原来的大货舱后部安下六张铺位，这组房舱仅由左舷的圆木走廊沟通厨房和水手舱。这六张铺位原先准备让船长、埃罗先生、亨特、乔伊斯、大夫和乡绅占用。后来，其中两张给了雷德拉斯和我，而埃罗先生和船长睡到甲板上升降口里边去。这个升降口向两侧扩大后，可以称之为后甲板房舱。当然，那里还是很低的，但还放得下两张吊床，甚至那位大副也对这样的安排表示满意。或许他对那班水手也不放心，不过这仅仅是猜测，因为他究竟持何种意见，不久就将跟我们毫无关系，读者往后自会明了。

我们大家正忙于把火药和铺位挪地方，最后几名水手和高个儿约翰也一起坐划子离岸到来。

厨子像猿猴一般灵活地爬上大船。他一看到船上的忙碌景象，便问道：

"嗨，伙计们，你们在干什么？"

"我们在给火药搬家，约翰，"有一个人回答。

"老天在上，干吗要搬哪？"高个儿约翰惊呼道。"这样会错过早潮的！"

"是我的命令！"船长简短地说。"你可以到下面厨房里去，我的朋友。待会儿水手们还要吃晚饭。"

"唉，唉，先生，"厨子应道。他举手碰了一下自己的额发，立即消失在去厨房的那个方向。

"这人挺不错，船长，"大夫说。

"很可能，"斯摩列特船长答道。"小心，伙计们，小心些！"他向正在搬火药桶的水手们那边跑去，忽然发现我在细细地看安置在甲板中央的一尊铜铸回旋炮，"喂，侍应生，"他喝道，"别待在这里！到厨房里去找些活干！"

当我赶紧离开那里的时候，我听见他把嗓门提得很高对大夫说：

"我的船上不许有宠儿。"

读者可以相信，我同乡绅的看法完全一致起来了；我对我们的船长深深地怀恨在心。

第十章
航　程

　　整整一夜，我们忙得不可开交，又是安放东西，又是接待一船船乡绅的朋友，如勃兰德里等人，他们从岸上来预祝他一帆风顺、平安返航。我在本葆将军客店从来没有哪天夜晚有一半这样忙的。到将近破晓时分，我已累得筋疲力尽，这时水手长吹响了角笛，水手们开始站到绞盘扳手前准备起锚。我即使两倍那样累也不愿离开甲板。简短的命令、尖锐的笛声、在朦胧的船灯光下奔向各自岗位的人们——对我说来一切都是那么新奇、有趣。

　　"喂，烤全牲，给我们唱个歌吧！"一个水手喊道。
　　"唱那支老的，"另一个喊道。
　　"来吧，伙计们，"腋下挂着拐杖站在一旁的高个儿约翰一下子唱起了那支我非常熟悉的歌：

　　　　十五个人扒着死人箱——

接着全体水手合唱应和：

　　　　唷呵呵，朗姆酒一瓶，快来尝！

唱到第三个音节"呵！"时，大伙一齐使劲转动绞盘的扳手。

　　甚至在这样激动人心的时刻，我也有瞬息工夫回想起本葆将军客店里的情景；我仿佛听到合唱声中有船长的尖嗓音。不一会，铁锚突然露出水面；又过了一会，它已被吊上来，滴滴答答地往船首上淌水；再过一会，帆开始鼓满风，陆地和别的船只开始从两边向后退去。伊斯班袅拉号开始了它向藏宝岛的航程，我这才去躺下打一个小时的盹儿。

我不准备详细叙述航程。一路上十分顺利。船显示了良好的性能。水手们相当称职,船长也极其在行。但在我们到达藏宝岛之前,有两三件事情应当提一下。

首先,埃罗先生的表现比船长所担心的更糟。他在水手中间毫无威信,他们根本不把他放在眼里。但这远不是最坏的呢;出海一两天以后,他开始醉眼蒙眬、两颊通红地出现在甲板上,舌头不听使唤,说话含糊不清,还带着其他酒后失态的迹象。他不时被勒令回到甲板下面去。他几次摔倒,弄破了皮肉;有时整天躺在升降口一边他自己的狭小铺位上;偶尔也有一两天几乎是清醒的,那时他就留神把自己的工作做得至少过得去。

然而,我们始终没有查明他是从哪里弄来的酒。这是船上的一个谜。无论我们怎样监视他,还是无法揭开这个秘密。你当面问他时,他要是醉了,就冲着你哈哈大笑;他要是神志清醒,就赌神罚咒地说,他素来滴酒不入,只喝水。

他作为一名大副完全不中用,对手下的人影响也不好,但还不止于此。可以看得很清楚,照这样下去,要不了多久他就会把自己彻底毁掉。果然,在一个风逆浪高的黑夜里,他完全失踪了,再也没人见过他。这件事没有引起任何人太多的惊讶或惋惜。

"准是掉到海里去了!"船长说。"诸位,这样也省得我们用链条把他锁起来。"

可是我们毕竟少了一名大副,当然必须从船员中提升一个人。水手长约伯·安德森是最够格的人选。虽然名义上还管他叫水手长,其实担任的是大副的职务。屈利劳尼先生当过水手,他的知识很有用,天气比较好的时候,他往往亲自值班瞭望。副水手长伊斯莱尔·汉兹是个小心谨慎、老谋深算、经验丰富的水手,必要时几乎任何事情都可以信托他。

他同高个儿约翰·西尔弗是至交。提起西尔弗,我想谈一谈我们船上的这个厨子——水手们都管他叫烤全牲。

在船上他用绳子把拐杖套在脖子上，尽可能腾出两只手。他做饭时用拐杖抵着舱壁撑住自己，任凭船身如何颠晃，他都像在陆地上一样稳稳当当，这的确值得一看。你要是看见他在风浪肆虐的时候如何在甲板上走来走去，一定更加惊异。在距离最大的空当，有两条缆索供他攀扶，大伙把这叫做高个儿约翰的耳环。他扶着缆索从一个地方走到另一个地方，时而使用拐杖，时而由它挂在绳子上拖在背后，动作之快不下于两条腿走路的人。但是过去和他一起在海上待过的某些人却叹惜他已大不如前。

"烤全牲不是个寻常人，"副水手长对我说。"他年轻时受过很好的教育，只要他高兴，他能讲得不比书本子差；要是说到勇敢，连狮子跟高个儿约翰比起来也算不了什么！我看见过他赤手空拳独自向四个人冲上去，把他们的脑袋揪在一起相碰。"

水手们都尊敬他，甚至服从他。他跟每一个人说话都有一套办法，能使每一个人都感激他。他对我的态度始终十分亲切，看见我到厨房里去总是很高兴。他把厨房收拾得干干净净，盆子碟子都擦得锃亮悬挂起来，在一个角落里他用笼子养着一只鹦鹉。

"来，霍金斯，"他常常对我说，"来跟约翰摆龙门阵。我最喜欢的就是你，我的孩子。你坐下听我说。弗林特船长——我用这位大名鼎鼎的海盗的名字称呼我的鹦鹉——弗林特船长预言这次远航一定成功。你说是不是，船长？"

这时鹦鹉就会快得要命地应道："八个里亚尔！八个里亚尔！八个里亚尔！"直到它声嘶力竭，或者直到约翰用一方巾帕把笼子罩起来。

"我告诉你，霍金斯，"他说，"这只鸟大概有两百岁了。鹦鹉的寿命都极长。除了魔鬼，谁也不会比它看到过更多伤天害理的事。它跟英格兰——大海盗英格兰船长——一起航过海。它到过非洲的马达加斯加、印度的马拉巴尔、南美的苏里南、北美的普罗维登斯、苏格兰的波多贝洛。它见过怎样打捞沉船上的财宝。它就是从那里学会了叫"八个里亚尔";这也不奇怪,因为当时捞起了三十五万每枚值八个里亚尔的西班牙银币,霍金斯!它见过怎样在果阿①附近强攻印度总督号,别看它样子像小娃娃。你是嗅惯了火药味的,可不是吗?船长?"

"准备逆风换舷,"鹦鹉尖声叫道。

"这鬼东西机灵得很,"厨子说着从口袋里掏出糖块来给它吃。随后鹦鹉啄着笼栅骂不绝口,那些话下流到难以置信的程度。约翰接下去说:"这叫做近墨者黑,老弟。我的这只可怜而无知的老鸟骂人的本领真是炉火纯青,它已经改不了啦,你可以相信我的话。正如俗话所说:即使在牧师面前它也照样骂。"说到这里,约翰总要庄重地举手碰一下他的额发,我就把他当做世上最好的人。

在这同时,乡绅和斯摩列特船长的关系继续紧张。乡绅甚至不掩饰他对船长的恶感。船长则非问不答,即使答问也是尖刻、简短而生硬,决不多说一个字。当他被逼急的时候,他也承认自己对船员班子的看法也许太偏,说不少水手眼明手快,他瞧着很满意,而且在行为方面也都合规矩。至于对这条船,他是彻底爱上了。"它驾驶起来是那么得心应手,先生,即使一个做丈夫的也不可能要求自己的妻子更听话了。不过,"他总要添上一句,"我只想说:事情还得等着瞧。我对这次航行硬是不喜欢。"

乡绅听到这里,照例会转过身去,下巴颏儿往上一翘,开始在甲板上来回踱步。

"这家伙再这样唠唠叨叨,"事后他说,"我可要发作了。"

我们遇到过一次恶劣的天气,这恰恰给了伊斯班袅拉号一显身手的机会。船上每一个人看来心情都很舒畅,老实说,否则他们也未免太挑

---

①果阿,印度西海岸的葡萄牙殖民地,现已由印度收回。

剐了；因为我相信，自从挪亚①驾舟出海以来，任何一条船上的水手都没有被纵容得这么厉害。只要找到一点借口，立刻给大伙发双份的酒。船上不时可以吃到葡萄干布丁，只消乡绅听说这天是某人的生日。在上甲板中部随时放着一只敞开的桶，桶里的苹果谁爱吃自己拿。

"这种做法还从来没有产生出好结果，"船长几次对李甫西大夫说。"只会把水手们惯坏，使他们滋生歹心。这就是我的观点。"

然而，好结果恰恰是从苹果桶里产生的，读者在下面便可看到；要是没有它，我们就不可能及时得到警告，很可能全部遭到叛贼的毒手。

事情是这样的：——

越过赤道前后，我们使信风②尽量有利于把船送到我们的目的地（恕我无权讲得更加明白）。现在船正在驶向那个海岛，我们不分昼夜急切地瞭望着。我们这次航行至多只剩下一天路程。说不定今天夜里，最迟明天中午以前，我们一定可以望见藏宝岛。我们的航向是南西南，稳定的和风与船身恰好成正横。海上波平浪静。伊斯班袅拉号稳稳地前进，它的船首斜桅不时被一阵飞溅的水花所浸湿。一切都很顺利，每一个人的情绪都很高，因为我们这次探险的前半部分的目的地已近在咫尺。

太阳刚刚落山，我的工作已经完毕，我正要回到自己的铺位上去，忽然想吃一个苹果。我跑上甲板。值班的岗哨都在船头瞭望，看是否有海岛出现。舵手注视着船帆吃风的角度，一边悠然自得地在一片寂静中吹着口哨；此外只有海水擦着船首和船身两侧的刷刷之声。

我整个身体爬进桶去才找到剩下的最后一只苹果。我在桶里坐下来，因为里边暗，加上水声和船身的微微颠晃，我慢慢地竟睡着了，或

---

① 挪亚，《旧约·创世记》中得上帝晓示乘方舟避难的人，被认为是航海者的始祖。
② 在赤道两边的低层大气中，北半球吹东北风，南半球吹东南风，这种很少改变方向的风，叫做信风。也叫贸易风。

者几乎就要睡着。这时,有一个身体颇重的人砰的一声在桶旁坐下。他的肩背靠在桶上,桶身晃了一下;我正想跳出去,那人却开始说话了。那是西尔弗的声音。我才听了开头的几句,立刻决定无论如何不能露面。我蜷伏在桶里,哆嗦着侧耳谛听,恐惧和好奇都达到了极点;因为从开头几句话我就明白,船上所有好人的生命此刻都系于我一人之身。

我蜷伏在桶里。

第十一章
我躲在苹果桶里所听到的

"不，不是我，"西尔弗说。"船长是弗林特；我管掌舵，因为我这条腿是木头的。在同一次舷炮齐轰的时候，我丢了一条腿，老皮尤丢了一双眼睛。给我截肢的外科医生是大学毕业生，装了一肚子拉丁文；可是他也跟其余的人一样在科尔索要塞像条狗似地被绞死后吊在太阳下烤。是啊，那是罗伯特手下的人，他们的毛病出在老是给他们的船换名儿：今天叫皇家福号，明天又叫旁的什么号。我认为，一条船起了什么名儿，就应该永远叫这个名儿。卡桑德拉号便是这样，在英格兰船长夺取了印度总督号以后，它把我们大家从马拉巴尔平安送到家里；弗林特原来那条老船海象号也是这样，我看到过它几乎被鲜血染红，但也差点儿被黄金压沉。"

"啊！"另一个声音——那是船上最年轻的一名水手——显然十分佩服地叹道，"弗林特真了不起！"

"据说戴维斯也不赖，"西尔弗说。"我从来没跟他一起在海上待过。我先是跟英格兰，后来跟弗林特，现在不妨说是自己干了。我跟随英格兰积下九百镑，跟随弗林特积下两千镑。对于一个水手来说已经不错了，钱都稳稳当当地存在银行里。单靠会挣钱还不行，得靠撙节才能聚财，你可以相信我的话。英格兰手下的人现在都哪儿去了？我不知道。弗林特的人呢？大部分在这条船上，能捞到吃葡萄干布丁已经很高兴。他们中有些人在这以前甚至要过饭。瞎眼的老皮尤想起来实在应该害臊，他一年花一千二百镑，简直像个上议院的勋爵。他如今在哪里？死了，埋掉了；但是两年以前他已经在挨饿，真见鬼！他要饭、做贼、杀人，可还是吃不饱，老天在上！"

"这样说来，干这一行也没有多大好处，"年轻的水手说。

"对傻瓜的确没有好处，你可以相信我的话，干什么都一样没好结果,"西尔弗说。"不过,你年纪虽轻,可是聪明伶俐。我一眼就看出来了,我要像同大人一样同你说话。"

当我听到这个可恶的老骗子用经常对我说的同样的几句话恭维另一个人时,我心头是什么滋味,读者可想而知。如果可能,我会透过桶身把他杀死。其时他继续往下说,一点也没料想到有人在偷听。

"碰运气绅士大抵如此。他们生活不讲究,随时有荡秋千的危险,可是他们吃喝起来就像斗鸡之前喂食那样。一次航海归来,他们口袋里的几百个铜板会变成几百镑。等到钱喝光、花完,他们重又两手空空到海上去。我可不是这种做法。我把钱分散存在各处,每一处都不太多,免得引起怀疑。告诉你,我今年五十岁,这次航行结束回去以后,我要开始做一个真正的绅士。日子还长着呢。不过,我的日子一向也过得不坏,心里想要什么从不亏待自己;一直睡得舒服,吃得讲究,除非在海上。你问我是怎样起家的?最初还不是跟你一样当普通水手?"

"可是,"另外一个说,"你其余的钱财不是都要丢掉了吗?要知道,从此以后你再也不敢在布里斯托尔露脸了。"

"你猜猜我的钱在哪儿?"西尔弗带着嘲弄的口气问。

"在布里斯托尔的银行里和别的地方,"他的年轻伙伴说。

"是的,"厨子说,"咱们起锚的时候,钱的确在那里。可是我的老婆现在把所有的钱都提走了。望远镜酒店连同租房契约、商号信誉、生财装修也都盘出去了。我老婆已经离开那儿到约定的地方去等我。我倒是愿意告诉你在什么地方,我信得过你;可是这样别的水手会妒忌的。"

"你对自己的老婆信得过信不过?"另一个问。

"碰运气绅士相互之间信得过的很少,"厨子答道,"这也难怪他们,你可以相信我的话。不过我自有办法。谁要想算计我,——我指的是认识我的人,——老约翰跟他势不两立。过去有些人害怕皮尤,有些人害怕弗林特,可是连弗林特本人也怕我。他又是怕我,又是器重我。弗林特手下那帮人都是无法无天的,甚至魔鬼都不敢跟这帮人一起出海。我告诉你,我不是个说大话的人,你现在看到我跟大伙多么亲热、随和;可是当年我掌舵的时候,弗林特手下那帮老海盗见了我比绵羊还听话。啊,等到老约翰在船上当了家,你就知道了。"

"现在我对你实说了吧,"那小伙子说,"在这次谈话之前,我半点也不喜欢干这一行,约翰;不过现在,我的主意已经定了,咱们握手为凭。"

"你这个小伙子有种,也聪明,"西尔弗说着跟他热烈地握手,把苹果桶也震得摇晃起来,"而且像你这样漂亮的一个碰运气绅士我还没见过呢。"

我渐渐地开始听懂他们的切口。所谓"碰运气绅士"在他们的话里就是海盗,我所偷听到的一段小小的插曲,不过是拉拢一名老实的水手——也许是船上最后一名——诱他入伙的最后一道手续。不过我很快就发现事情还不那么简单。西尔弗轻轻吹了一声口哨,又有一个人走过来和他们坐在一起。

"狄克是自己人了,"西尔弗说。

"哦,我知道狄克迟早是自己人。"说话的声音是副水手长伊斯莱尔·汉兹。"狄克不是傻瓜。"他把口中的烟草块转动了一下,啐一口唾沫。"我有件事要问你,烤全牲,"他往下说。"咱们这样吊儿郎当,得蘑菇到哪一天?斯摩列特船长已经叫我受够了,我再也不愿听他使唤,妈的!我要住到房舱里去,一定要去。我要他们的泡菜、葡萄酒,还有其他好些东西。"

"伊斯莱尔,"西尔弗说,"你的脑袋瓜儿实在不大顶用,过去也是这样。不过我希望你还能听别人的忠告,至少你的耳朵是够大的。你好好听我说:在我下令行动之前,你得照旧睡自己的铺位,你得勤奋工作,你得和婉说话,你得节制饮酒。你可以相信我的话,乖孩子。"

"我又不违抗你的命令,"副水手长嘀咕着。"我是问到底儿时下手?"

"几时下手?老天在上!"西尔弗说。"好吧,既然你要知道,我就告诉你:能推迟到什么时候,就尽量推迟。这里有个第一流的海员——斯摩列特船长,他驾驶这条船对我们有利。乡绅和大夫带着地图,但我不知道藏在什么地方。你也不知道,可不是吗?所以,老天在上,我打算让这位乡绅和大夫去发掘宝藏,帮咱们运到船上,那时再作道理。要是我对你们这帮魔鬼的子孙放心的话,我还要让斯摩列特船长把我们带到返程的中途,那时才下手。"

"咱们这些人不都是海员吗?难道不会驾船?"名叫狄克的小伙子说。

"咱们只不过是一群水手,"西尔弗说。"咱们会沿着航道行船,但是谁能确定航道?这事你们谁也干不了!按我的心意,我要斯摩列特船长在返程中至少把咱们带进信风圈。那时咱们才不至于算错了航向,不至于弄到每天只能配给一小勺淡水的地步。不过我知道你们这帮家伙的本性。我只好在岛上把他们干掉,只等金银财宝搬上船,尽管这是很可惜的。不让你们喝得人事不省,你们就浑身不自在。真他妈的倒霉,跟你们这帮东西一起航行,我简直觉得恶心!"

"得了,高个儿约翰,"伊斯莱尔激动地说。"谁跟你唱对台戏啦?"

"多少大船被剿灭了,多少英雄好汉在正法码头①晒成鱼干,你以为我看见的还少吗?"西尔弗也激动地说。"事情都坏在过于性急上,只知道快,快,快。告诉你吧,我在海上见得多了。你们若是稍微有一点头脑,懂得见风使舵的话,早已坐马车、住公馆了。可是你们休想!我知道你们这帮家伙。你们只盼着灌足了朗姆酒上绞架。"

"大伙都知道你像牧师一样能说会道,约翰;不过也有人能像你一

---

① 正法码头,英国旧时绞决海盗的行刑地,在伦敦郊区泰晤士河畔。

样地卷帆掌舵,"伊斯莱尔说。"他们都图个快乐热闹,这是事实。他们不那么眼朝天、干巴巴的,一点也不,而是及时行乐,每个人都高高兴兴。"

"是吗?"西尔弗说。"那末如今他们都在哪儿呢?皮尤是这种人,可他死的时候是个臭要饭的。弗林特是这种人,结果在萨凡纳为朗姆酒送了命。啊,跟这些人做伴的确带劲儿,可是,他们如今又在哪儿?"

"但是,"狄克问,"等到他们落在咱们手里的时候,咱们到底怎么处置他们?"

"这个人说的话合我的口味!"厨子表示赞赏。"这才是正经事。那末,你打算怎么办?把他们放荒滩①吗?那是英格兰船长的做法。或者把他们像一头头猪那样宰了?那是弗林特或比尔·蓬斯的做法。"

"比尔一向如此,"伊斯莱尔说。"他常说:'死人不咬活人。'现在他自己成了死人,对于这话该有亲身体验了。要说心狠手辣,比尔算得上一个。"

"你说得对,"西尔弗说,"心狠手辣,干净利落。你们瞧:我比较宽宏大量,我是个绅士,但这一次情况非同寻常。公事必须公办,伙计们。我主张执行死刑。我要是当上了议员,有了自备马车,我可不希望房舱里那些耍嘴皮子的家伙中的任何一个像魔鬼闯进教堂那样闯到我家里来。我是说要等待时机;但一旦时机成熟,决不可白白错过。"

"约翰,"副水手长赞道,"你真是个人才!"

"将来你亲眼看到了自会相信,"西尔弗说。"我只有一个要求:把屈利劳尼给我。我要亲手把他的小牛头从他脖子上拧下来。狄克!"他突然把话头一转,"好孩子,你起来到桶里拿一只苹果给我润润喉咙。"

---

①放荒滩,弃人于孤岛或荒漠的海岸。这是海盗惯用的一种惩罚手段。

读者可以想象我吓得魂不附体的情状！我要是有胆气的话，真想跳出去没命地逃，可是我的四肢和心脏一概不听使唤。我听到狄克正要站起来，这时好像有人把他拉住；接着是汉兹的声音说道：

"得了吧！约翰，你怎么爱吃这种垃圾货。咱们来一杯朗姆酒吧。"

"狄克，"西尔弗说，"我相信你。我那儿的小桶上有一只量酒的器具。这是钥匙；你去放一杯来。"

尽管我惊魂未定，我还是不由自主地想到，送了埃罗先生命的朗姆酒原来是从那里来的。

狄克刚走开，伊斯莱尔便凑在厨子耳边低声说话。我只能听出不多几个字，然而我却得到了一个重要消息。在关于同一件事的片言只语中，有一句完整的话给我听见了："他们那几个中间别人都不干。"可见船上还有忠于我们的人。

狄克回来后，这三个人轮番拿起杯子来喝酒。其中一个说："预祝一切顺利"；另一个说："向老弗林特致敬"；西尔弗的祝辞像一支歌："祝咱们自己健康，万事顺当，但愿金银堆满舱，富贵久长。"

这时一片清辉射进桶来，落到我身上。我抬头一看，原来月亮已经升起，把后樯上桅上帆染成银色，把前桅帆的前缘照得雪白。几乎在这同时，从瞭望哨那里传来一个人的欢呼声："陆地！"

第十二章
军事会议

甲板上顿时响起了杂沓的脚步声。我听到人们纷纷从房舱和水手舱里跑出来。我一下子跳出苹果桶，一溜钻到前桅帆后，向船尾跑了几步，走上没有遮蔽的甲板时，正好遇上亨特和李甫西大夫，便跟他们一起冲向上风船头。

全体水手都已集合在那里。月亮一出，一道带状的雾几乎立刻消散。在西南方远处，我们看见两座相距约两英里的小山；在其中一座后面矗立着比较高的第三座山，它的峰顶还裹在雾中。三座山都呈尖锐的圆锥形。

我如在梦中看到了这一切，因为我还没有从一两分钟前的惊骇中恢复过来。这时我听见斯摩列特船长的声音在发布命令。伊斯班袅拉号的船身与风向更接近了两个罗经点①，现在它正从东面靠近岛子。

"伙计们，"等帆脚索一一扣紧后，船长说，"以前你们有谁看见过这片陆地没有？"

"我见过，"西尔弗说。"我在一条商船上当厨子的时候，在那里上过淡水。"

"我想锚地大概在南面那个小岛后面吧？"船长问。

"是的，先生，那地方叫骷髅岛。过去是个海盗窝，当时我们船上有个水手叫得出他们每一个人的名字。靠北面那座山名叫前桅山；三座山由北向南排成一列，分别叫做前桅山、主桅山、后桅山，先生。不过，主桅山——那直上云端的一座大山——通常被叫做望远镜山，因为海盗在此下锚清理船身的时候，总是把瞭望哨设在那座山上。要知道，这里是他们清理船身的地方，先生，请原谅。"

"我这里有一张海图，"斯摩列特船长说。"你看看是不是那个地方。"

高个儿约翰接过图时,两只眼睛像火炬似地燃烧了起来;但是,那张图的纸色还很新,一看我就知道他肯定要大失所望。这不是我们在比尔·蓬斯箱子里发现的那张图,而是一份精工描绘的复本,上面标着所有的地名、山高和水深,仅缺红色的叉叉和文字说明。尽管西尔弗恨得咬牙切齿,他还是沉得住气,不动声色。

"是的,先生,"他说,"正是这个地方;这图画得好极了。不知是谁画的?据我所知,那些海盗都是草包。啊,这里写着'基德船长锚地'——这名字还是我的一个同船伙伴给取的。那里有一股自北向南的激流,绕过西海岸后折向北去。先生,"他说,"你改变航向,让船处在岛的上风,这样做很对。不管怎样,如果你打算进入港湾,在那里维修船只,那末,在这一带水域中再也找不到更合适的地方了。"

"谢谢你,朋友,"斯摩列特船长说。"以后我还会请你给我们帮助的。你们可以走了。"

约翰并不讳言他对该岛情况熟悉,这种沉着的能耐大出我的意料;我承认,当他向我走近时,我有点儿心慌。当然,他不知道我在苹果桶里偷听到了他的阴谋诡计,但在这段时间内,他那阴险残忍、两面三刀的本性和巨大的影响力使我惊骇万分,所以当他把一只手搁在我臂膀上时,我忍不住打了个寒战。

"这个岛子是个好地方,"他说,"值得你这样的小伙子上岸去看看。你可以游泳、爬树、打山羊,你自己也可以像一只山羊那样攀上那几座山头。看着这个岛,我觉得自己又年轻了,甚至忘了我的木腿。年轻力壮,脚趾头一个不缺,那是很美妙的,你可以相信我的话。你什么时候想上岸去探测一下,你只要告诉老约翰,自会给你准备好点心带着路上吃。"

说着,他极其友好地在我肩上一拍,然后一瘸一拐地下厨房去了。

---

① 罗盘上共有 32 个点,每个罗经点等于 $11\frac{1}{4}$ 度。

斯摩列特船长、乡绅和李甫西大夫一起在后甲板上谈话。我虽则急于把听到的情况向他们报告，可是我不敢冒冒失失打断他们的谈话。我正在盘算找一个恰当的借口，这时李甫西大夫把我叫到他那边去。他把烟斗忘在下面房舱里了，他的烟瘾又大，所以叫我去把烟斗拿来。我刚走到可以讲话而又不会被别人听见的距离，急忙轻声说了出来："大夫，我有话告诉你。你先同乡绅和船长一起到房舱里去，然后做个样子来叫我。我有可怕的消息报告。"

大夫脸上略略有些变色，但他立即控制住自己。

"谢谢你，吉姆，"他提高嗓门说，"我所要知道的就是这些，"那口气好像他刚问我一件事来着。

于是，他掉过头去加入另外两个人的谈话。他们在一起交谈了一会儿，虽然他们没有一个人惊慌失措，或提高嗓门，甚至没有吹一声口哨，但显然李甫西大夫把我的请求告诉了他们，因为接下来我听见船长命令约伯·安德森吹角笛让全体水手在甲板上集合。

"朋友们，"斯摩列特船长说，"我有句话要对你们说。我们看到的这片陆地正是我们航行的目的地。屈利劳尼先生的手面很阔，这一点我们都知道；他刚才问了我一下，我认为可以告诉他：全船上下每一个人都很尽职，我表示十分满意。现在，他和我，还有李甫西大夫，要到下面房舱里去为你们的健康和幸运喝一杯；这里会拿酒来，让你们也为我们的健康和幸运喝一杯。我可以告诉你们，我认为屈利劳尼先生今天的做法确实是一大豪举。如果你们同意我的看法，你们就为这位慷慨的绅士纵情欢呼吧。"

欢呼声随之而起，这是不在话下的。但他们喊得如此响亮而真诚，我承认自己简直不能相信：就是这些人想要谋害我们。

"再为斯摩列特船长欢呼一次，"等第一阵欢呼声停下来，高个儿约翰大声建议。

这一次欢呼同样热烈。

乘他们兴高采烈的当口,三位绅士走下去了。过不多久,有人传话叫吉姆·霍金斯到房舱里去。

我进去时,他们三人围坐在一张桌子旁边,面前摆着一瓶西班牙葡萄酒和一些葡萄干。大夫在抽烟,假发放在膝上——我知道这是表明他心情激动的迹象。船尾窗开着,这是一个暖和的夜晚,可以看到月光照亮船后的尾波。

"霍金斯,"乡绅说,"你有事情要告诉我们,现在你说吧。"

我遵命照办,尽我所能简单扼要地叙述了西尔弗在谈话中讲到的几点。在我说完以前,他们三人谁也不打岔,甚至谁也不动弹,只是他们的眼睛自始至终盯着我的脸。

"吉姆,"李甫西大夫说,"你坐下。"

他们让我在桌旁他们身边坐下,给我倒了一杯葡萄酒,往我手中塞了好多葡萄干,三个人一个接着一个为我的健康、幸运和勇敢干杯,每个人都向我鞠躬致意。

"船长,"乡绅说,"你是对的,我错了。我承认自己是一头蠢驴,我听候你的命令。"

"先生,我也差不多,"船长答道。"我从来没遇到过一个船员班子在酝酿暴乱而事前丝毫不露声色的,因为只要不是瞎子,总会发现蛛丝马迹并采取对策。可是这个班子,"他临了补充一句,"完全把我蒙蔽了。"

"船长,"大夫说,"这个西尔弗是个异乎寻常的人物,我想你也会同意的。"

"他要是被吊在帆桁上才妙得异乎寻常呢,先生,"船长说。"不过现在谈这些也不起作用。我有三四点想法,如果屈利劳尼先生允许的话,我就谈出来。"

"先生,你是船长。你说了算,"屈利劳尼先生庄重地宣布。

"第一点,"斯摩列特船长开始陈述。"我们必须继续前进,因为

在我说完以前,他们三人谁也不打岔。

我们没有回头路可走。我只要下令转舵掉头,他们立即就会起事。第二点,我们还有时间,至少在找到宝藏之前是如此。第三点,还有一部分水手心向着我们。先生,事情迟早总要弄到动武的地步;我主张要像俗话所说的抓住时机的牛鼻子,应当在他们最不防备的时候先发制人。屈利劳尼先生,我想,你从府上带来的仆人该是可靠的吧?"

"和我一样可靠,"乡绅表示。

"他们有三个人,"船长计算着,"加上我们一共七个,霍金斯也在内。水手中哪几个是好的?"

"主要是在遇见西尔弗以前屈利劳尼自己选中的那几个,"大夫说。

"不一定,"乡绅说。"汉兹也是我挑选的。"

"原先我也以为汉兹这人靠得住,"船长补充了一句。

"真想不到,他们还都是英国人呢!"乡绅愤愤然说。"先生,我恨不得把这条船炸它个稀巴烂!"

"诸位,"船长说,"我所能建议的对策都谈出来了。我们必须稳住阵脚,伺机而动。我知道这是很难受的。干脆跟他们拚了自然比较痛快。但在我们摸清敌我双方的情况之前,不可轻举妄动。稳住阵脚,等待时机,这就是我的意见。"

"吉姆比任何人对我们更有用,"大夫说。"水手们在他面前没有顾忌,吉姆又是个很精细的孩子。"

"霍金斯,我非常信得过你,"乡绅说。

听到这里,我开始感到心慌意乱,因为我觉得自己毫无办法;然而事态的发展确实使我成了挽救局面的关键人物。不管怎么说,当时二十六个人中间我们认为靠得住的只有七个人;而且这七个人中间有一个还是孩子。因此,我们这一边只有六个大人,他们却是十九个。

第三部　我在岸上的惊险奇遇

第十三章
我在岸上的惊险奇遇是怎样开始的

　　第二天早晨，我走上甲板一看，那个岛完全变了样。虽然风已全息，我们的船夜里还是前进了一大段路，此时正停在地势较低的东岸东南约半英里外。岛的表面很大一部分覆盖着灰暗的树林。这种素净的色彩诚然也杂有一条条带状的黄沙低地，并有相当多的松科参天大树或者昂然独立，或者三五成群地凌驾于其他林木之上，但整个色调还是单一、暗淡的。每一座山上都有光秃秃的岩石清晰地暴露在高出植被的顶端。这些山无不呈现着奇形怪状，比岛上其他山丘高出三四百英尺的望远镜山的轮廓也非常奇特：它的每一面山坡几乎同样陡峭，到了顶上突然削平，犹如一个安放雕像的基座。

　　伊斯班袅拉号颠晃得很厉害，洋面的波动甚至把排水孔也淹没了。帆的下桁像要把滑车扯下来，舵左碰右撞砰然作声。整个船身像一所作坊，叽叽嘎嘎直响，又是呻吟，又是跳跃。我不得不牢牢抓住后牵索，只觉得天旋地转。尽管在航海过程中我对船的颠晃已很习惯，但如这般站在那里像只瓶子似地转个不停，却叫我无论如何忍不住恶心，特别在腹中空空如也的早晨。

　　也许是这个缘故，也许是由于面对着岛上阴郁的树木和岩石裸露的山顶，既能看到、又能听见浪击陡岸的飞沫和轰鸣——总之，尽管阳光灿烂而又和暖，无数海鸟在我们周围呱呱地叫着啄食鱼类，按理说在海上待了那么久，任何人都乐于登陆去走走，然而我的心却像俗话说的一直沉到了底。从第一眼望见陆地时起，我就恨这个埋藏着金银财宝的海岛。

　　这天上午我们要干的活可多着哩；因为风一丝儿也没有，只得把划子放下去，每一只划子配备若干人，用绳索拖着伊斯班袅拉号划三四英里绕过岛角，从一条狭窄的海峡进入骷髅岛后面的港湾。我自告奋勇坐上一只划子,其实那里并没有我可做的事。太阳晒得很猛,水手们一边干活,一边大发牢骚。我坐的那只划子头头是安德森,他非但不制止水手们,反而骂得又响又脏。

"走着瞧吧,"他夹着一声诅咒说,"反正这活儿快干到头了。"

我认为这是个极坏的征兆。到目前为止,水手们对待他们的工作还是卖力的。但一看见这个岛子,纪律就松弛了。

在入港的途中,高个儿约翰始终站在舵手旁边给船领航。他对这条航道了如指掌;尽管用测链测得的水深每一处都比图上所标的更深,约翰却没有一点犹豫的样子。

"这里退潮时水泻得很急,"他说,"每次都把这条航道挖深,可以说就像用铲子铲一样。"

我们就在图上画着铁锚的地方停船,距离两岸各约三分之一英里:一边是主岛,一边是骷髅岛。水清现出沙底。我们下锚时的响声把大群大群的鸟吓得纷纷飞散,在树林上空盘旋惊叫。但过不了一分钟,它们又都飞回原处,一切又重新归于沉寂。

这个港湾完全被陆地所包围,被森林所掩蔽。树木一直长到高潮达到的地方,海岸的地势非常平坦,几座山的顶峰在远处排成一个半圆形。有两条小河,或者毋宁说两片沼泽,流入这个平静得像池塘的港湾。这一带岸上的植物叶子都带着一种像是有毒的光泽。我们从船上既看不见房屋,也看不见栅栏,都给树遮住了。要不是升降口挂着那张图,我们可能自以为是从这个岛子露出海面以来第一批在此下锚的人呢。

空气里没有一丝风流动,也没有一点声息,只有半英里外海滨的浪涛冲击峭壁的轰鸣。锚地上空有一股奇怪的霉味——像是树叶和树干腐烂的臭味。我发现大夫不断皱着眉头东闻西嗅,仿佛在吃一只臭鸡蛋。

"我不知道这里有没有宝藏,"他说,"但我敢拿我的脑袋打赌,这里一定会有热病。"

在划子里的时候,水手们的行为已引起我的焦虑;回到大船上以后,简直咄咄逼人了。他们在甲板上晃来荡去,聚在一起愤激地交谈。命令他们做任何一点点小事情,都会遭到白眼,做起来也是老大不愿意地敷衍塞责。甚至最老实的水手也传染到了这股风气,因为船上根本没有一个人会纠正别人的行为。很明显,暴乱的危机就像雷雨前的乌云笼罩在我们的上空。

有这种危机感的不仅是我们住在房舱里的人。高个儿约翰忙忙碌碌地从一堆人这边走到另一堆人那里,竭尽全力进行劝说,做出任何人都不能超过的好榜样。他在积极主动和恭敬顺从方面作了超水平的表演,对每一个人都笑容可掬。一听到什么命令,约翰立刻拄起拐杖去执行,一边高高兴兴地连声应道:"唉,唉,先生!"要是没有别的事情可做,他就一支接一支地唱歌,想以此掩饰其余的人的不满。

在那个危机四伏的下午,所有不祥的预兆中最不祥的要数高个儿约翰表现的这种明显的忧虑。

我们在房舱里开会商量对策。

"先生们,"船长说,"如果我再冒险下一道命令,全体船员马上就会起来造我们的反。这局面你们也看到了,先生们。刚才我不是得到非常无礼的回答吗?我要是回敬吧,一眨眼就会有长矛飞过来;不回敬吧,西尔弗会看出这里头有文章,那就全完了。现在我们只有一个人可依靠。"

"依靠谁?"

"西尔弗,先生们,"船长回答。"他急于稳住局面的心情与你我同样迫切。他们之间有一点小小的分歧;只要有机会,他很快就能说服其余的人听他的,而我的主张就是为他提供这样的机会。我建议下午放他们上岸去。如果他们统统上岸,好得很,我们就把船夺回来。如果他们一个也不去,那我们就坚守房舱,让上帝保佑正义的一方。如果几个人去,先生,我敢担保:西尔弗带他们回到船上来的时候,这些人一个个都像绵羊一样听话。"

事情就这样决定了。装了弹药的手枪分发给所有可靠的人。我们向亨特、乔伊斯和雷德拉斯交了底,他们听到这个消息并不像我们所预料的那样吃惊或恐慌。于是船长走到甲板上去向全体船员讲话。

"朋友们,"他说,"我们做了一天很繁重的工作,大家都已筋疲力尽。到岸上去走走对任何人都没有害处。划子还在水中,谁要是愿意,下午都可以上岸去。在日落前半小时我放炮通知大家。"

那些蠢东西大概以为一到岸上宝藏便唾手可得,所以他们一下子全都笑逐颜开,发出的欢呼声在远处山中激起回响,并再次把鸟儿吓得飞起来,盘旋在锚地上空呱呱乱叫。

船长十分知趣,决不会碍他们的事。他立刻走开,谁走谁留由西尔弗去安排;他也只得这样做。他要是留在甲板上,已不能再假装被蒙在鼓里的样子。事情是再清楚不过的了。船长实际上是西尔弗,他拥有一大帮子存心反叛的部下。老实的水手——不久我发现船上还是有这样的人——必定都是些非常迟钝的家伙。我猜想实际的情形或许是:全体水手在领头者的榜样影响下都学坏了,只不过程度不同而已;少数几个大体上还是好人,他们不愿被引诱或强迫走得太远。吊儿郎当、装蒜偷闲还不打紧,但是要他们夺取船只、杀害一批无辜的人——那可不是闹着玩的。

谁去谁留的问题终于定了下来。六名水手留在船上,其余十三名,包括西尔弗在内,开始分坐在几只划子里。

这时我忽然想到第一个近乎疯狂的主意——多亏这个主意我们后来才得以死里逃生。既然西尔弗让六个人留下,很清楚,我们不可能把船夺过来。但既然只留下六个人,同样也很清楚,房舱一方目前也不是非要我帮忙不可。我立即决定上岸去。说时迟,彼时快,我已经一骨碌翻过船舷,卷进最近一只划子的绳索中了。几乎在同一瞬间,划子就撑离大船。

　　谁也没有注意我,只有前桨手说了一句:"是你啊,吉姆?把头低下去。"但在另一只划子里的西尔弗用犀利的目光向我们这边一扫,喊了一声,以便确定到底是不是我。从那个时刻起,我开始后悔不该这样做。

　　划子争先恐后向岸边疾驶。然而我乘坐的一只起划略早,舟身较轻,配备的桨手也更得力,所以遥遥领先。划子一头插在岸边的树木之间,我攀住一根枝条纵身上岸,一下子钻进最近的一片丛莽;而此时西尔弗和其余的人还在后面一百码以外哩。

　　"吉姆,吉姆!"我听见西尔弗在喊。

　　我当然不予理会。我连蹦带跳,忽而猫着腰钻入草丛,忽而在灌木中开路,头也不回地向前奔跑,直到再也跑不动为止。

第十四章
第一次打击

我从高个儿约翰那里逃跑，心中得意极了，居然有兴致开始欣赏我登上的这块陌生陆地的风光。

我穿过长满杨柳、芦苇和许多卑湿怪树的沼泽地带，来到一片沙土起伏约一英里长的开阔地边缘。这里松柏稀少，却有大量枝干弯曲略似麻栎、但叶色淡如杨柳的树。空地远处是一座双峰小山，它的两个奇特的嶙峋的尖顶在阳光下辉煌夺目。

我这才第一次体会到探险的乐趣。这个岛上无人居住，和我同船来到的人被我抛在后边，除了不会说话的鸟兽，谁也不会出现在我面前。我在树木之间东拐西转，一路上不时遇见各种我叫不出名目的花草，间或也看到几条蛇；有一条蛇从岩石缝隙里昂起头来，向着我发出有点像陀螺飞转时的咝咝声。我压根儿没有料到这竟是能致人于死地的响尾蛇，那声音原来正是它尾端的环发出的著名响声。

接着我走进一条很长的、尽是那种状似麻栎树的丛林。后来我听说这种树叫做常青栎或常绿麻栎。它们像黑莓那样矮矮地长在沙地上，丫枝扭曲得奇形怪状，叶子密得像茅草盖的屋顶。丛林从一个沙丘顶上延伸下来，愈往下树就长得愈密、愈高，直到一片广阔的芦苇塘边；附近的一条小河就是经过这里流入锚地的。沼地在强烈的阳光照射下直冒蒸气，望远镜山的轮廓在升腾的雾气中微微颤动。

芦苇丛中骤然响起一阵沙沙声；一只野鸭嘎的一声飞了起来，接着又飞起了一只，旋即在整个芦塘的水面上腾起浮云似的一大群野鸭，嘎嘎叫着在半空中打旋。我立刻猜到一定有几个与我同船到此的水手正沿着塘边在走近来。果然不出所料：我很快就听到一个人很远很低的说话声；我继续凝神谛听，那声音愈来愈响，愈来愈近。

这可把我吓坏了。我钻到最近的一棵常青栎的顶盖下，蹲在那里竖起耳朵屏息静听，活像一只耗子。

另一个声音在答话。随后，第一个（我听出那是西尔弗的）声音继续滔滔不绝地讲了很长时间，另一个声音只偶尔插一两句话。从语调听来，两人的对话十分认真，甚至相当激烈；但是没有一个字清晰地传到我的耳朵里。

最后，谈话双方似乎都住了口，大概是坐了下来，因为不仅他们没有再走得更近，连野鸭也安静下来，重又回到芦苇塘里原来栖息的地方。

这时我才意识到自己的失职。既然我莽莽撞撞地跟那些亡命之徒上了岸，至少该偷听一下他们在商量些什么。此刻明摆在我面前的任务就是：用那些歪歪扭扭的树木的叶盖作掩护，悄悄地溜到尽可能靠近他们的地方。

我能够准确地断定那两个人所在的方向，因为除了他们谈话的声音还有一个标志：少数几只鸟直到此时还在这两位不速之客的头顶上不安地盘旋。

我手脚并用，缓慢而坚定地朝着他们那边匍匐前进。最后，我抬起头，从树叶的缝隙里望出去，可以清楚地看到下面沼泽旁边一小块草木葱茏的谷地；高个儿约翰·西尔弗和一个水手正站在那里谈话。

太阳直射到他们身上。西尔弗把他的帽子扔在身旁的地上，他那整个光滑、白皙的宽脸盘冒着汗闪闪发光，正对着另一个人的脸，似乎在努力打动对方的心。

"伙计，"他说，"因为我看你是沙里的金子才对你这样说。你是沙里的金子，你可以相信我的话！要不是我打心眼里喜欢你，难道我会在这里向你发出警告吗？一切都已经决定了，你再也改变不了局面；我的话完全是为了保全你的生命，要是被那帮不顾死活的家伙听见了，他们会怎样收拾我？你说，汤姆，他们会怎样收拾我？"

"西尔弗，"另一个说。我注意到他不仅脸涨得通红，而且嗓音像乌鸦似的沙哑,又像绷紧的绳索那样发颤,"西尔弗,"他说,"你已经老了,又是个正派人,至少名声不坏。你有钱,哪一个穷水手比得上你的钱多?如果我没有看错人,你还不是胆小鬼。为什么你要跟那班蠢东西鬼混在一起?你实在犯不着!换了我,即使砍掉我一只手也不愿违背自己的职责,我可以凭着上帝起誓——"

他的话突然被一声喧嚣所打断。我在这里刚刚发现一个正直的水手,就在这同一时刻又传来了另一个好人的消息。从沼泽那边老远的地方蓦地响起一声愤怒的叫喊,紧接着又是一声,然后是一声拖长的惨叫。望远镜山的峭壁被激起好几声回响;芦塘里的全体野禽大军再次一齐振翅惊飞,顿时遮蔽了半个天空。那声临死前的绝叫过后很久还在我脑中激荡,尽管周围重又恢复平静,只有野禽降落芦塘的扑翼声和远处汹涌澎湃的怒涛声划破这午后令人困倦的气氛。

汤姆听到这声喊,像马被靴刺踢了似地跳起来,但是西尔弗连眼睛也不眨一下。他仍半倚着拐杖站在原地,像一条伺机蹿起来咬人的蛇,眼睛盯着他的同伴。

"约翰!"那个名叫汤姆的水手说着伸出一只手。

"不许碰我!"西尔弗怒喝道,同时霍地向后跳了一码远,动作之迅捷和稳当在我看来简直如同训练有素的体操家。

"可以,我不碰你,约翰·西尔弗,"汤姆说。"你要不是心虚,就完全不必怕我。看在上帝份上,告诉我那边出了什么事?"

"你问那边出了什么事?"西尔弗说时微微一笑,然而笑得很不自然;眼睛在他的宽脸盘上简直眯成针尖那样大小,但却像玻璃珠一般发亮。"你问那边出了什么事?我猜想那是艾伦。"

一听这话,汤姆勃然大怒,显示了惊人的勇气。

"艾伦!"他叫了起来。"愿他的灵魂得到安息!他称得上是个真正的水手。至于你,约翰·西尔弗,你我做过很长时间的朋友,但你再不是我的朋友了。我即使无声无息地死去,也要尽到自己的责任。你们杀害了艾伦,难道不是吗?你们要是做得到,把我也杀了吧。可是我不把你们放在眼里。"

说罢,这个勇敢的人转身背对着厨子向岸边走去。但他已注定不能走远。约翰大喝一声,他攀住一根树枝,把拐杖从腋下猛掷出去。那支原始的投枪呼的一声从空中飞过,尖端朝前,以使人昏过去的力量在可怜的汤姆肩胛骨之间的背脊中央打个正着。汤姆向上张开两条胳臂,发出一声像是喘息的声音,然后跌倒。

他的伤势轻重如何,永远没有人说得上来。根据声音判断,很可能他的脊梁骨被当场打断了。但他连恢复知觉的时间也得不到。西尔弗单凭一条腿,甚至不挂拐杖也像猴子一般敏捷,霎时间就跳到汤姆身旁,将一把刀子两次齐柄戳进汤姆失去自卫能力的身体。我从藏身的地点可以听到凶手连捅两刀时的大声呼哧。

我从来不知道晕厥究竟是怎么回事,但我确实知道,接下来有片刻工夫,整个世界像在一团旋涡似的迷雾中从我面前晃荡开去。西尔弗、野鸭、高高的望远镜山顶都在我眼前旋转、颠倒;各不相同的钟声在我耳畔齐鸣,远远的人声在我耳际喊叫。

当我定下神来的时候,那恶棍早已恢复常态,腋下挂着拐杖,三角帽戴在头上。汤姆一动不动地躺在他面前的草地上,但凶手连看也不对他看一眼,只顾用一把草拭净刀上的血迹。其余的一切都没有变化,太阳照旧烤着冒蒸气的沼泽和高高的山顶,我简直不能相信:凶杀确实已经发生,刚才我亲眼看到一个人被残忍地杀死了。

约翰把手伸进自己的口袋,掏出一只哨子,有腔有调地吹了几下,哨音穿过燠热的空气传得很远。我当然不知道这信号的意思,但它一下子唤醒了我的恐惧。有更多的人要到这里来。我可能被发觉。他们已经杀死了两个正直的人,难道我就不会继汤姆和艾伦之后遭毒手吗?

我立即设法使自己脱身,尽可能迅速而又悄悄地回到森林中比较开阔的那一部分去。我一边逃,一边可以听到那个老恶棍同他的那一伙人

汤姆向上张开两条胳臂。

在互相招呼，这声音所意味着的危险为我插上了翅膀。我刚走出树丛，立刻以从未有过的速度撒腿飞奔，几乎不去辨别逃跑的方向，反正离开那些杀人的强盗愈远愈好。我跑得愈快，心里就愈慌，最后几乎要发疯了。

　　试想，还有谁能处在比我更加糟糕的境地？等到鸣炮的时候，叫我怎敢去同那些身上还透出血腥味的魔鬼一起坐到划子里？他们中任何一个见了我，不会把我的脖子拧下来吗？但我要是不回去，这一点本身岂不向他们表明我心里害怕，也就等于说我什么都知道了？我心想：这下全完了！永别了，伊斯班袅拉号；永别了，乡绅、大夫、船长！除了饿死或死于那些叛乱分子之手，我再也没有别的出路。

　　我在想这些念头的过程中，一直在奔跑，不知不觉已来到那座双峰小山脚下。长在岛子这一部分的常青栎向周围伸得更开，形状和大小更像林木。间或有几棵松树耸立在它们中间，有的五十英尺高，有的达到七十英尺。这里的空气也比下面沼地旁边新鲜多了。

　　就在这个地方，一种新的危险把我吓得裹足不前，心怦怦直跳。

第十五章
岛中人

从小山这一侧陡峭而多石的山坡上，许多沙砾喀喇喇跳动着穿过树木纷纷落下。我的眼睛本能地转向那边，看见一个身影以极其迅捷的动作跳到一棵松树背后。那究竟是熊，是人，还是猿猴，我怎么也说不上来。反正是黑糊糊、毛茸茸的，此外我什么也没看清楚。但这个新出现的幽灵却把我吓得不敢向前。

看来我现在是腹背受敌：我后面是一伙杀人凶手，我前面又潜伏着不可名状的怪物。我当即作出抉择：已经知道的危险总比还不知道的危险好些。跟这个林中怪物比起来，甚至西尔弗也不那么可怕了。于是我掉转身躯，不时警惕地看看背后，开始向着停划子的地方走回头路。

那怪物一下子又出现了，它绕了一个大弯子，抄到我的前头来。我已经很疲乏了；但即使我像刚起身时一样精力充沛，要跟这样一个对手比速度也是徒劳的。那怪物像一头鹿似地从一棵树后面窜到另一棵树后面，跟人一样用两条腿奔跑，但和我看见过的任何人都不同，腰弯得很低，头几乎碰到地上。然而这毕竟是一个人，这一点我已不再怀疑。

我回忆起听到过的有关食人者的故事，差一点儿就要喊救命了。但想到他是个人，尽管是个野人，这一事实多少使我放心了些，也相应地重又唤醒了我对西尔弗的恐惧。我索性站住不动，盘算着用什么方法逃遁。我这样思量的时候，猛然想起我身边带着手枪。我刚一发现自己并非手无寸铁，勇气又在我心中增长。于是我毅然面对那个岛中人，踏着轻快的步子向他走过去。

那时他正躲在一棵树后面，但他肯定严密地监视着我，因为我刚开始朝着他那一边移动，他立刻重新露面，迎着我跨出一步。这时他忽然犹豫起来，先是退缩，接着又上前，最后他跪倒在地上，伸出互相握紧

最后他跌倒在地上。

的两只手作哀求状,使我惊讶得不知如何是好。

我只得再次停下脚步。

"你是什么人?"我问。

"本·甘恩,"他回答说。他的声音沙哑而板滞,像一把生锈的锁。"我是,我是可怜的本·甘恩;这三年来我没有跟一个人讲过话。"

现在我看出他是个跟我一样的白人,他的面貌甚至相当讨人喜欢。他的皮肤露出的部分都晒黑了,连嘴唇也是黑的,一双淡黄的眼睛在这样深色的脸上显得十分突出。在我见过或想象得到的所有乞丐中,数他穿得最破烂。他的衣服只是旧的船帆和旧的水手装的破布条;而且这身与众不同的鹑衣一片一片都是用各种各样的扣襻物件(如铜扣子、细枝条、涂柏油的麻絮)胡乱连缀起来的。他腰里束一条有铜搭扣的旧皮带——这是他的全副装备中唯一比较结实的东西。

"三年!"我失声惊呼。"你是遭了船难的吧?"

"不,朋友,"他说,"是放荒滩的。"

我听说过这种在海盗中间相当普遍而可怕的惩罚手段,受罚者被放逐到一个遥远的荒岛上,只给他一点点弹药。

"三年前我被放荒滩到这里,"他继续说,"从此一直靠吃山羊肉、野果和生蚝过活。我说,一个人无论到什么地方,总会想办法养活自己。可是,朋友,我心里是多么想望能吃到真正人吃的东西啊!你身边是不是带着一块干酪什么的,有没有?没有?咳,我不知有多少个长夜梦见过干酪,多半是烤得黄黄的;可是醒过来的时候,我还在这个地方。"

"我要是能回到船上去,"我说,"你要多少磅干酪都办得到。"

在这以前,他一直不断地摸摸我的上衣的料子,抚摩我的两手,看看我的皮鞋。总之,在说话的间歇中,他显得像小孩子一样高兴,就因为看见了一个跟他一样的人。但听了我最后那句话,他昂起头来,现出一种吃惊和狡猾的神态。

"你说你要是能回到船上去,是吗?"他把我的话重复了一遍。"那末谁不让你回去呢?"

"反正不是你,"我回答说。

"你说得对,"他急忙应道。"那末,你叫什么名字,朋友?"

"吉姆,"我告诉他说。

"吉姆,吉姆,"他说时显然极为满意。"说真的,吉姆,我过的那种苦日子你听了也会为我害臊。比方说,你瞧我现在这模样,你能相信我有一个虔信上帝的母亲吗?"

"不,我不大能够相信,"我答道。

"也难怪,"他说,"可我确实有一个非常虔信上帝的母亲。当年我自己也是个懂礼貌、信上帝的孩子,我能把教义问答背得那么快,你简直没法把前一个字同后一个字分开。可是我竟落到这般地步,吉姆,这都是从我在该死的坟场上扔钱猜正反面①开始的。事情正是这样起的头,可是后来愈走愈远了。我母亲说过我不得好下场,果然被她——这个信神的女人——说中了。我是注定要落到这般田地的。在这个荒岛上,我把整个事情都仔细想过,现在又重新相信上帝了。你可不要引诱我喝太多的朗姆酒;不过,要是为了讨个吉利只喝顶针儿那么大的一小杯,有这样的机会我当然不会放弃。我已发誓要改邪归正,也知道该怎样走上正路。告诉你,吉姆,"他四顾张望,把嗓门压低到耳语的程度,"我发财啦。"

我现在确信这个可怜的人在长期的孤独生活中发了疯。很可能我把这种感觉流露在脸上,所以他急切地一再重申这一点:

"我发财啦!发财啦!真的!我还可以告诉你,我要设法使你出人头地,吉姆。啊,吉姆,你应该感谢你的星宿,算你运气好,最先找到

---

① 一种赌博游戏。

了我！"

说到这里，一片阴影突然笼罩在他的脸上。他把我的手握得更紧，竖起一根食指在我眼前扬了扬。

"吉姆，你老实告诉我，那是不是弗林特的船？"他问。

这时我想出了一个绝妙的主意。我开始相信自己找到了一个同盟者，所以我立刻回答他。

"那不是弗林特的船，弗林特已经死了。不过，既然你要我老实告诉你，我就对你说实话：船上有几个是弗林特的水手，这对我和其余的人是极大的灾难。"

"有没有一个——一个只有一条腿的人？"他的呼吸顿时急促起来。

"西尔弗？"我问。

"对，西尔弗！"他说。"那是他的姓。"

"他是厨子，也是贼党的头子。"

我的手腕子本来就给他扭住，这时差点儿被扭断。

"如果是高个儿约翰派你来的，"他说，"那我就完了，这我是知道的。不过你们落到了什么境地，你可明白？"

我当机立断，在回答时顺便把我们这次航行的前前后后和我们目前所处的困境都告诉了他。他聚精会神地听完了我的叙述，然后摸摸我的头。

"你是个好小伙子，吉姆，"他说，"可是你们都落在圈套里了。你放心，本·甘恩是信得过的，本·甘恩会帮你们的忙。要是有人能救你们的乡绅脱出圈套，你说他能不能显示比较大的器量？"

我对他说，屈利劳尼先生是极其慷慨的。

"好，不过你要知道，"本·甘恩继续说，"我的意思不是要他给我一份看门的差事或一身号衣等等；那不是我的目标，吉姆。我的意思是：他愿不愿意从本来就是我的钱中拿出……比方说拿出一千镑来作为酬报？"

"我相信他一定愿意，"我说。"本来每个人都可以分得一份。"

"还让我坐船回去？"他又添上一句，现出十分精明的样子。

"当然，"我说，"屈利劳尼先生是个正人君子。再说，如果我们能甩掉他们的话，我们也需要你帮忙把船开回去。"

"那末，"他说，"你们是不会把我撇下的了。"他这才放了心。

"现在你听着，"他接着往下说。"我把事情原原本本都告诉你。弗林特把金银财宝埋下去的时候，我在船上。当时跟弗林特在一起的还有六个身强力壮的水手。他们上岸有一星期光景，叫我们待在海象号上，时而靠岸，时而离岸。一天，先有信号发出，随后弗林特独自一人驾一只划子回来，一方蓝色的头巾裹着脑袋。当时太阳刚刚升起，他那灰白的脸出现在船鼻的左右上下，一丝血色也没有。只有他一个人回来，其余六个都死了，并且被埋葬了。他是怎样把他们干掉的，船上的人一个也不知道。反正少不了恶斗、凶杀和横死①，他一个对付六个。比尔·蓬斯是大副，高个儿约翰是舵手；他们问他，金银财宝藏在哪儿？'喔，'他说，'你们愿意的话可以上岸去留在那里，船还要去搜罗更多的财宝，恕不等候！'这就是弗林特给他们的回答。

"三年前，我在另一条船上，我们看见了这个岛。'伙计们，'我说，'这里有弗林特的宝藏，咱们上岸去找。'船长听了很不乐意，可是水手们都跟我一个心眼，结果船只得拢岸。我们找了十二天，大伙把我骂得一天比一天凶。直到某一天早晨，全体船员在船上集合，他们说：'本·甘恩，给你一支滑膛枪、一把铲和一把镐。你留在这里找弗林特的宝藏去吧。'

"就这样，吉姆，我在这里待了三年，从那时到今天没有吃过一餐

---

① 本·甘恩在这里借用了祈祷书中的一句话："愿上帝保佑我们免于恶斗、凶杀和横死"。

真正人吃的饭菜。你瞧我这模样,你瞧瞧。我难道像一个水手?你一定说不像。我自己也说不像。"

说到这里,他眨了眨眼睛,重重地拧了我一把。

"你得这样告诉你们那位乡绅,吉姆,"他接下去说,"你说:他自己也说不像。说他在岛上待了三年,无论白天还是黑夜,无论晴天还是下雨,始终只有一个人。有时候他会细细地想一段祈祷文(你得告诉他);有时候他会想起他的老娘,就好像她还活着(这你也得说)。但甘恩的绝大部分时间(这你千万不能漏掉)都花在另一件事情上。然后你也得像我这样拧他一把。"

他又拧了我一把,以此表示极大的信任。

"那时,"他继续说,"那时你得这样说:'甘恩是个好人(你一定得说),他对天生的绅士一百个放心(记住,你得说一百个放心),对那些碰运气绅士就是信不过,因为他自己过去也是这号人。'"

"你刚才的那一番话我半句也没听懂,"我说。"反正这无关紧要,因为我是不是能回到船上去还是个问题。"

"喔,"他说,"这倒真有点儿麻烦。不过,我有一只划子,是凭我这两只手做的。我把它藏在一堵白色的岩壁下面。万不得已时,咱们可以等天黑以后去试试。嗨!"他突然叫了起来。"那是怎么回事?"

就在这一刹那,一声炮响在全岛激起怒吼般的回声,而此时离日落还有一两个小时哩。

"他们开火了!"我惊叫起来。"跟我来。"

我拔腿向锚地跑去,把所有的恐惧都丢在脑后。那个用山羊皮蔽身的放荒滩水手紧靠在我旁边跑着小步,好像一点也不费力。

"靠左,靠左,"他说,"靠左边跑,吉姆,我的好朋友!尽可能在树底下跑!这里是我打死第一只山羊的地方。现在它们不到山下来了,都躲在山上,因为怕本·甘恩。瞧,那里是共墓,"我想他要说的一定是公墓。"你看到那些土墩了吗?逢到我猜想是礼拜天的日子,我常常到这里来祷告。那地方虽算不上礼拜堂，不过看来挺庄严。对了，你得告诉他，说本·甘恩样样都缺，没有牧师，也没有《圣经》和旗幡，你别忘了。"

在我奔跑的时候，他就这样不住口地絮叨着，根本不指望得到回答，我也顾不上给他任何回答。

炮声过后，隔了相当长一段时间，才传来一次齐射的枪声。

接着又是一阵沉寂。然后，在我前方不到四分之一英里处，我看到一面英国旗在树林上空迎风飘扬。

第四部　寨子

第十六章
弃船的经过
（由大夫继续叙述）

两只划子离开伊斯班袅拉号往岸边划去时大约一点半，用航海术语讲是钟敲三下①。船长、乡绅和我在房舱里商议对策。要是稍微有一点儿风的话，我们可以向留在船上的六个反叛分子发动突然袭击，起锚出海。但是没有风，尤其使我们绝望的是：亨特下来报告消息，说吉姆·霍金斯溜进一只划子，跟着其余的人上岸去了。

我们对吉姆·霍金斯从来没有产生过怀疑，但是我们为他的安全担忧。冲着那些人当时的暴躁劲儿，我们再见到那个孩子怕是没有希望的了。于是我们跑上甲板。沥青在船板缝隙中泛着气泡，这地方的一股刺鼻的恶臭熏得我直想呕吐，如果有谁染上热病或痢疾，那准是这个该死的锚地里的臭味造成的。留下的那六个坏蛋坐在帆下水手舱里发牢骚。我们看得见两只划子系在岸边，紧靠一条小河入海的口子，每一只划子里坐着一个人。其中一个在吹口哨，吹的是一支名叫《利利布雷洛》的调子。

束手等待实在令人难熬，于是决定由亨特和我坐小舢舨上岸去侦察一番。

两只划子是靠右停的；而亨特和我径直地朝着地图上画着栅栏的方向拢岸。看守划子的那两个人见了我们，似乎有些慌乱，《利利布雷洛》也不吹了，我看到他们在商量该怎么办。如果他们去报告西尔弗，一切都可能改观。但我估计他们事先得到指示，所以决定原地静坐，继续吹《利利布雷洛》。

沿岸有一个微微向前突出的尖角，我故意把舢舨划得让尖角把我们和他们隔开；这样，甚至在我们登岸之前，划子上的人就看不见我们了。我在帽子底下衬一块大的绸帕减少些暑气，把两支手枪都装好弹药以策安全，然后跳出舢舨，撒腿就跑。

我跑了不满一百码地，就来到栅栏跟前。

这个围着栅栏的寨子原来是这么回事：一股清泉几乎是从小山丘顶上涌出来的。就在这小山丘上，围着泉水用圆木钉成一间结实的小屋，里面挤得下四十个人，每一面墙上都有枪眼。木屋四周整理出一片宽阔的空地，用六英尺高的木栅围起来，上面既没有门，也没有洞口。栅栏非常坚固，拆毁它要花不少时间和气力，但进攻时又无处隐蔽。木屋里的人却非常安全，他们从任何一个方向都可以像打鹧鸪一样向进攻者开枪。只要有得力的岗哨和充足的粮食，那末，除非打它个措手不及，否则这个据点能顶住一个团的进攻。

特别使我高兴的是那股泉水。尽管在伊斯班袅拉号上我们有相当舒服的房舱，武器弹药充足，有丰富的食品和好酒，但一件事却被忽视了：我们没有淡水。我正在考虑这一点，忽然一个人临死的一声惨叫震荡在海岛上空。我对暴力造成的死亡并不陌生，我曾在昆布兰公爵麾下服役，我自己在方特努瓦一仗中也负过伤②；但这声惨叫却使我的脉搏一下子紊乱不堪。出现在我头脑中的第一个想法是："吉姆·霍金斯完了。"

一个老军人固然不可小看，但一个大夫更加可贵。干我们这一行没有时间能让你磨蹭。我当即拿定了主意，毫不耽搁地回到岸边跳上舢舨。

幸亏亨特是个使桨的好手。我们把水划得飞也似地直往后退，不一会就靠到大船旁边。我登上了伊斯班袅拉号。

---

① 海船上每半小时敲钟一次，12点半敲一下，以后每半小时增敲一下，至多8下（表示4点、8点或12点），4点半起又敲一下，每4个小时循环一次。
② 昆布兰公爵(1721—1765)，英王乔治二世第三子。奥地利继位战争中，英法处于敌对地位。1745年，英法军队交战于方特努瓦(在今比利时图尔内西南五英里处)，昆布兰公爵所率领的英奥联军被击败。

我发现他们个个都非常震惊,这是很自然的。乡绅坐在那里,面无人色,寻思着自己连累我们遭到的危险。他真是个好人!留在船上的六名水手之中有一个人也不轻松。

"那个人对这种勾当还不习惯,"斯摩列特船长向他那边摆一摆头说。"大夫,他听到那声叫喊的时候,差点儿昏过去。只要再开导一下,就能把他争取到我们一边来。"

我把我的计划告诉船长,我们俩就开始讨论实施这个计划的细节。

我们派老雷德拉斯带三四支装好弹药的滑膛枪守住房舱和水手舱之间的走廊,再给他一张褥垫作掩蔽。亨特划着舢舨绕到船尾下面,乔伊斯和我着手往上面装火药桶、滑膛枪、干粮袋、几小桶猪肉、一桶白兰地以及我那无价之宝的医药箱。

在这同时,乡绅和船长待在甲板上。船长把副水手长(他是留在船上的水手的头头)叫过去。

"汉兹先生,"船长说,"我和屈利劳尼先生两个人每人都有两支手枪。你们谁要是敢发出任何信号,我们就要他的命。"

他们着实吃了一惊,在商量一阵以后,一齐从前升降口冲下去,无疑想抄我们的后路。但一发现雷德拉斯在圆木走廊里等候,他们立刻改变路线。一个水手又向甲板上探头探脑地张望。

"下去,狗东西!"船长怒喝道。

那脑袋又缩回去,在一段时间内,我们再也没有听到这六个吓破了胆的水手的声息。

此时我和乔伊斯把各种东西拚命往舢舨上装,直到不敢再装为止。我们翻过船尾的舷侧登上舢舨,使出全副精力挥动桨板,再次向岸边划去。

岸边那两个守望者第二次看见我们,可紧张起来了。《利利布雷洛》再次中断。就在我们绕过小尖角从他们的视野里消失之前,其中一个突然拔腿向陆地上跑去,一下子就不见了。我几乎打算改变主意,把他们的划子凿沉；但我担心西尔弗他们可能就在附近，过于贪心可能把整个事情搞糟。

我们就在原先那个地点拢岸，开始把粮食、弹药往木屋里搬。第一趟我们三个人都背得很重，到了寨子前把东西扔过木栅。然后留下乔伊斯看守这些补给品（虽然只有一个人，但带着半打滑膛枪），我和亨特回到舢舨那儿去再背一趟。我们就这样一口气也不歇，直至搬完全部货物。然后由两个仆人在木屋里留守，我使出所有的力气划着舢舨回到伊斯班袅拉号上去。

我们决定再装一舢舨货物上岸。看起来此举的风险太大，其实不然。诚然，他们在人数上占优势，但我们在武器上居上风。岸上那些强盗没有一支滑膛枪，在他们进入手枪射程之前，我们至少可以歼灭他们五六个。

乡绅在船尾窗前等我，他先前那种沮丧的神色已一扫而光。他接住我扔上去的缆索，把舢舨系牢，我们便开始装货。这一次装的是猪肉、火药和面包干，此外只为乡绅、我、雷德拉斯和船长每人各带一支滑膛枪和一柄弯刀。余下的武器弹药被我们扔进两英寻半深的水中。我们可以看到，被太阳照得雪亮的钢刀钢枪，在我们下面清澈的沙底里闪闪发光。

这时已开始退潮，船身围绕着铁锚晃荡起来。从两只划子停靠的那个方向隐约传来互相呼喊的声音。虽然我们不必为在东面好多路以外的乔伊斯和亨特担心，但呐喊声在警告我们自己必须迅速离开。

雷德拉斯撤出他在走廊里的阵地，跳进舢舨。然后我们绕到大船的另一侧去接斯摩列特船长。

"喂，伙计们，"他说，"你们听得见我的话吗？"

水手舱里没有回答。

"亚伯拉罕·葛雷，现在我对你讲话。"

还是没有回答。

"葛雷，"斯摩列特先生略略提高嗓门继续说，"我即将离开这条船，我命令你跟你的船长走。我知道你本质上是个好人，我敢说，你们之中还有一些人也不像表面上看起来那么坏。现在我把表拿在手里；我限你在三十秒内到我这边来。"

接着是一阵沉默。

"来吧，我的朋友，"船长继续说，"不要让我久等。我等候的每一秒钟，对于我自己和这里的几位先生都有生命危险哪。"

这时突然爆发了一场殴斗，只听得拳打脚踢的声音。接着，亚伯拉罕·葛雷面颊边上带着刀伤冲出水手舱，像一条狗听到哨声似地奔到船长跟前。

"我跟你走，先生，"他说。

霎时间他和船长已跳上舢舨，我们当即离开大船，向岸边划去。

我们算是从伊斯班袅拉号上脱了身，但是还没有到岸上，还没有进入我们的寨子。

第十七章
舢舨的最后一趟行程
（由大夫继续叙述）

在大船与岸边之间的这第五次行程与先前几次大不一样。首先，我们乘坐的舢舨只有药罐那么大，所载已大大超重。光是五个大人（其中三个——屈利劳尼、雷德拉斯和船长——身高都在六英尺以上）已经超过了它的载重量，再加上火药、猪肉和几袋面包干。船尾的舷边几乎与水面相齐。有几次舢舨里进了一点水，我们还没划出一百码远，我的裤子和外套的下摆已经湿透。

船长要我们把舢舨上的载荷调整一下，这才使它平稳了些。尽管如此，我们还是连气也不敢喘。

其次，此时正值落潮，一股泛着细浪的激流先是朝西穿过港湾的深水，再朝南沿着上午我们通过的海峡出海。甚至那起伏的细浪对于我们超载的小舟都是一种威胁，但最糟糕的是我们被冲离了所需要的方向和小尖角后面那个合适的登陆点。如果我们不克服潮流的冲力，很可能会在那两只划子旁边拢岸，而海盗们随时可能在那里出现。

"我没法让船头对准寨子，先生，"我对船长说。我在掌艄，他和雷德拉斯两个划桨，因为他们还没有消耗太多体力。"潮水一个劲儿地把船往外推。你们能不能加一把劲？"

"那样舢舨就会翻身，"他说。"你必须顶住，先生，非顶住不可，坚持到成功为止。"

我又作了一次努力，我凭经验知道潮水正在把我们往西边推。最后，我把船头拨向正东，与我们应当去的方向恰成直角。

"这样下去我们永远拢不了岸，"我说。

"既然除了这个方向我们都受到横流的冲击，那末，先生，我们保持这个方向也好，"船长说。"我们必须逆流而上。要知道，先生，"他继续说,"如果我们被冲过了登陆点,那就很难说我们会在什么地方拢岸,除非在那两只划子旁边。相反,如果我们保持现在的方向,潮流总会减弱的,那时就可以沿着海岸退回来。"

"水流已经减弱了些,先生,"坐在船头的水手葛雷说,"你可以稍微放松一下。"

"谢谢你,朋友,"我说,就好像什么也没有发生过似的;我们都已心照不宣地决定把他当作自己人看待。

忽然,船长又开口了,这一回他的声音好像有些变样。

"那尊炮!"他说。

"这一点我已经想过了,"我说,我以为他指的是敌人可能炮轰寨子。"他们决不可能把炮弄到岸上,即使弄上了岸,也决不可能拖着它穿过树林。"

"你往后看,大夫,"船长说。

我们完全没有考虑到这一层,原来那五个坏蛋正忙着给大炮脱去"夹克"——那是水手们对航行时套在炮上的厚油布罩子取的别名。不仅如此,同时我还猛然想起打炮用的圆铁弹和火药都留在船上,只消抡起斧头把锁劈开,弹药就统统落入船上那些坏蛋之手。

"伊斯莱尔过去是弗林特的炮手,"葛雷的嗓门都哑了。

我们不顾一切地把船头对准登陆点。这时我们已脱离潮流相当远,甚至在不得不轻轻地划桨的情况下也能保持舵效速率,所以我能让船头稳定地对准目的地。但要命的是,经我这样调整方向以后,我们不是船尾而是船舷朝着伊斯班袅拉号,等于为它提供一个瞎子也能打中的靶子。

我不但能看见,也能听到那个红脸歹徒伊斯莱尔·汉兹正在把一颗圆铁弹顺着甲板滚到炮旁去。

"谁枪打得最准?"船长问。

"毫无疑问是屈利劳尼先生,"我说。

"屈利劳尼先生,请你给我把那些人干掉一个,好不好?最好干掉汉兹，"船长说。

屈利劳尼像钢一般冷静。他看看他那支枪里的火药。

"不过，"船长急忙提醒他，"动作不要太大，先生，要不然会翻船的。在他瞄准的时候，其余的人准备保持船身平衡。"

乡绅把枪举起来，划桨暂时停止，我们侧向另一边以保持平衡，一切都布置得很好，舢舨里没有进一滴水。

其时，大船上已把炮身在回旋轴上转过来对着我们，汉兹手执通条站在炮口旁边，因而目标最大。可是我们运气不好：屈利劳尼开枪的时候，汉兹正好弯下身去，弹丸嗖的一声从他头上飞过，结果是另外四个人中的一个倒了下去。

倒下的那一个大叫一声，跟着发出叫喊的不但有大船上他的同伙，也有岸上许多人的声音。我朝岸边一看，发现其余的海盗正纷纷从树丛中跑出来，慌慌张张地登上划子。

"划子要向这边来了，先生，"我说。

"加油划，"船长喊道。"现在我们不必顾虑会不会翻船。要是我们上不了岸，那就什么都完啦。"

"他们只登上一只划子，先生，"我又说，"其余的人一定从岸上抄过来，准备拦截我们。"

"那就够他们跑的了，先生，"船长回答说。"要知道，水手在岸上没有多大能耐。我对他们并不在乎，我担心的倒是圆铁弹。打我们太容易了！哪怕叫我家的女佣人来打也十拿九稳。屈利劳尼先生，你看到他们点火，就告诉我们，我们把桨刹住。"

我们前进的速度对于超载得这样厉害的小舢舨来说已经是很快的了，而且在这个过程中几乎没有进水。我们现在快到目的地了，只要再划上三四十桨，舢舨就可以拢岸，因为落潮已在成簇的树下露出一条狭长的沙滩。海盗的划子不再构成威胁，小尖角已把我们同它隔开。刚才那么无情地阻碍了我们的退潮，现在将功补过，正阻碍着敌人赶上我们。唯一的危险是大炮。

"要是办得到的话，我真想停下来再干掉他们一个，"船长说。

但是，很明显，什么也阻止不了大船上的人打炮。他们对倒下的那个同伙连看也不看一眼，虽然他还没有咽气，而且我看见他正努力想爬到旁边去。

"准备！"乡绅叫了一声。

"住桨！"船长像回声似地应道。

他和雷德拉斯用力倒划一桨，使尾艄整个浸入水中。在这同一瞬间，炮声响了。这正是吉姆听到的第一声炮响，乡绅的枪声没有传到他耳朵里。炮弹到底落在哪里，我们谁也不清楚，不过我猜想是从我们头顶上飞过去的，而它掀动的一阵风想必是造成我们的灾难的直接因素。

总之，舢舨的尾艄慢慢地沉入三英尺深的水中，船长和我站着面面相觑。其余三人全都头朝下掉进水里，他们像一只只落汤鸡重又露出水面。

暂时还没有造成太大的损害。五个人都安然无恙，我们可以蹚水平安到达岸边。可是我们的补给品都沉在水底里了，尤其糟糕的是，五支枪只有两支还可以使。进水时我出于本能把我的枪从膝上抓起来高举过头。至于船长的枪是用一条子弹带挂在背后的，而且明智地把枪机朝上。其余三支都跟舢舨一起落了水。

我们听到岸边树林里的人声已愈来愈近，这使我们更加焦急。我们处在这样狼狈的境地，不仅有可能被切断通寨子的路，而且我们还担心，亨特和乔伊斯如果遭到五六个海盗的袭击，他们可能顶不住。亨特性格坚毅，这我们是知道的。乔伊斯就难说了：作为一名侍从，他是讨人喜欢的，礼貌也周到，给主人刷刷衣服很出色，但是当一名战士却不太合适。

这些正是我们匆匆蹚水登岸时悬挂在心头的种种忧虑，对那条可怜的舢舨以及足有一半的火药和粮食，只得弃置不顾。

第十八章
第一天战斗的结果
（由大夫继续叙述）

我们以最快的速度穿越横在我们和寨子之间的一片树林。我们每跑一步，海盗们的喧嚷声就迫近一步。很快我们已可以听到他们奔跑的脚步声，以及丛林中的树枝遭到他们横冲直撞发出的断裂声。

我意识到一场真枪实弹的鏖战已在所难免，就看了看我枪里的火药。

"船长，"我说，"屈利劳尼弹无虚发。把你的枪给他，他自己的给水泡过了。"

他们交换了枪支。从纷乱开始以来一直保持沉默和冷静的屈利劳尼，站住片刻，检查了一下枪机弹药。在这同时，我发现葛雷没有武器，就把我的弯刀给了他。我们大家都高兴地看到他往手上啐一口唾沫，攒紧眉头，把弯刀在空中一挥，劈起一阵风。从各方面看来，我们这个新战友不会使大家失望。

我们又跑了四十来步，来到树林边缘，见木栅就在前面。我们走近的恰恰是它南侧的中央，几乎在这同时，以水手长约伯·安德森为首的七个反叛者拚命追上来，已出现在栅栏的西南角。

他们顿了一下，似乎愣住了；在他们定下神来之前，不仅乡绅和我，还有木屋里的亨特和乔伊斯都开了枪。四声枪响合成一次颇有些凌乱的齐射，但没有落空：一个敌人应声倒地，其余的毫不犹豫地转身溜进了树丛。

我们把枪重新装上弹药后，沿着木栅的外侧走过去看那个倒下的敌人。他已经断了气——子弹打穿了他的心脏。

我们正在欢欣鼓舞之际，从树丛中发出一响手枪的射击声，一颗子弹嗖的一声几乎擦着我的耳朵飞过，可怜的汤姆·雷德拉斯两脚一晃，直挺挺地倒在地上。乡绅和我当即回击了一枪,但由于我们根本没有可瞄准的目标,大概只是浪费火药罢了。接着我们又重新装上弹药,把注意力转到汤姆身上。

船长和葛雷已在察看他的伤势。我一眼就断定没有希望了。

大概是我们的迅速回击再次使反叛者溃散,所以我们在把可怜的猎场老总管托过栅栏、抬进木屋的时候,没有再受到骚扰。

可怜的老头儿呻吟着,血流不止。从我们刚开始倒霉直至现在把他抬到木屋里等死,他始终没有一句话流露过惊奇、怨恨或恐慌,甚至也不表示默许。他曾像特洛伊人①一样坚守在伊斯班袅拉号的走廊上,仅用一张褥垫作掩蔽;他总是不声不响、全心全意地执行每一项命令;他比我们所有的人都大出二十岁以上;现在,这个老是面带愠色、忠心耿耿的老仆却要与世长辞了。

乡绅在他旁边跪下,吻着他的手,哭得像个小孩子似的。

"我要走了吗,大夫?"雷德拉斯问。

"汤姆,我的朋友,"我说,"你要回家去了。"

"我真想对他们放上几枪再走,"他说。

"汤姆,"乡绅说,"告诉我,你能原谅我吗?"

"先生,要我原谅你,这合礼仪吗?"汤姆答道。"反正照你的意思办就是了,阿门②!"

沉默片刻之后,他表示希望有人为他做一次祷告。

"这是规矩,先生,"他以辩解的口吻补充了一句。不久,他就咽了气,没有再说一句话。

事先,我已注意到船长的胸前和口袋里鼓鼓囊囊的不知揣着些什

---

① 特洛伊是小亚细亚西北部一古城。据荷马史诗《奥德赛》,希腊人围困特洛伊,十年不克,后用木马计赚开城门,方始攻占该城,结束了著名的特洛伊战争。
② 基督教徒作祈祷或唱圣歌时的结束语,意思是:"但愿如此"。

么。在这段时间内,他从身边掏出了一大堆各种各样的东西,计有:一面英国国旗、一本《圣经》、一卷结实的绳子、一支笔、一瓶墨水、一本航海日志和几磅烟草。他在栅栏内地上找到一根长杆子,那是一株砍倒后修去枝条的枞树;在亨特的帮助下,他把杆子竖在屋角两堵圆木墙壁相交形成角度的地方。然后,他爬上屋顶,亲手把国旗系在绳子上,亲自把它升上去。

看来这使他极为满意。他回到木屋里,开始整理东西,好像其余的一切都不存在似的。尽管如此,他偶尔还是向垂死的汤姆看上一眼;老头儿刚一气绝,他就走过来,用另一面旗恭恭敬敬地盖在尸体上。

"不要太悲伤,先生,"他握着乡绅的手说。"你不必为他的灵魂担心,他是在履行船长和主人交给他的任务时被打死的。我的话也许不太合乎教义,但这是事实。"

然后他把我拉到一旁。

"李甫西大夫,"他说,"你和屈利劳尼先生所指望的接应船要过几个星期能来?"

我告诉他: 不是过几个星期,而是几个月;如果我们八月底还不回去,勃兰德里将会来找我们;但既不会提前,也不会推迟。

"你自己也算得出来还有多少日子,"我说。

"是啊,"船长搔搔头皮说,"即使把天赐的一切统统考虑在内,我们的处境也是极其困难的。"

"这话怎么说?"我问。

"先生,我们把第二船补给品丢了实在太遗憾,这就是我要说的意思,"船长答道。"弹药我们还够用,可是食品短缺,大大短缺;甚至可以说,李甫西大夫,我们少一口人也许不是坏事。"

他说着指了一下盖在旗下的死人。

正在这个时候,一颗圆铁弹连吼带啸高高地飞过木屋上空,坠落在我们后面很远的树林里。

"哦嗬!"船长说。"把炮弹打光吧!反正你们的火药不多,我的伙计们!"

第二炮瞄得较准。炮弹落到木栅里边,扬起一大片沙土,但没有造成更大的损害。

"船长,"乡绅说,"从船上完全看不见这木屋。一定是那面旗成了他们的目标。我看,是不是把旗降下来为妙?"

"降旗?"船长叫了起来。"不,先生,我不干,"他刚说出这句话,我想我们大家立刻赞同他的意见。这不仅体现着一种顽强而深厚的感情,有海员的气魄,同时也是一种很好的策略,可以此向我们的敌人表示:我们蔑视他们的炮轰。

整个傍晚他们一直不停地打炮。铁弹一颗接着一颗飞来,不是太远就是太近,或者在木栅里边扬起滚滚烟尘。他们不得不瞄得很高,以致炮弹落下时已没有力量,自行埋入松软的沙地。我们对流弹也无须害怕;虽然有一颗圆铁弹从木屋顶上飞进来又从地板下面钻出去,我们不久就对这种无理取闹习惯了下来,顶多把它当作玩板球。

"这件事也有好的一面,"船长发表他的看法,"我们前面的树林里看来没有敌人。潮水已经退去很久,我们的补给品应该露出水面了。有没有人自告奋勇去把猪肉拿来?"

葛雷和亨特最先站出来。他们带着很好的武器,悄悄地翻出木栅,但这次行动却劳而无功。反叛者比我们料想的更大胆,或者他们充分信任伊斯莱尔的打炮本领。他们有四五个人忙于把我们的补给品捞起来,蹚水搬到停在近旁的一只划子里去。坐在划子里的人不时得划一两桨抵消水流的冲力。西尔弗在船尾上指挥;他们每一个人现在都有了一支滑膛枪,大概是从他们自己的秘密军火库里取出来的。

船长坐下来写航海日志,下面是这一天所记的开头一段:

船长亚历山大·斯摩列特、随船医生大卫·李甫西、船匠亚伯拉罕·葛雷、船主约翰·屈利劳尼、船主的仆人约翰·亨特和理查·乔伊斯(非海员)——以上全体乘员中继续忠于职守的人，带着只够勉勉强强吃十天的食品，于今日登岸，在藏宝岛的木屋顶上升起英国国旗。船主的仆人(非海员)托马斯·雷德拉斯[1]被反叛者枪杀；侍应生詹姆斯·霍金斯[2]——

这时我正在思量，可怜的吉姆·霍金斯的命运不知怎样。

从陆地的方向传来一声呼唤。

"有人在叫我们，"值班放哨的亨特说。

"大夫！屈利劳尼先生！船长！喂，亨特，是你吗？"呼唤声接连而来。

我跑到门口，正好看见吉姆·霍金斯从木栅外面翻过来。他安然无恙。

---

[1] 托马斯即汤姆。后者是前者的昵称。
[2] 詹姆斯即吉姆。后者是前者的昵称。

第十九章
守卫寨子的人们
（以下仍由吉姆·霍金斯续叙）

本·甘恩一见国旗就暂停前进，还拉住我的胳膊叫我止步，自己坐了下来。

"瞧，"他说，"你的朋友在那里，错不了。"

"恐怕更像是反叛分子在那里，"我表示怀疑。

"不可能！"他立刻反驳。"在这样一个除了碰运气绅士谁也不会来的地方，西尔弗要挂一定挂海盗的骷髅旗，这是没有疑问的。不，那里一定是你的朋友。刚才开了一仗，我猜想你的朋友们赢了；他们上了岸，待在好多年以前弗林特所造的那个老寨子里。啊！弗林特可真是个有头脑的人！不喝朗姆酒，他是没有对手的。他天不怕地不怕；不过西尔弗——西尔弗是那样斯文和气。"

"也许是这样，"我说，"那我就更应当赶紧去和我的朋友们会合。"

"等一等，朋友，"本还是不放我走，"你别忙。你是个好孩子，如果我没有看错的话；但你到底是个孩子。本·甘恩可不是傻瓜。朗姆酒也不能把我骗到你去的地方去，除非我看到你们那个天生的绅士，除非他给了我保证。你不要忘记我的话：'对天生的绅士一百个放心（记住，你得说一百个放心）。'还有，你在对他这样说的时候，别忘了拧他一把。"

他带着同样调皮的表情拧了我一把——这是第三次了。

"你们用得着本·甘恩的时候，你知道到哪儿去找他，吉姆。就在你今天见到他的地方。来找他的人手里得拿一件白颜色的东西，而且得一个人来。喔！你要这样说：'本·甘恩要求这样做自有道理。'"

"好吧，"我说，"我有点明白你的意思了。你有什么主意要提出来,你希望同乡绅或大夫见面;要找你就到我遇见你的地方去找。还有别的没有?"

"你还没有跟我约好时间呢,"他又添了一句。"从午测到钟敲六下①。"

"好,"我说,"现在我可以走了吗?"

"你不会忘记吧?"他很不放心地问。"你得说:'一百个放心','自有道理'。最主要的是'自有道理',咱们可得像男子汉对待男子汉那样。好吧,"他仍拉住我的胳膊,"我看你可以走了,吉姆。还有,吉姆,你要是见到西尔弗的话,你不会出卖本·甘恩吧?即使让野马拖着你跑,你也决不出卖我,知道不?你说呀:'决不'。要是那帮海盗在岸上宿营,吉姆,我叫他们的老婆明天早晨做寡妇,你看怎么样?"

他的话被一声巨响所打断,一颗炮弹穿过树丛落到沙地里,离开我跟他说话的地方不到一百码。我们俩朝着不同的方向拔腿就跑。

此后足有一个小时,炮声频频震撼着这个荒岛,炮弹不断嚓嚓地飞过树林。我一路前进,一路换地方藏身,老是觉得就要被那些可怕的飞弹打中。不过,到炮击将要停止时,尽管我还不敢朝寨子的方向走,因为落在那里的炮弹最多,但我已开始在一定程度上恢复勇气。我向东绕了一大段路,悄悄地来到岸边的树丛中。

太阳刚刚落下去,从海上吹来的微风在林中打转,拂动树叶簌簌作声。微风在锚地灰色的水面上掀起粼粼涟漪;潮水早已退远,大片大片的沙滩露出水面。在白天的酷热之后冷却下来的空气,使我穿着上衣都感到寒意。

伊斯班袅拉号仍停在它下锚的地方,但它的桅顶上果真扯起了黑地白色骷髅的海盗旗。就在我张望的时候,那里又有红光一闪,接着又是一声炮响,又是一颗圆铁弹呼啸着从空中飞过,激起零零落落的回声。

---

① 即从中午 12 点到下午 3 点。

这天的炮击就到此为止。

炮轰结束后,海盗们忙碌异常。我趴在地上窥测了一会儿。他们在离寨子不远的岸上用斧头斫着什么,后来我发现原来斫的是那只可怜的舢板。稍远,在河口附近的树丛里,一大堆篝火在熊熊燃烧;一只划子在小尖角和大船之间来来往往。上午我还看到那些人个个都是脸色阴沉,这时一边划桨,一边大声喧嚣,高兴得像小孩子似的。他们这种闹嚷嚷的劲头我估计是朗姆酒引起的。

我认为现在可以朝寨子的方向往回走了。目前我所在的地方是伸入海中相当远的一个沙尖嘴,它从东面围住锚地,低潮时与骷髅岛相连。我站起来的时候,顺着沙尖嘴下面更远的地方望去,见一堵孤零零的岩壁矗立在低矮的灌木丛中。岩壁相当高,颜色特别白。我想起这也许就是本·甘恩所说的白色的峭壁。说不定某一天需要一条小船,我就知道该上哪儿去找。

然后我沿着树林边缘往回走,直到又看见木栅的后侧即向着陆地的一面,不久就受到忠实的朋友们的热烈欢迎。

我把自己经历的事情讲了一遍,然后举目四顾。这木屋全部是用未经锯方的松树钉成的,包括屋顶、墙壁和地板。某些地方地板高出沙地表面一英尺至一英尺半。门口有一座廊子,门廊下面有一股细小的泉水往上涌入一个样子很奇特的人工蓄水池——原来那是一只砸去了底的船用大铁锅,被放在沙地里埋到如船长所说的"齐吃水线"。

除了屋架以外,房子里几乎空空如也;只有一处角落里用石板垒成一个像是炉灶的东西,还有一只生锈的旧铁篓子,柴就放在这里烧。

小丘坡上和栅栏里边的树木全部被砍光用于盖这所木屋,从残留的树桩可以看出,一片极好的树丛给毁了。树砍掉以后,大部分泥土已被雨水冲走,只有从锅里渗出一条细流的地方长着厚厚的一层苔藓、几簇羊齿植物和一小丛贴地蔓生的灌木,在沙地里依然显得一片碧绿。栅栏四周是又高又密、郁郁葱葱的树林:朝陆地的一边都是枞树,朝海滩的一边则杂有许多常青栎。据他们说，树林与寨子靠得太近，不利于防卫。

我刚才所说的晚来清冷的微风，透过这草草钉成的木屋的每一个缝隙钻进来，不断有细沙像雨点似地洒在地板上。沙子飞到我们的眼睛里、牙缝里；落在我们的晚饭里；在锅底的泉水中跳舞，活像即将煮滚的麦片粥。

我们的烟囱是屋顶上一个方洞，只有一小部分烟从那里出去，其余的都在屋子里打旋，呛得我们不停地咳嗽、淌眼泪。

除此以外，我们的新伙伴葛雷脸上又缠着绷带，因为他在与反叛分子决裂的时候给砍了一刀。可怜的老汤姆·雷德拉斯还没有埋葬，仍盖着英国旗直僵僵地躺在墙边。

如果听任我们这样闲着，势必陷入沮丧，但斯摩列特船长决不容许这种状态出现。他给每一个人都布置了工作，把我们分成两班轮流守望。大夫、葛雷和我组成甲班，乡绅、亨特和乔伊斯组成乙班。虽然我们都很疲乏，还是有两个人被派去砍柴，两个人去掘坟墓安葬雷德拉斯，大夫被指定为厨子，我在门口站岗。船长自己在各人之间走来走去，给大家打气；哪里缺少人手，他就帮忙。

大夫不时走到门口来换一口气，让被烟熏得几乎要掉出来的眼睛休息一会。每次他走来总要对我讲几句话。

"斯摩列特这个人，"有一次他说，"比我高明。我这话决不是凭空说的，吉姆。"

另一次他走来，半晌没有开口。然后他把头侧向一边望着我。

"那个本·甘恩到底靠得住不？"他问。

"我不知道，先生，"我说。"他的神经到底有没有毛病，我吃不准。"

"在这件事上我不放心的就是他，"大夫表示同意。"一个人在荒岛上苦熬了三年，吉姆，如果要求他的头脑同你我一样健全，这是不合人类本性的。你说他喜欢吃干酪,是不是?"

"是的,先生,他想吃干酪,"我回答说。

"好,吉姆,"他说,"这下你可以看到讲究口味的好处了。你看到过我有一只鼻烟盒,是不是?但你从来没见过我嗅鼻烟,可不是吗?原因是我在我的鼻烟盒里带着一块巴马干酪——那是意大利出产的一种营养很丰富的干酪。我们就把这块干酪送给本·甘恩!"

晚饭前,我们把老汤姆安葬在沙地里,脱帽围着坟墓在微风中站了一会。柴火已砍来许多,但船长还嫌少。他看了以后摇摇头,对我们说,我们"明天还得拿出更大的劲头去干"。我们吃了点儿猪肉当晚餐,每人还得到一杯掺水的烈性白兰地。然后,三位头头聚在一个角落里讨论我们的前景。

看来他们已到了计尽技穷的地步。食品贮存太少了,等不及接应船来到,我们就将饿得被迫投降。但有一点是肯定的:我们最有希望得救的办法是尽力歼灭海盗,直到他们降下骷髅旗,乘伊斯班袅拉号逃跑为止。他们十九个人已减少到了十五个,其中两个受了伤,而在大炮旁边被乡绅用枪打中的那一个,即使不死也是重伤。我们每一次同他们交锋,都必须极其谨慎,尽量保存自己的力量。除此之外,我们还有两个可靠的同盟者——朗姆酒和气候。

先说朗姆酒。虽然他们远在半英里外,我们还是可以听到他们直到深夜还在喧闹、唱歌。至于气候,大夫敢拿他的脑袋打赌,像海盗们这样在沼泽地里宿营,又缺医少药,不出一个星期,他们至少会有一半人病倒。

"因此,"他还说,"只要我们不先被他们全部打死,他们必定乐于驾起纵帆船滚蛋。那终究是一条船,我认为他们还可能重新度他们的海盗生涯。"

"那是我丢失的第一条船,"斯摩列特船长说。

你们不难想象,这一天我是够累的了。我先是翻了好半天的身,后来却睡得像根木头一样。

　　第二天，别人早已起身，吃了早饭，把柴堆又增大了将近一半，我才被一阵忙乱和人声所惊醒。

　　"白旗！"我听见有人在说，紧接着是一声惊讶的叫喊："西尔弗本人来了！"

　　我立即跳起身来，揉揉眼睛，扑到墙上的枪眼前去。

第二十章
西尔弗来谈判

果然,就在木栅外面,来了两个人:一个挥着一块白布;另一个不动声色地站在旁边,他正是西尔弗本人。

时间还很早,那是我到海外以来最冷的一个早晨,寒气直透我的骨髓。天空明净无云,树梢在朝阳中闪着淡红色的晨光。但西尔弗和他的随员所站的地方仍处在阴暗面,他们膝盖以下都淹在贴地的白色雾霭中,那是夜间从泥沼里散发出来的。寒气和雾霭合在一起,道出了这个海岛之所以如此荒凉凄清的原因。待在这个潮湿的地方显然对身体有害,容易染上热病。

"大家不要出去,"船长说。"这很可能是一个骗局。"

然后他向海盗吆喝一声:

"什么人?站住,不然要开枪了。"

"打着白旗呢,"西尔弗大声说。

船长在台阶上,他的位置选择得很谨慎,万一敌人打冷枪也伤不到他。他转脸对我们说:

"大夫的一班守好枪眼。李甫西大夫,请你负责北面;吉姆,你负责东面;葛雷负责西面。另外一班全部投入给枪支装上弹药。大家动作要快,但要小心。"

接着他又面对那两个反叛分子。

"你们打着白旗来想干什么?"他喊道。

这次回答的是另一个人。

"先生,西尔弗船长跟你们开谈判来啦,"他嚷着。

"西尔弗船长?我不认识。他是谁?"船长问。接着我们听到他轻轻地自语:"当船长啦!嚇,升得好快啊!"

高个儿约翰自己开口回答:

"是我,先生。那些可怜的伙计选我当船长,因为你撇下我们走了,先生,"他说到"撇下"两个字的时候特别加重语气。"只要能谈妥条件,我们愿意服从指挥,而且毫不动摇。斯摩列特船长,我只要求你保证我安全离开这个寨子,在走出射程范围之前不要开枪。"

"你听着,"斯摩列特船长说,"我没有一丝一毫的愿望跟你谈判。如果你要跟我谈,你可以来,不用多啰唆。如果你们想要什么阴谋诡计,后果由你们负责,到时候可别怪我们。"

"那就够了,船长,"高个儿约翰高兴地叫着。"只要你一句话就够了。正人君子我是辨得出来的,你可以相信我的话。"

我们看到打白旗的那个人想把西尔弗往后拉。这并不奇怪,因为船长的回答很不客气。但西尔弗冲着他放声大笑,并且在他背上拍了几下,意思说,他的顾虑是完全不必要的。接着,西尔弗走到木栅跟前,先把拐杖扔进来,再用一条腿颇用了点力气和机巧爬上并翻过栅栏,安全着地。

我得承认,我完全被眼前发生的事情吸引住了,没有起到任何守望警卫的作用。我甚至离开了东面枪眼的岗位,溜到坐在门坎上的船长背后。他用胳膊肘抵住膝盖,两手支头,眼睛看着泉水从埋入沙地的旧铁锅里噗噗地往外涌,一边轻轻地吹口哨,吹的是《来吧,小伙子和姑娘们》。

西尔弗登上小丘费了很大的劲。他的拐杖对付陡峭的坡面、粗大的树桩和松软的沙地就像搁浅的船一样无能为力。但他硬着头皮默默地熬过了这一关,终于来到船长面前,非常洒脱地向他敬一个礼。他显然竭力打扮了一番:一件很大的蓝色外套下摆垂到齐膝,上面钉着好多铜扣子;一顶镶花边的漂亮帽子戴在后脑勺上。

"你来了就坐下吧,"船长抬头说。

"难道你不让我进去吗,船长?"高个儿约翰抱怨道。"这么冷的早晨坐在外面沙地上可够呛,先生。"

"西尔弗,"船长说,"如果你愿意做一个规矩人的话,你应该坐在船上的厨房里。一切都是你自己造成的。你要末当我的厨子——那肯定不会亏待你;要末当你的西尔弗船长——无非是一个反叛者和海盗,将来肯定被绞死!"

"算了,算了,船长,"船上的厨子说着就在沙地上坐下,"不过回头你还得扶我站起来,旁的倒无所谓。你们这个地方真不错。啊,吉姆也在这里!早上好,吉姆!大夫,我向你致敬。你们聚在一起,就像俗话所说的,团团圆圆,其乐融融。"

"喂,你有什么要说的,赶快说吧,"船长说。

"说得对,斯摩列特船长,"西尔弗表示同意。"的确,公事必须公办。好吧,你也知道,昨天夜里你们干得很出色。我不否认你们干得很出色。你们有几个人挥舞撬棒的功夫真不错。我也不否认,我们有些人——也许是全体——给打了个措手不及,包括我自己在内;所以我会上这儿来谈判。不过,我敢赌咒,船长,这样的事第二次决不会再发生!我们要布置岗哨,并且叫大家少喝点儿朗姆酒。你们大概以为我们都喝醉了。但我可以告诉你,我没有喝醉;我只不过累得像条死狗。要是我早一会儿醒来,你们可逃不了,一定逃不了。我跑到他跟前的时候,他还没有死呢。"

"是吗?"斯摩列特船长尽可能沉着地说。

西尔弗所讲的使他完全摸不着头脑,但你从他的语调决不会觉察到这一点。我倒是有点明白了。我想起本·甘恩和我分手前的最后一句话。我猜想,他趁海盗们喝得酩酊大醉倒在篝火旁边的时候,溜到他们的宿营地里去过。我还高兴地了解到,我们要对付的敌人只剩下十四名了。

"是这么回事,"西尔弗说。"我们要藏在岛上的金银财宝,我们一定要得到——这是我们的根本目标!你们想必乐于保全你们的性命;这是你们的根本目标。你们不是有一张图吗?"

"可能有,"船长回答道。

"你们肯定有的,我知道,"高个儿约翰说。"你不要这样生硬对人,这样一点好处也没有,你可以相信我的话。我愿意打开天窗说亮话:我们要那张图。我个人跟你们决没有什么过不去。"

"你少跟我来这一套,伙计,"船长把他的话打断。"你们想干些什么,我们一清二楚,我们也不在乎,因为你们办不到,这你也知道。"

说到这里,船长平静地向他看了一眼,开始装一斗烟。

"既然亚伯拉罕·葛雷——"西尔弗突然发作。

"住嘴!"斯摩列特先生喝住了他。"葛雷什么也没有告诉我,我也没有问他什么。老实说,我巴不得看到你们和这个岛子一起统统从海上掉进地狱里去。这就是我对你们的看法。"

船长发的这一阵小小的脾气大概使西尔弗冷静了下来。他本来有些冒火,但现在沉住了气。

"也许如此,"他说。"诸位绅士根据具体情况可能认为什么是对的,什么是不对的,我不打算加以限制。看你准备抽一斗烟的样子,船长,恕我冒昧也要这样做。"

他装了一斗烟,并把它点着了。于是这两个人默默地坐着抽了一会烟,时而互相看看对方的脸色,时而把烟斗里的烟丝往下压紧些,时而俯身向前吐去口中的烟末子。瞧着这两个人比看戏还有趣。

"听我说,"西尔弗重新开言道。"你们把找宝藏的图给我们,不要再开枪打可怜的水手或趁他们睡着的时候砸他们的脑袋。你们要是答应的话,我们提出两个办法由你们挑。第一个办法:等金银财宝装上了船,你们跟我们一起坐船走,我可以立下笔据,以人格担保在某一个地方让你们安全上岸。或者,如果第一个办法不合你们的意,考虑到我的水手中间有些人比较粗鲁,因为你让他们劳累过度肚子里有怨气;那末,你们可以留在此地。我们把吃的东西按人数跟你们平分,我同样担保一定通知我们遇到的第一条船,请他们来把你们带走。现在你该承认,这是很漂亮的做法。你们不可能指望得到更有利的条件了,决不可能。我希望,"西尔弗把嗓音提高,"这间屋子里所有的人把我的话都听明白了,因为我对船长一个人说的话也是对全体说的。"

斯摩列特船长从门坎上站起来,把烟斗里的灰磕在左手掌心里。

"你说完了?"他问。

"我把所有的话都兜了底,真的!"约翰答道。"你们要是拒绝的话,那末,以后跟你们谈判的就不是我,而是滑膛枪的弹丸了。"

"很好,"船长说。"现在你听我说。如果你们一个个放下武器到这里来,我就把你们全部钉上镣铐,送回英国去依法审判。如果你们不这样做,告诉你,我凭着头上的国旗起誓,我要让你们一个个去见海龙王,否则我就不叫亚历山大·斯摩列特。你们休想找到宝藏。伊斯班袅拉号你们驾驶不了,你们中间没有一个人有这样的本领。你们也打不过我们;昨天你们五个人也没有挡住葛雷一个,他还是冲了出来。你们现在是进退两难,西尔弗先生;你们处在下风岸上,你自己心里也明白。我站在这里告诉你,这是我对你的最后一次忠告;凭着老天起誓,下一次我再碰见你,就要用子弹打穿你的背脊。开步走!请快离开这儿,又稳又快,愈快愈好。"

西尔弗脸上的表情真是难摹难绘,一双眼睛因愤怒而睁得大大的。他抖去了烟斗里的火灰。

"拉我一把,让我站起来!"他大声说。

"我不拉,"船长回答。

"谁来拉我一把?"他吼叫着。

我们谁也不理他。他只得在沙地上爬,一边嘟嘟囔囔地发出最恶毒的诅咒,直爬到门廊旁边攀住楗子才能用拐杖撑着站起来。于是他往泉水里啐了一口。

"呸!"他恶狠狠地说。"你们在我眼里就跟这口唾沫一样。不出

"拉我一把,让我站起来!"

一个小时,我要把你们的老木屋像朗姆酒桶那样砸个稀巴烂!你们笑吧,笑吧,妈的!不出一个小时,管叫你们乐极生悲。那时,你们谁要是还活着,一定觉得还是死去的运气好。"

他又咬牙切齿地骂了一声,这才一瘸一拐踏着沙地往下坡走去;经过四五次尝试失败后,还是靠打白旗的那个人帮忙才翻过栅栏。一转眼,那两个人就消失在树丛中。

第二十一章
强　攻

　　西尔弗刚一消失，两眼紧盯着他的背影的船长，便转身向木屋里走。他发现除葛雷外，没有一个人在自己的岗位上。这时我们第一次看到船长大发雷霆。

　　"各就各位！"他大喝一声。等我们缩着脖子回到各自的岗位以后，他又说："葛雷，我要在航海日志里记上你的名字；你对待自己的职责不愧为一个真正的水手。屈利劳尼先生，你使我感到惊讶，先生。大夫，我本以为你毕竟是穿过军装的！如果你在方特努瓦服役时也是这样，先生，我劝你干脆躺到铺位上去吧。"

　　大夫的一班三个人都回到各自的枪眼旁，其余的人把备用的枪支装上弹药。我可以告诉读者，我们的脸都涨得通红，耳朵热辣辣的。

　　船长默默地看了一会，然后说：

　　"诸位，我把西尔弗狠狠抢白了一顿。我故意惹得他火冒三丈；据他说，不出一个小时，我们将遭到他们的袭击。他们在人数上占优势，这不用我告诉你们；但我们是在木寨的掩蔽下作战；而且，片刻之前我还会说我们是一支有纪律的队伍。我确信我们一定能给他们一个迎头痛击，只要你们愿意。"

　　他到各人跟前巡视了好几遍，直至认为如他所说的万事齐备为止。

　　木屋较短的两面，即东面和西面，只有两个枪眼；朝南即有门廊的一面也是两个；朝北的一面有五个枪眼。我们七个人共有整整二十支滑膛枪。我们把柴火垒成四堆，或者说垒成四张桌子，靠每一面墙壁中央各有一堆；在每一张这样的桌子上各放着四支装上弹药的滑膛枪和一部分弹药，供守卫者不时之需。弯刀排在中央。

　　"把炉火熄掉，"船长说，"寒气已经消散，我们不能让烟熏得我们睁不开眼睛。"

屈利劳尼先生把烧柴的铁篓子整个儿搬出去，把木炭的余烬闷熄在沙地里。

"霍金斯还没有吃早饭。霍金斯，你自己去把早饭拿到岗位上来吃，"斯摩列特船长继续说。"抓紧些，年轻的朋友；回头没有时间吃了。亨特，你给每个人倒一小杯白兰地。"

在这个过程中，船长头脑里形成了坚守木屋的设想。

"大夫，你负责这扇门，"他说。"注意不要太暴露。尽量待在里边，从门廊里往外开枪。亨特，你负责东面。乔伊斯，你站到西面去，我的朋友。屈利劳尼先生，你枪法最好，你和葛雷负责朝北较长的一面，那里共有五个枪眼，也是最危险的一面。万一让他们迫近了那一面，从外边通过枪眼朝里边向我们开火，那就坏了。霍金斯，你和我的枪法都不高明；我们就站在一旁装弹药，做做帮手。"

果然如船长所说，寒气消散了。太阳刚爬到我们外围的树梢之上，立刻把它的全部热力向空地上倾泻，将贴地的雾霭一饮而尽。不久，沙子已经发烫，屋架上木头里的树脂开始融化。上衣和外套已被扔在一边，衬衫的领子都敞开着，袖子卷到肩膀上；我们每个人都站在自己的岗位上，受到暑气和焦虑的内外夹攻。

一个小时过去了。

"这帮该死的东西！"船长说。"这样等着会把人闷死的。葛雷，你打个唿哨招一阵风来吧。"

就在这个当口，出现了强攻即将开始的最初的信息。

"请问，先生，"乔伊斯说，"如果我看见什么人，我是不是应当开枪？"

"当然！"船长大声回答。

"谢谢，先生，"乔伊斯照旧是那样礼貌周到地说。

随后有一段时间毫无动静，但那句话却使所有的人紧张地竖起耳朵和睁大眼睛：枪手们端稳了各自手中的武器，船长站在木屋中央，嘴唇紧闭，双眉紧锁。

如此又过了几秒钟，直到乔伊斯突然举起枪来放了一枪。这一声响的余音未落，从栅栏外边每一个方向纷纷响起回敬的枪声，一枪紧接一枪，像放花炮似的。有几颗子弹打在木屋的墙上，但一颗也没有飞进来。等到硝烟散开，木栅和它周围的树林又和先前一样地静悄悄、空荡荡。没有一根树枝晃动，没有一支枪口的闪光暴露敌人所在的位置。

"你打中了你看见的那个人没有？"船长问。

"没有，先生，"乔伊斯回答。"我相信没有打中，先生。"

"说老实话总是件好事情，"斯摩列特船长喃喃自语。"霍金斯，你把他的枪装上弹药。大夫，你那边一共打了几枪？"

"我可以确切地回答你，"李甫西大夫说。"这一边共打了三枪。我看见火光闪了三次：两闪靠得很近；一闪远一些，在西边。"

"三个！"船长开始计算。"屈利劳尼先生，你那边有多少？"

但问到这一边可不那么容易回答。从北面打了好几枪：乡绅的统计是七枪，葛雷则认为有八九枪。东西两面只各打了一枪。这样就可以看清楚，北面是敌人的主攻方向，而其余三面将只有一些骚扰性的射击。但斯摩列特船长并不改变原来的部署。他认为，如果让反叛分子越过栅栏，他们就可能控制任何一个无人防守的枪眼，把我们像打老鼠一样一只一只打死在我们自己的堡垒里。

不过，我们也没有太多时间考虑。突然，不大不小的一群海盗齐声呐喊从北面的树林里跳出来，朝着寨子直奔。在这同时，从其余几面的树林里也有人再次向我们开火。一颗枪弹嗖的一声从门外飞进来，把大夫的滑膛枪打成碎片。

海盗们像猴子似地爬上了木栅。乡绅和葛雷打了一枪又一枪；有三个人倒下去：一个朝前倒在栅栏里边；两个朝后倒在外边。但那两个中间有一个不是被打伤，而是被吓坏的；他一骨碌又爬了起来，接着就逃回树林里去了。

两个人当场毙命,一个人跑了,四个人成功地越过了我们的防御工事。另外七八个人——显然每人都有好几支枪——在树林的掩蔽下向木屋进行猛烈的、但是无效的射击。

越过栅栏的四个人呐喊着径向木屋冲上来,树林里的同伙也跟着呐喊给他们助威。我们的射手打了好几枪,但打得太匆忙,大概一枪也没有中的。转眼间,四个海盗已冲上小丘,直接向我们扑来。

水手长约伯·安德森的脑袋出现在中间的一个枪眼里。

"打死他们,一个也不留!"他用雷鸣般的声音吼叫着。

在这同一刹那,另一个海盗抓住亨特的枪筒猛地一拖,把枪从他手中拖出了枪眼,然后用枪托狠狠的一击把可怜的亨特打昏在地。此刻,第三个海盗丝毫未受损伤地绕过屋角,突然出现在门口,举起弯刀向大夫猛砍。

我们所处的地位跟刚才正好倒了个过儿。刚才我们在木屋的掩蔽下向完全暴露的敌人开火;现在是我们自己暴露在敌人面前而又毫无回手之力。

木屋里硝烟弥漫,多亏有这点烟雾,否则我们的处境将更糟糕。呐喊和骚乱、火光和枪声混成一片,还有一声很响的呻吟在我耳际震荡。

"冲出去,伙伴们,到外面去跟他们拚刀子!"船长喊道。

我从一堆弯刀里抓了一柄,有人同时也抓起一柄,一刀砍在我的指关节上,我几乎没有感觉到疼。我向阳光灿烂的门外冲出去。有人紧跟在我后面,我不知道是谁。在我的正前方,大夫正在小丘坡上追赶刚才向他进攻的那个海盗;就在我看见大夫的那一瞬间,他打掉了那海盗的武器,一刀把他砍翻。那海盗伸开四肢仰天倒在地上,脸上裂开很长的一道口子。

"绕到屋后去,伙伴们,绕到屋后去!"船长喊道,他的声音有点异样。尽管当时乱做一团,我还是注意到了。

我机械地服从命令转向东边,举着弯刀跑步绕过屋角,不料与安德

不料与安德森面对面碰了个正着。

森面对面碰了个正着。他大吼一声,把他的弯刀举过了头,只见太阳下刀光一闪。我连害怕都来不及,就在刀还没有劈下来的千钧一发之际,纵身向旁边一跳,脚在松软的沙地上没有站稳,摔了一跤,头朝前从山坡上滚下去。

当我夺门而出的时候,其余的反叛分子已经在往木栅上爬,准备把我们彻底解决。其中一个戴着睡帽,弯刀衔在口中。他爬到木栅顶上,一条腿已跨了过来。这段时间极其短促,当我重新站起来的时候,看起来一切都还是老样子,那个戴红睡帽的家伙还没有跳下来,另一名海盗仍然只露出一个脑袋在木栅顶上。然而,就在这短短的一瞬间,战斗已告结束,我们取得了胜利。

紧跟在我后面冲出门来的葛雷,趁大个子水手长一刀劈了个空还在那里发愣,就把他砍翻了。冲到枪眼前的另一名海盗正要向屋里开枪的时候自己中了弹丸,此刻躺在地上痛苦地挣扎,他握着的手枪还在冒烟。第三个被大夫一刀解决了,这是我看见的。越过栅栏的四个人中只有一个尚未被歼,他丢了弯刀,吓得面无人色,正想重新爬过栅栏逃出去。

"开枪,从屋里开枪!"大夫喊道。"喂,你们俩快回屋里去!"

但他的话没有人注意,屋里一枪也没有发,那四个海盗中的最后一个逃了出去,跟其余的一起躲进了树林。刹那间,进攻的一方全部逃之夭夭,只留下五名倒在地上:四名在木栅里边,一名在木栅外边。

大夫、葛雷和我飞快地跑回木屋。其余的海盗一定是回去取枪的,战斗随时可能重新打响。

屋里的烟雾散开了些,我们一眼就看出我们为这次胜利付出了多大的代价。亨特被打昏在他的枪眼旁边,乔伊斯则在自己的枪眼旁边给打穿了脑袋,不再动弹;在木屋正中央,乡绅扶着船长,两个人脸上都没有一丝血色。

"船长受伤了,"屈利劳尼先生说。

"他们逃跑了吗?"斯摩列特先生问。

"能跑的都已经逃跑,你可以放心,"大夫回答说。"不过他们有五个再也跑不了啦。"

"五个!"船长叫了起来。"嗬,这倒不坏。他们丢了五个,我们丢了三个,剩下我们四个对他们九个。形势比刚开始的时候有了好转。最初是我们七个对他们十九个,或者说我们以为如此,反正是够糟糕的。"[1]

---

[1] 其实反叛者只剩下 8 个人,因为在大船甲板上中了屈利劳尼一枪的那个人当天晚上就死了。当然,这是我们事后才知道的。——原注

第五部 我在海上的惊险奇遇

第二十二章
我在海上的惊险奇遇是怎样开始的

反叛者们没有卷土重来，树林里也没有人再打枪。照船长的说法，他们已经"领到了这一天的口粮"。我们可以从容察看伤员的伤势，准备午饭。乡绅和我宁可冒险到门外去做饭，但即使如此，伤员大声呼痛的声音还是传到我们耳朵里来，令人不忍卒听。

这场战斗中倒下的八个人中只有三个还没咽气：在枪眼旁中弹的一名海盗，还有亨特和斯摩列特船长。其中前两人毫无生望：那海盗最后死在大夫的刀下；亨特则始终没有苏醒过来，尽管我们作了最大的努力。亨特拖了整整一个白天，就像住在我们店里的老海盗中了风那样大声喘气。但他的肋骨被打断了，跌倒时颅骨又被撞碎，所以到夜里就无声无息地见上帝去了。

至于船长，他的伤势虽然带来不少痛苦，但并不危险，没有损及要害。他先是被约伯·安德森开枪打中，子弹穿过肩胛骨，触及肺部，幸而情况不算严重；第二颗子弹只是挫伤了小腿上的一部分肌肉。大夫说他肯定可以复元，不过，暂时以及接下来的几个星期，他不能走路，一只胳膊不能动弹，甚至最好不要说话，如果他能够克制的话。

我自己指关节上偶然造成的刀伤算不了什么。李甫西大夫替我贴了膏药，还扯了一下我的耳朵。

午饭后，乡绅和大夫在船长身边坐下来商议军情。等到他们充分谈够，时间刚过正午，大夫拿起帽子和手枪，腰里挂上弯刀，把地图放在口袋里，肩上挎一支滑膛枪，从北面翻过木栅，迅速地消失在树林里。

葛雷和我一起坐在木屋另一头听不见他们三人商量的地方。大夫的行动使葛雷大吃一惊，他把衔着的烟斗拿下来以后，甚至忘了重新放到嘴里去。

"我的海神爷！"他说。"李甫西大夫难道发疯了？"

"不可能，"我说。"我认为，我们这些人即使都发疯，也要最后一个才轮到他。"

"也许是这样，伙计，"葛雷说。"不过，要是他没有发疯，那一定是我疯了。"

"我看大夫一定有他的主意，"我说。"如果我没有猜错的话，他是去跟本·甘恩碰头的。"

事后看来，我的料想是有道理的。但目前，木屋里闷得要命，栅栏里边的一小块沙地给正午的烈日晒得滚烫，我的头脑里开始酝酿另一个念头，这个念头可就绝对不是那么有道理了。我羡慕大夫在阴凉的树林里走，周围鸟声啁啾，松树散发清香；而我坐着受烤，身上的衣服汗湿后黏糊糊的，周围有那么多的血，横着那么多的尸体。我对这个地方的厌恶几乎同恐怖一样强烈。

我一直在洗刷屋里的血迹和午饭的盆碟，愈洗愈感到厌烦，也就愈是羡慕大夫。最后，我在一袋面包干旁边，趁别人不注意，采取了第一个步骤准备逃走：我把外套的两只口袋都塞满面包干。

我承认我是个傻瓜，我打算做的事情当然是愚蠢的轻举妄动；但我决心尽可能谨慎地去做。不管遇到什么情况，这点面包干至少在两天内能使我不至于挨饿。

接下来我拿了两支手枪。由于我已经有一筒火药和好些子弹，就觉得自己武装得挺不错了。

在我头脑里形成的设想本身并不算坏。我打算走到从东面把锚地同海洋隔开的沙尖嘴上去，找到昨天傍晚我发现的那堵白色的岩壁，看看本·甘恩的小艇究竟是否藏在那里；我直到现在还相信这是值得一试的。但我肯定不可能得到离开寨子的许可，于是唯一的办法就是不别而行，乘人不备时溜出去。这种做法实在要不得，以致本身是对的事情也变成了错的。但我毕竟是个毛孩子，拿定了主意便不再犹豫。

我终于找到一个很好的机会。乡绅和葛雷正忙于给船长吊绷带，道路畅通无阻。我一个箭步蹿出去，翻过栅栏，钻进了树丛；在我的伙伴们发觉之前，我已经远在他们的喊声所能达到的距离之外。

这是我第二次擅自行动，这一次比前一次要轻率得多，因为我只撇下两个健康的人守卫木屋。然而，同第一次一样，这一行动却救了我们大家。

我径直朝着海岛东岸跑去，因为我决定沿着沙尖嘴靠海的那一边走，免得被锚地里的人察觉。下午的时间已经不早，不过太阳没有落山，还相当暖。我在高大的树林中穿行的时候，可以听到前面远处不仅有浪涛击岸的持续的轰鸣，还有树叶的簌簌声和树枝的飒飒声——这表明今天的海风比往日强些。不久，阵阵凉意开始向我拂来。我又走了几步，来到树林边缘的开阔地，见蓝色的大海在阳光下伸展到水天相连的地平线上，岸边激浪滚滚，泡沫翻腾。

我从来没有看见过藏宝岛周围的海有宁静的日子。即使烈日当头，空气里没有一丝儿风，蔚蓝色的海面波平如镜，但沿着整个海岸总是巨浪奔腾，日夜喧嚷。恐怕岛上很难找到一块地方听不见浪花飞溅的响声。

我沿着激浪走去，心情非常愉快，直到我估计已向南走得够远了，这才借几簇茂密的灌木作隐蔽，小心翼翼地攀向沙尖嘴的脊梁。

我的背后是海，前面是锚地。海风已趋于平静，大概刚才刮得太猛，所以风力也耗竭得比较快。取而代之的是忽而从南面、忽而从东南面飘来的轻柔气流，捎带着大团大团的浓雾。处在骷髅岛下风面的锚地水面呈铅灰色，不起些微波纹，同我们刚进来时一样。伊斯班袅拉号在这平滑的镜面上，从桅顶到吃水线连同从斜桁尖头上垂下的海盗旗都映得清清楚楚。

大船旁停着一只划子，西尔弗——我随时都认得出他——在划子的尾座上，另外有两个人身子探出大船的后舷墙，其中一个戴着红色的睡帽，就是几小时前我看见跨在栅栏顶上的那个坏蛋。他们显然在谈笑,不过他们谈些什么,隔得那么远——大约一英里以上——我当然一句也听不清。忽然响起了极其可怕的、简直不像这个世界上的一声怪叫,最初把我吓一大跳。后来我才想起那是名叫弗林特船长的鹦鹉在叫;根据色彩鲜艳的羽毛这一目标,我甚至看得见它栖息在主人的手腕子上。

不一会,划子撑离大船向岸边划去,戴红睡帽的家伙和他的同伴从房舱升降口走下去了。

就在这时,太阳落到望远镜山后面。由于雾聚得很快,天一下子就开始变黑。我知道,如果要在今晚找到小艇,必须赶快。

露出在灌木丛高处的白色岩壁还在下面大约八分之一英里的沙尖嘴上,我在矮树丛中潜行,往往手脚并用在地上爬,花了不少时间才挨近那里。当我的手触到粗糙的岩壁时,夜幕几乎已经降下。岩壁下面有一小块长着绿色草皮的凹地,被沙汀和高仅及膝、在这一带长得特别茂密的矮树丛所掩盖。凹地中央果然有一顶用山羊皮缀成的小小帐篷,有点像吉卜赛人①带着在英国到处流浪的帐幕。

我跳到凹地里,揭开帐篷的边沿一看,里边是本·甘恩的小艇。这是简陋得不能更简陋的一只小舟: 粗糙的硬木斜底船架用毛朝里的山羊皮包起来。艇身小得可怜,即使我坐在里面也很挤,很难想象它怎能载得起一个大人。一块坐板安得极低,船头装有类似踏脚的木档,还有一支双叶长桨。

在这以前我从未见过我们的祖先布立吞人用柳条和兽皮造的渔船,但后来我看到了这样的一条船。为了让读者对本·甘恩的小艇有一个概念,最确切的比方莫过于说: 它像是人类所造的这类渔船中最原始、最拙劣的一只。然而它无疑具备古代柳条兽皮船的最大优点,那就

---

① 原来居住在印度北部的一个民族,10世纪时开始向外迁移,流浪在西亚、北非和欧美各地,往往以歌舞、算命为职业。

是本身极轻，搬动方便。

现在小艇既然已经找到，也许该回到自己的岗位上去了。但这时我又想到了另一个主意，而且感到得意非凡，非把它实施不可，哪怕斯摩列特船长想阻挡也阻挡不住。我决意在夜幕掩护下划着小艇靠近伊斯班袅拉号，把锚索割断，任其随波逐流，它爱到哪里就漂到哪里的岸上去。我敢肯定，反叛者们上午遭到了这样的迎头痛击，都想及早起锚出海。我寻思，要是能叫他们逃不了，该有多好。看到海盗们连一只划子也没有给留守在大船上的人，我估计这件事做起来风险不大。

我坐下来等待天黑，拿出面包干来饱餐了一顿。这个夜晚对于实施我的主意可说是千载难逢的时机。浓雾遮蔽了整个天空。在落日的最后一点余光也隐灭消失之后，藏宝岛笼罩在一片漆黑之中。我终于把原始小艇扛上肩，打着趔趄摸黑走出我在那里吃了晚饭的凹地，这时，整个锚地里只能看见两点火光。其一是岸上的大篝火堆，吃了败仗的海盗们在沼地里围着篝火纵酒胡闹。其二只是隐约浮在黑暗之上的些许微光，它指示着大船停泊的位置。船在落潮时转了个方向，现在是船头朝着我，船上唯一的灯光在房舱里；我所看到的仅仅是从尾窗中射出来的强光投在雾幕上的反照而已。

落潮已开始了一段时间，我得越过一条长长的沙滩，几次在泥沙中陷到脚脖子以上，才走到正在退下去的水边。在水中蹚了几步之后，我略略使出力气麻利地把小艇底朝下放到水面上。

第二十三章
潮水急退

　　那只小艇对于像我这样身量和体重的一个人来说是很安全的，这一点我有充分体会，直到不再用它为止。它在海上既轻快、又灵活，但驾驶起来又是极其别扭和偏向一边的。无论你怎样划，它总是比任何其他船只更偏往下风方向，它的拿手好戏就是不住地打转。本·甘恩自己也承认，这小船"很不好对付，除非摸熟它的脾气"。

　　我当然不知道它的脾气。它朝任何方向都可以转移自如，就是不肯对准我要去的方向。它在大部分时间内是侧向行进的，要不是潮水帮忙，我肯定永远不可能靠近大船。总算运气好，不论我怎样划，潮水始终把我往下冲；而伊斯班袅拉号恰恰在航道上，要错过也不大可能。

　　大船最初呈现在我前面的是比黑暗更浓的黑糊糊的一团。随后，桅杆、帆桁和船体渐渐显现轮廓。紧接着（因为愈往前，退潮的流速就愈急），小艇已经到了锚索旁边，我立刻把它抓住。

　　锚索像弓弦一般绷紧，可见船在用多大的力量想要把锚拔起来。泛着细浪的潮流在船身周围的一片漆黑中汩汩作声，喋喋不休，犹如一股小小的山洪。只要用我的水手刀一砍，伊斯班袅拉号就会被潮水冲走。

　　到目前为止，一切都很顺利。但我忽然想到，对绷紧的绳索猛砍一刀，就有被马蹄踢倒那样的危险。要是我冒冒失失去砍伊斯班袅拉号的锚索，势必连人带艇从水面上弹出去。

　　这个念头使我不知如何是好，要不是幸运再次对我特别照顾，我也许会干脆放弃原来的主意。但是，开始时从东南面、稍后则从南面吹来的微风，在夜幕降落后转成了西南风。我正在犹豫不决的当儿，一阵风吹来，把伊斯班袅拉号逆着潮流高高托起。我喜出望外地感觉到被我握紧的锚索松了一下，我抓住锚索的那只手有一瞬间浸入水中。

　　我当机立断，掏出我的折刀，用牙齿把它拉开，开始一股一股地割那条绳索,直到只剩下两股细绳重又把船身拉紧。于是我暂停片刻,静候下一阵风再次使绷紧的锚索稍有松弛,以便把那最后两股割断。

在这段时间内,我一直听到从房舱里传出高声的谈话。但是,老实说,我的注意力全部集中在别的念头上,所以压根儿没有去听。现在我由于没有别的事可做,便对那谈话声比较留神。

其中一个声音我听出是副水手长伊斯莱尔·汉兹的,当年他曾在弗林特手下充当炮手。另一个声音无疑属于那个戴红睡帽的家伙。两人显然都已喝得烂醉,但还在喝;因为在我侧耳谛听的时候,他们中的一个曾推开尾窗扔出一件东西来,我猜想是一只空酒瓶。但他们不光是喝醉了酒,看来还暴跳如雷。骂声像雹子一般散落,而且高潮不时如异峰突起,我总以为这下要打起来了。但对骂每次都平息下去,嗓音渐渐减低,转为嘟囔。隔一会,危机重新爆发,但再次平安度过。

在岸上,我可以看到那一大堆熊熊燃烧的篝火从水边的树后透出红光。有人在唱一首老掉了牙而又单调的水手歌谣,在每一句的末尾声音都要降低、发颤,而且像是没完没了似的,除非唱的人自己不耐烦。在航行过程中我曾听到过好几次,记得其中两句是:

七十五人随船出海,
只剩一个活着回来。

我觉得,这支忧伤的曲调对于今天上午伤亡惨重的一伙海盗来说,确实再合适不过了。然而,我接下来就看到,那些海盗是同他们航行的大海一样毫无感觉的。

终于又来了一阵风,大船在黑暗中侧着船身向我挨近了些;我感觉到锚索再次一松,就使劲把最后几股纤维完全割断。

风对小艇只稍稍一推,我几乎一下子就被推着对准伊斯班袅拉号的船头撞去。与此同时,大船在潮流的带动下开始慢慢地掉转身来,首尾倒了个过儿。

我拚命划桨,随时担心被大船带翻。我发现我怎么也不能把小艇划开,就撑着它向大船尾部推去,这才摆脱了那位危险的邻居。我刚撑罢最后一桨,我的手忽然碰到从后舷樯上挂下来的一条绳子。我一下子把它抓住。

我为什么要这样做,连自己也说不上来。起初这纯粹是一种无意识的动作;但我既然抓住了那条绳子,并发现它的另一头是缚牢的,好奇心便占了上风。我决意向房舱的窗子里张望一下。

我两手交替拉住绳子往大船上靠,当我估计已靠得够近时,就冒着极大的风险升高大约半个身体,看到了房舱的顶板和舱内的一角。

此时,大船和它的小伙伴正在很快地顺着潮流往下滑,我们的位置已同岸上的篝火相齐。用水手的话讲,大船开腔的嗓门很大,也就是溅得哗啦啦的水声不绝于耳。但在我的眼睛高过窗口之前,我始终不明白留守的人为什么不发警报。不过,我只看一眼就全明白了,我从那样不稳的小艇上也只敢看这么一眼。原来汉兹和他的伙伴互相掐住脖子扭做一团,正在作殊死的搏斗。

我及时跳回到座板上,差一点儿就会掉到水里去。一时间我什么也看不见,只有那两张穷凶极恶的通红的脸在熏黑的灯下晃荡。我把眼睛闭上,让它们重新习惯于黑暗。

没完没了的水手歌谣终于唱到了头,篝火旁剩下为数不多的海盗又齐声唱起我听得熟而又熟的那个调子:

> 十五个人扒着死人箱——
> 唷呵呵,朗姆酒一瓶,快来尝!
> 其余的都做了酒和魔鬼的牺牲品——
> 唷呵呵,朗姆酒一瓶,快来尝!

我正在寻思，酒和魔鬼此刻在伊斯班袅拉号的房舱里想必正忙得不亦乐乎，不提防小艇突然一歪。同时，小艇大幅度转弯，似乎要改变方向。这时，潮水的流速奇怪地加快了。

我立即睁开眼睛。我周围唯有伴随着刺耳的响声和微弱的磷光泛起来的细浪。我还没有脱出伊斯班袅拉号后面几码的旋涡，而大船自身好像也在摇摇摆摆转换方向，我看见它的桅杆在漆黑的夜幕前颠簸了一下。我愈看就愈肯定，它也在朝南拐弯。

我回头一看，吓得心几乎要跳出胸膛。篝火的红光恰恰就在我背后。潮水已向右拐了个弯，把高高的大船和我那不断跳舞的小艇一齐带走。水流愈来愈急，浪花愈溅愈高，潮声愈来愈响，一路旋转着通过那个狭隘的口子向开阔的海洋迅速退去。

骤然间，我前面的大船猛地一偏，大约转了一个二十度的弯子；几乎在这同时，从船上接连传来两声叫喊。我可以听到匆匆登上升降口梯子的脚步声，知道那两个醉鬼之间的一场殴斗终于被打断，灾难到底把他们惊醒了。

我趴在可怜的小艇底里，把我的灵魂虔诚地交给造物主安排。到了海峡的尽头，我相信我们必定被汹涌的激浪所吞没，那时所有的烦恼将一了百了。死对我来说也许可以忍受，可是眼睁睁等着厄运来临却叫人受不了。

我大概这样俯卧了几个小时，不断被巨浪抛来抛去，浑身被飞沫溅湿，每次都以为下一个浪头将带来死亡。我渐渐感到疲乏，甚至在恐慌万状之中昏昏沉沉地打起盹来，最后居然睡着了。我躺在惊涛骇浪包围中的一叶扁舟里，梦见了家乡和本葆将军客店。

第二十四章
小艇巡洋

我醒来时天已大亮，发现自己漂浮在藏宝岛西南端的海面上。太阳已经升起，但还被望远镜山这个庞然大物挡着不让我看见。望远镜山的这一边山坡几乎伸展到海上，形成一堵堵巉岩峭壁。

帆索海角和后桅山就在我眼前。后者是一座深色的秃山，前者被四五十英尺高的峭壁和崩塌的大块岩石所包围。我离岸至多只有四分之一英里，所以第一个念头就是划过去靠岸登陆。

但这个想法不久就被迫放弃。巨浪一秒钟也不停地接连撞在坠落的岩石上弹回来，咆哮着化成一股股水柱喷射飞溅，如果我贸然靠岸，纵使不被摔死在嶙峋的岩石上，也将为攀登悬崖绝壁把力气白白耗尽。

不过问题还不在这里。我看到许多可怕的、黏糊糊的怪物——像是硕大无朋的软体蜗牛——有的在桌子一般陡峻的峭壁上爬行，有的扑通扑通掉到海里。这些怪物共有五六十只之多，它们的狂叫在悬崖之间激荡起阵阵回响。

后来我才知道那是海狮，是一种完全无害的动物。但它们的模样，加上海岸的陡峭和激浪的喷涌，已足够使我对这个登陆点望而生畏。我宁可饿死在海上，也不愿冒这样的风险。

这时，有一个我认为比较好的办法摆在我面前。帆索海角之北的陆地在落潮时露出长长的一条黄沙滩。在沙滩之北又是一个岬角——地图上所标的名称是森林岬角，直到水边都长满了高大苍翠的松树。

我记得西尔弗说过，沿着藏宝岛的整个西海岸有一股自南向北的湍流。从我所在的位置看来，我已经进入这股湍流的势力范围，于是我决定把帆索海角抛在后面，保存体力尝试在看起来和善得多的森林岬角拢岸。

海上荡漾着大片柔滑的微波。南风温和而有力，它与湍流的方向一致,所以海浪起伏平稳,持续有节。

如果不是那样,我早就完蛋了。但即便如此,我那只弱不禁风的小艇居然能这样轻易地化险为夷也近乎奇迹。我躺在艇底里,一只眼睛从艇边上望出去,常常看到一个巨大的蓝色浪峰耸峙在我的头顶上空;只见小艇像装上了弹簧一般轻轻一跳,就滑进波谷,轻盈不下于一只小鸟。

不久我就变得非常大胆,便坐起来试着划桨。但只要重心稍有变动,立刻会对小艇产生严重的影响。我刚挪动一下身子,小艇马上一反原来轻柔的舞姿,顺着浪涛的坡面陡然坠落,简直使我头晕眼花;接着,艇首猛地扎入下一个浪头深处,溅起一阵飞沫。

我浑身湿透,吓得半死,急忙按老样子躺下;小艇似乎又恢复了镇静,仍像先前一样温柔地带着我在波浪中前进。看来划桨对它只有妨碍。既然我毫无办法调整它的方向,那又怎能靠岸呢?

我这一惊真是非同小可,然而头脑还清醒。我先是极其小心地用我的水手帽把艇里的水慢慢地舀出去,然后重新从艇边上向外瞧,观察它何以能够这样平稳地滑过一个又一个浪头。

我发现,每一个浪头从岸上或大船甲板上看来犹如平滑光洁的大山,实际上却像陆地上绵亘起伏的丘陵,既有峰顶,又有斜坡和谷地。倘若听任小艇自行其是,它自会转过去,扭过来,专挑低凹的部分为自己开路,避开浪头的陡坡和险峰。

"看起来,"我思量着,"我必须安分地躺着,免得破坏艇身的平衡。不过,我也可以把桨伸出艇外,在缓坦处向岸边划一两下。"主意既定,立刻行动。我用臂肘支住身体,以最别扭的姿势躺着,不时轻轻地划上一两桨,使艇首转向陆地。

这是一件很累、很慢的工作,但我取得了明显的进展。当我靠近森林岬角的时候,虽然看得出已肯定赶不上在那里拢岸,我还是向东划了几百码。事实上我已经迫近陆地,看得见被风吹得一边倒的绿色树梢,心想：下一个岬角无论如何不能错过。

现在正需要找一个阴凉的地方，因为我已经渴得受不了。头顶上火辣辣的太阳，通过波浪反射出一千倍的光和热；溅到我脸上的海水，蒸发成盐霜刺激着我的嘴唇。这一切合在一起，使我喉干如焚，头痛欲裂。近在咫尺的树林可望而不可即，简直把我想死了。但湍流很快把我冲过了岬角。当又是一片海面展现在我眼前的时候，我所看到的景象立即改变了我原来的想法。

在我正前方不到半英里处，我看见伊斯班袅拉号正在扬帆而行。我当然知道他们肯定要把我抓去，但我实在渴得难熬，几乎无法判断这件事究竟是喜是忧。我还没来得及得出结论，已被惊愕的感觉整个抓住了，以致除了睁大眼睛发呆外，不知如何是好。

伊斯班袅拉号扯着主帆和两张三角帆，美丽的白帆在太阳底下银光闪闪，皎洁如雪。我第一眼看到它的时候，所有的帆都鼓满了风。它朝着西北方向航行，我猜想船上的人打算绕过岛子回到锚地去。接着，它的方向愈来愈偏西，我以为它们发现了小船，要来抓我。可是后来它的船头竟转而对准风吹来的方向，完全处于逆帆状态，无能为力地停在那里好一阵子，帆贴着桅杆瑟瑟发抖。

"这些混蛋简直是木头，"我自言自语。"他们一定还醉得跟死猪一个样。"我心想，要是斯摩列特船长知道了，非好好教训教训他们不可。

这时，大船渐渐偏向下风，重新鼓满一帆风掉转航向，飞快地滑行一分钟左右，然后重又对准风吹来的方向停下。这样周而复始转了好几次。伊斯班袅拉号向左右前后、东南西北猛冲猛闯，每次大宽转的结果总是恢复原来的状态，只是让帆劈劈啪啪空飘一阵。我这才明白船上根本没有人掌舵。那末，人到哪里去了呢？他们或者烂醉如泥，或者离开了大船；如果我能上去的话，也许能让伊斯班袅拉号回到船长手里。

湍流以同样的速度拖带着小艇和大船。但大船的航行动作颇有些神经质，时断时续，每次打转总有很多时间船头向风停住，因而即使没有倒退，也几乎寸步未进。我若是敢坐起来划桨，一定能追上它。这个设想的惊险成分吸引着我；再想到放在前升降口旁边的淡水桶，更使我勇气倍增。

我刚坐起来，几乎立刻又被溅了一身水，但这一次我下定决心，使出全副力气，同时又极其谨慎地朝着无人掌舵的伊斯班袅拉号划过去。有一次，一个浪头把那么多的水打进小艇，使我不得不停下来，揣着一颗像鸟儿扑棱扑棱抖动翅膀的心往外舀水；但我渐渐地习惯了，能够划着小艇在波谷中蜿蜒而行，只偶尔有一点水从艇首泼进来，溅起一股飞沫喷到我脸上。

现在我正以很快的速度靠近大船。我已看得见舵柄左磕右碰时闪出的铜光，而甲板上还是不见一个人影。我只能假设人都弃船跑光了。要不然，他们准是醉得昏天黑地，躺在舱里。我也许可以把他们锁在里边，然后随心所欲地处置伊斯班袅拉号。

有一段时间大船干着对我说来最糟糕的事情——它不再打转了。船头几乎朝着正南方向，当然不时略有偏差。它每次偏离正南，风就部分地鼓起船帆，这样又立刻使它对准风向。刚才我说这对我是最糟糕的事情，因为伊斯班袅拉号尽管看起来处于束手无策的状态，帆篷劈劈啪啪像在放炮，滑车在甲板上辘辘地滚，乒乓地响；但它不光是以湍流的速度继续往北漂，还得加上无疑很大的风压差，所以跑得极快，使我怎么也追赶不上。

不过我总算得到了一个机会。在一次短暂的间歇中，风几乎全息，伊斯班袅拉号在湍流的拨转下慢慢地又开始打旋，终于让我看到了它的船尾。房舱的窗子依旧洞开，挂在桌子上方的一盏灯在大白天里依旧点着。主帆耷拉着脑袋。若非湍流带动，船会完全停下。

刚才有一会儿工夫我几乎已经看不见它；现在我加倍努力，再次向我的目标猛追。

我正以很快的速度靠近大船。

我离大船已不到一百码，风一下子又刮起来了。船向左舷一转，让帆鼓满风，像只燕子俯身掠过水面，又滑动起来。

我先是感到失望，但继而转忧为喜。伊斯班袅拉号掉转船身，直到它的一面舷侧向我靠拢来，把我们之间的距离缩短一半、三分之二、四分之三。我已经看到波浪在它的龙骨前端下翻腾的白沫。我从小艇低处仰望大船，它显得出奇地高大。

这时我才突然明白事情不妙。我来不及思考，也来不及采取措施救我自己。当大船俯身越过一个浪头时，我正处在另一个浪尖上。船首的斜桅正好在我的头顶上方。我纵身一跳，把小艇踩入水中。我一只手攀住三角帆桁，一只脚嵌在支索和转帆索中间。就在我这样悬在那里、心怦怦直跳的当口，一下不容易感觉到的撞击告诉我：大船居高临下把小艇撞沉了，我就此被切断了退路，只得留在伊斯班袅拉号上。

第二十五章
我降下了骷髅旗

我刚攀上船首的斜桅，三角帆就像放炮似地啪的一声鼓满了风，转往另一个方向。大船转向时全身直至龙骨无不震动。但紧接着，虽然别的帆还张着，船首的三角帆却已哗喇一声飘回，软绵绵地松垂下来。

这一震险些把我扔下海去。我毫不延宕地顺着斜桅爬去，终于头朝下跌倒在甲板上。

我处在水手舱背风的一侧，扬开的主帆挡住我的视线，把后甲板的一部分遮住。一个人影也没有。从叛乱开始以来没有洗刷过的甲板上留着许多脚印。一只断颈的空瓶在排水孔之间滚来滚去，像一件活的东西。

突然，伊斯班袅拉号又不偏不倚地船头向风。三角帆在我背后发出啪的一声，接着是舵的砰然巨响，整个船身剧烈地一抖，简直把我的五脏六腑都翻了过来。就在这一刹那，主帆桁向舱内一晃，帆脚索的滑车哼了一声，下风面的后甲板一下子暴露在我的眼前。

那里赫然是两个留守的海盗。戴红睡帽的家伙仰天躺着一动也不动，龇牙咧嘴，两臂伸开，像钉在十字架上。伊斯莱尔伸直两腿靠舷墙坐着，下巴垂在胸前，双手放在他面前的甲板上，本来晒成棕黑色的面孔却像蜡烛一样苍白。

顷刻间，大船像一匹劣马腾空跃起。帆鼓满了风，忽而向着一边，忽而向着另一边。帆桁来回晃荡，晃得帆樯大声叫饶。不时还有一阵阵浪花飞过舷墙，可以感到船头与波浪沉重地相撞。总而言之，这艘装备良好的大船摇晃得那么厉害，比起来还是我那只已沉入海底的原始小舟稳当得多。

船每跳一下，戴红睡帽的海盗就跟着左右滑动，但看着叫人害怕的是：尽管被风浪这样抛来扔去，他的姿势和龇牙咧嘴的怪相却丝毫不受干扰。同样,随着船身的每一次跳动,汉兹的腿就往外伸得更远,整个身体愈来愈向船尾一边倾侧,使我渐渐看不见他的面部,最后只能看到他一只耳朵和一绺蓬蓬松松的络腮胡子。

在这同时,我发现他俩身旁的甲板上都有斑斑血迹。我开始相信,他们一定是在醉后的狂怒中自相残杀,同归于尽。

我正在这样惊讶地看着,在船身静止的片刻安宁中,伊斯莱尔·汉兹部分地侧过来,吐出一声低沉的呻吟,扭动身躯恢复我刚看到他时的姿势。那一声呻吟表示他处于痛苦和极度的虚弱之中,他张口垂着下颚的样子使我不禁恻然心动。但我一想起躲在苹果桶里偷听到的那些话,怜悯之心立刻化为乌有。

我面向船尾走到主桅前边。

"我上船来向你报到,汉兹先生,"我以嘲弄的口吻说。

他勉强转动眼珠,但显然已筋疲力尽到了顾不上表示惊奇的地步。他只吐出一句话:"白兰地!"

我明白不能耽搁时间。在帆桁再次晃荡着掠过甲板时,我身子一闪溜到船尾,从升降口的梯子下去进入房舱。

这是一幅遭到大破坏的景象,那混乱的程度你简直难以想象。凡是上锁的处所都被撬开,显然为了找那张图。地板上沾着厚厚的泥浆,大概那帮歹徒从营地周围的泥沼里蹚过来以后,曾坐在这里喝酒或商量。漆成全白、饰以金色珠缘的舱壁上留着肮脏的手印。好几打空瓶随着船身的颠簸互相碰撞,从一个角落滚到另一个角落。大夫的一本医书摊在桌上,一半书页已被撕去,我料想是做了点烟斗的纸媒儿。从这一切的上方,一盏被烟熏成茶褐色的灯还在放出昏暗的微光。

我走进窖舱;所有的酒桶都空了,喝光了酒的瓶子到处乱扔,数量之多令人吃惊。毫无疑问,自从叛乱开始以来,再也没有一个海盗能保持清醒。

我搜索了一番,发现一只瓶子里还剩下一点点白兰地,准备拿去给汉兹;我给自己找到一些面包干、一些泡渍的水果、一大把葡萄干和一块干酪。我把这一切带到甲板上,放在舵柄后面副水手长够不着的地方;接着走到淡水桶跟前,喝了一个饱;然后才把白兰地递给汉兹。

他一口气至少喝了四分之一品脱,瓶子才离开嘴唇。

"嗳!"他说,"妈的,刚才我缺少的就是几口这玩意儿!"

我已在角落里坐下来开始吃东西。

"伤得厉害不?"我问他。

他咕噜了一声,或者更像是吠叫了一声。

"要是那个大夫在船上,"他说,"我要不了多久就能好起来;可是我不走运,你瞧,才落到这般光景。那个杂种已经死了,"他指指戴红睡帽的人说。"他一点儿没有水手的气派。你是打哪儿来的?"

"嗯,"我说,"我是来接管这条船的,汉兹先生;在没有进一步的指示之前,请你把我看做你的船长。"

他带着几分轻蔑向我看了酸溜溜的一眼,但什么也没说。他的两颊恢复了些许血色,不过样子还很虚弱,船颠簸时他的身体还继续侧向一边,贴近甲板。

"对了,"我往下说,"我不能要这面旗,汉兹先生;请允许我把它降下来。宁可不挂旗,也不能要它。"

我再次躲过帆桁跑到旗索前,把那面该死的黑色海盗旗降下来,扔到船外。

"上帝保佑吾王!"我挥动帽子喊道。"让西尔弗船长见鬼去吧!"

汉兹狡诈地留心窥视着我,他的下巴颏儿一直耷拉在胸前。

"我看,"他终于说,"我看,霍金斯船长,你好像打算到岸上去。咱们就来谈一谈吧。"

"好哇,"我说,"我非常乐意,汉兹先生。说下去吧。"我回到角落里继续津津有味地吃我的东西。

"这个家伙,"他向死人那一边略微点点头说道,"他叫奥布赖恩,是个臭爱尔兰人。他跟我扯起了帆,打算把船开回去。现在他死了,像船底的污水一样发臭;我不知道该由谁来驾船。要是没有我指点你,你是对付不了的。只要你给我吃的和喝的,再给我一条围巾或手绢包扎我的伤口,我就告诉你怎样驾船。这叫做公平交易。"

"我可以告诉你,"我说,"我不打算回到基德船长锚地去。我要把船开进北汊,慢慢地登上那里的岸滩。"

"那好哇!"他叫了起来。"归根到底,我也不是个傻瓜蛋。难道我不懂吗?我碰了一下运气,结果输得精光,让你占了上风。你说进北汊?好吧,反正我没有别的办法!哪怕要我帮你把船一直开到正法码头,我也照办,妈的!"

我觉得他的话有点道理。我们的买卖就此成交。三分钟后,我已使伊斯班袅拉号沿着藏宝岛西海岸轻松地顺风行驶,很有希望在中午以前绕过北角,然后折向东南,赶在涨潮前开进北汊,趁潮高时让船安全冲上浅滩,再等潮水退去后登陆。

于是我把舵柄缚牢,走到舱里去从我自己的箱子里取出一方我母亲的柔软的绸帕。在我的帮助下,汉兹用这方巾帕包扎好大腿上还在淌血的一个窟窿,那是给弯刀捅出来的。随后他稍稍吃了点东西,又喝了一两口白兰地。他的情况有了明显的好转,坐得直了些,嗓门也提高了,说话也清楚了,跟刚才已判若两人。

风挺帮忙。船像只鸟儿乘风飞翔,岛岸在旁边很快地掠过去,景色每一分钟都在转换。不久我们就驶过了高地,在稀稀落落点缀着几棵矮松树的低沙地旁滑行。不一会,我们把沙地也已经抛在后面,并且绕过了海岛最北端角上的一座岩丘。

我对这项新的职务感到十分得意,晴朗的天气和岸上不断变化的风光使我心旷神怡。我现在有的是淡水和好吃的东西,原来因不辞而别感到内疚的良心已由于我赢得了这样伟大的胜利而告慰。我可以说是心满意足了。只是副水手长的一双眼睛总是带着嘲弄的意味盯着我;我在甲板上走到哪里，他的目光就跟到哪里。他的脸上不时现出一种异样的皮笑肉不笑的表情。这是一个干瘪老头的微笑，在一定程度上反映出他的痛苦和衰竭；但是，除此以外，他的笑容总带有一点讥诮的味道，蒙着一层心怀叵测的阴影。我在那里忙忙碌碌，他始终以狡诈的目光向我注视着，注视着，注视着。

第二十六章
伊斯莱尔·汉兹

　　风像是竭力讨好我们,现在已转为西风。我们毫不费事地从岛的东北角驶到北汊的入口处。不过,由于没有锚,我们不敢让船冲上岸滩,必须等潮水涨得更高些。时间过得很慢。副水手长教我怎样掉转船头向风停驶;经过多次试验,终于成功了。于是我们坐下来,默默地再吃一点东西。

　　"船长,"他终于说,脸上还是带着那种叫人不痛快的笑容,"地上躺着的是我的同船老伙伴奥布赖恩;你还是把他扔到船外去吧。我对这样的事一向不大在乎,也不因为把他送上了西天,良心上有什么过不去。我只是觉得,让他留在船上不大好看,你说呢?"

　　"我没有那么大的力气,我也不喜欢干这种事。依我说,就让他躺着吧,"我答道。

　　"伊斯班袅拉号真是一条不吉利的船,吉姆,"他眨了眨眼睛又往下说。"这条船上已经死了好多人——自从你我离开布里斯托尔出海以来,多少倒霉的水手送了命!我从来没有碰到过这样背运的事。就拿这个奥布赖恩来说,他不是也死了吗?我肚子里没有学问,你是个能读会算的孩子;你能不能直截了当告诉我:一个人死了就完了呢,还是能重新活过来?"

　　"你可以杀死一个人的肉体,汉兹先生,但不能杀死他的灵魂——这你应该知道的,"我回答说。"奥布赖恩已经到了另一个世界,他也许正从那里遥望着我们。"

　　"啊,真倒霉!"他说。"看来杀人完全是浪费时间。不管怎样,依我说,鬼魂终究成不了气候。我跟鬼打过交道,吉姆。你已经把话说明白了,现在我想要求你到房舱里去给我拿——他妈的!我想不起那玩意儿叫什么来着——你给我去拿一瓶葡萄酒来吧,吉姆;这白兰地太凶,我的脑袋受不了。"

副水手长的健忘好像不大自然,至于他说要葡萄酒,不要白兰地,我绝对不信。这一切无非是一种借口。事情很清楚,他要把我从甲板上支开;但他的意图何在,我怎么也想象不出来。他的视线从来不跟我的视线相遇,总是东张西望,左顾右盼:忽而看看天上,忽而向死去的奥布赖恩投上一瞥。在这期间他始终皮笑肉不笑,有时伸伸舌头做出抱歉和不好意思的样子,连三岁小孩也看得出这家伙不安好心眼。不过我很爽快地回答了他,因为我明知优势在我这一边;对付这样一颗木头脑袋,我很容易做到自始至终不流露出我的疑心。

"葡萄酒?"我说。"很好。你要白的还是红的?"

"随便什么样的都行,朋友,"他回答说。"只要凶一些、多一些就可以了,旁的都无所谓。"

"好,"我应道。"我去给你拿红葡萄酒来,汉兹先生。不过我还得找一找。"

说完,我急忙从升降口跑下去,一边尽量制造很大的响声。然后,我脱去了鞋,悄悄地穿过圆木走廊,登上水手舱的梯子,把头探出前升降口。我知道他料不到我会躲在那里,不过我还是尽可能小心谨慎,免得被他发觉。果然不出所料,我的怀疑完全得到了证实。

他已离开原来的位置,用两手和两个膝盖爬行。尽管在移动的时候他的一条腿显然疼得很厉害(我听见他竭力把呻吟硬压下去),他还是以很快的速度在甲板上匍匐前进。只花了半分钟工夫,他已横越甲板爬到左舷的排水孔那里,从盘成一堆的绳子底下摸出一把长长的小刀,不,简直是一把短剑,上面的血直沾到齐柄处。汉兹伸出下颚对它端详了一会,用手试试刀尖,急忙把它藏在上衣襟怀里,然后又爬回到舷墙旁的老位置上。

这正是我需要知道的一切。伊斯莱尔能够爬行;他现在有了武器;既然他想尽办法把我支开,很明显我是他心目中的牺牲品。接下来他想干什么：打算从北汉爬行穿越海岛回到沼泽间的营地去呢，还是鸣炮叫他的同伙来救他？这我就不知道了。

不过在一点上我可以相信他，那就是：在如何处置伊斯班袅拉号的问题上我们的利益是一致的。我们俩都希望它安全搁浅在一个避风的地点，到时候可以不费大气力、不冒风险地重新把它带出去。在做到这一点以前，我认为我的生命肯定没有危险。

我脑子里转着这些念头的时候，身体并没有闲着。我悄悄地溜回房舱，重新穿好鞋子，胡乱抓起一瓶葡萄酒作为口实，然后回到甲板上。

汉兹仍像我离开他的时候那样躺着，全身缩做一团，眼皮耷拉着，仿佛虚弱得怕见阳光。不过，我走到他跟前时，他还是抬起头来，以熟练的动作砸去瓶颈，照例说一声"百事如意！"，咕嘟咕嘟喝了个痛快。接着，他掏出一条烟草，要我切下一小块给他嚼。

"你给我切一块下来，"他说，"我没有刀子；有刀子也没有力气。唉，吉姆，吉姆，这下我垮定了！给我切一块，这大概是我嚼的最后一口烟了。我不久就要回老家去，这是没有疑问的。"

"行，"我说，"我给你切一点下来。不过要是我处在你的地位，自己觉得不行了，我一定跪下来做祷告忏悔，这才像一个基督徒。"

"为什么？"他问。"我有什么可忏悔的？"

"为什么？"我表示惊讶。"刚才你问我，人死了以后会怎么样。你背弃了你的信仰，你犯了许多罪过，身上沾满了血。眼前就有一个被你杀死的人躺在那里，你还问有什么可忏悔的。求上帝饶恕你，汉兹先生，这就是你应当做的。"

我讲得稍许激动了些，因为我想到他怀里揣着一把血迹斑斑的短剑准备结果我的性命。他大概多喝了葡萄酒的缘故，也用异乎寻常的正经语调回答。

"三十年来，"他说，"我一直在海上航行，好的、歹的，顺利的、倒霉的，风平浪静和大风大浪，断粮食、拚刀子，什么都看见过啦。我可以告诉你,我从来没有看见过做好人得好结果。我相信先下手为强,后下手遭殃。死人不咬活人——这就是我的看法。好了,"他忽然变更腔调,"咱们扯淡得够了。潮水已经涨得很高。你只要听我的命令,霍金斯船长,咱们一定能把船开进港汊。"

我们的船充其量只要再前进两英里,但航行起来颇费周折。这个北锚地的入口不仅又窄又浅,而且曲曲弯弯,没有非常高明的驾驶技术是进不去的。我认为我是个干练的执行者,我确信汉兹是个出色的领航员。我们左拐右绕,东躲西闪,擦过一处处沙洲浅滩,船走得稳当利索,瞧着十分舒服。

我们的船刚通过两个尖角,立刻进入陆地的包围之中。北汊的岸上同南锚地沿岸一样覆盖着茂密的树林,但这里的水面比较狭长,实际上更像一个河口湾子。在船头正前方的南端,我们看见一艘船的残骸正处在崩坏腐朽的最后阶段。那是一艘很大的三桅帆船,但被风吹雨淋了那么久,全身挂满湿漉漉的海藻,灌木已在甲板上扎根,盛开着鲜艳的花朵。这是一幅凄凉的景象,但也表明这里是一个安稳的碇泊场。

"你瞧,"汉兹说,"从那里冲上岸滩正合适。沙地平滑光洁,一点风浪也没有,周围都是树林,那条破船上花开得像在果园里似的。"

"可是上了岸滩回头怎样再把它带出去呢?"我问道。

"那好办,"他回答说。"你只要在落潮时拉一条缆绳到那边岸上去,绕住一棵高大的松树,再拉回来绕在绞盘上,然后躺下静候潮水。等水涨高了,大伙一起拉缆绳,船就会像个美人儿似地扭扭捏捏挪动身子。注意,孩子,作好准备。现在咱们已靠近沙滩,船走得太快。稍稍向右——对——照直走——右舵——稍稍向右——照直走——照直走!"

他这样发布着命令,我全神贯注地执行着,直到他突然叫道:

"嗨,我的宝贝,转舵向风!"

我使劲转舵,伊斯班袅拉号来了个急转弯,船头冲上了长着矮树的低岸。

在这以前,我一直相当警惕地注意着副水手长。但在做刚才那一连串机动动作时思想太紧张了,关心的只是船和沙滩接触的事,完全忘了威胁着我的危险。我伸长脖子探出右舷墙,看船头下面翻腾的泡沫。要不是一阵突如其来的不安抓住了我的心,使我回过头去的话,我也许来不及进行任何自卫就完蛋了。也许我听到了吱吱嘎嘎的声音,或者凭眼梢发觉他的影子在移动,甚至可能出于一种类似猫儿的本能;总之,当我回过头去的时候,发现汉兹右手握着那把短剑快到我跟前了。

在我们四目相遇的当口,我们两个人想必都叫了起来。但是,如果说我发出的是恐怖的尖叫,那末,他的叫声像一头蛮牛进攻时的怒吼。就在这刹那间,他已经扑了过来,我朝着船头那边跳到一旁。我躲开时,舵柄从我手中松脱,立刻反弹回来,大概正是这一下救了我的命:舵柄弹在汉兹的胸膛上,使他一时不能动弹。

在他定下神来之前,我已经离开了被他逼进的角落。现在我可以在整个甲板上躲闪逃避。我在主桅前站住,从口袋里掏出一支手枪。尽管他已经转过身子,再一次直接向我扑来,我还是镇静地瞄准了扣动扳机。撞针已经落下,可是既没有火光,也没有响声;原来引爆的火药给海水打湿了。我咒骂自己不该这样粗心大意。我为什么不事先把我仅有的武器重新装上弹药呢?倘若如此,我就不会落得现在这般像一只羊在屠夫面前那样狼狈了。

汉兹虽然负伤,他的动作之快却是惊人的。他的斑白的头发披散在因气急败坏而涨得通红的脸前。我没有时间试我的另一支手枪,事实上也不大想试,因为我相信它肯定也打不响。有一点我看得很清楚: 我不能在他面前一味后退,否则他很快就可以把我逼到船头上去,正像刚才他几乎把我逼到船尾上去一样。只要被他捉住,那把血淋淋的短剑的九或十英寸钢刃,将是我这辈子尝到的最后一种滋味。我抱住相当粗大的主桅等着,每一根神经都绷得紧紧的。

我抱住相当粗大的主桅等着。

汉兹看到我准备采用躲闪的办法，他也停下来。有几秒钟他佯装要从这一边或那一边兜过来抓我。我就相应地时而往这一边，时而往那一边避开他。我在家乡黑山湾的岩石附近经常做这种游戏，但是，不用说，过去心从来没有跳得像现在这样厉害。然而，我已经说过，这到底是小孩子玩的把戏，我想我决计不会输给一个上了年纪、大腿又受了伤的水手。我的勇气提高了不少，甚至有心思盘算这件事情的结局如何。诚然，我知道自己能周旋很长时间，但我看不到最终逃生的任何希望。

就在这样的情况下，伊斯班袅拉号突然冲上浅滩，船身猛地一震，顷刻间船底擦到沙地，旋即迅速地向左舷倾侧，直至甲板竖起成四十五度角，并有大约一百加仑的水从排水孔里涌进来，在甲板和舷墙之间形成一个池子。

我们俩都失去平衡，几乎扭做一团滚向排水孔。戴红睡帽的死人依旧伸出胳臂，也跟着我们直挺挺地滑过去。我和副水手长挨得那么近，我的头撞在他的一只脚上，几乎把牙齿磕掉。尽管撞得很疼，我还是先站起来，因为汉兹给尸体缠住了。船身突然倾侧使甲板上已没有地方可跑。我必须想出新的办法逃生，而且一秒钟也不能迟疑，因为我的敌人马上就会向我扑过来。说时迟，彼时快，我纵身一跃，攀住后桅支索的软梯，两手交替节节向上爬，直到在桅顶横桁上坐下，才喘过一口气来。

我全靠动作敏捷才得救。我往上逃的时候，只见短剑在我下面不到半英尺处刷地一闪，刺了一个空。伊斯莱尔·汉兹张口仰面站在那里，酷似一座惊愕和懊丧的雕像。

现在我得到了一个喘息的机会，便抓紧时机把我的手枪换上弹药。一支已准备好；但为了更加保险起见，我索性把另一支枪也重新装上弹药。

汉兹做梦也想不到我会玩这一手新花样；他明白自己这下可倒了霉。他犹豫了一下，竟然也费力地扶住软梯，口衔短剑，忍着疼痛慢慢地往上爬。他爬得非常慢,拖着一条受伤的腿不断哼出声来。我已经把两支手枪全都重新装好了弹药,他还刚爬了三分之一。于是,我两手各执一支手枪,开始对他讲话。

"汉兹先生,"我说,"你再爬一步,我就叫你的脑袋开花!你知道死人是不咬活人的,"我忍住笑添了这么一句。

他立刻停下来。根据他面部肌肉的牵动,我看出他在竭力想办法。他想得那么慢,那么费劲,我仗着处在新的安全地位,不禁放声大笑。他咽了几口唾液才开口,脸上还带着极度困惑的表情。为了说话,他得取下衔在嘴里的短剑,但其余都保持原来的姿势。

"吉姆,"他说,"看来你我都耍了不少花招,咱们得订个条约。要不是船突然倾斜,我早把你干掉了。可是我运气不好,实在不好。看来我只得投降。一个老航海在你这样一个才上船的娃娃面前服输是不好受的,吉姆。"

我正陶醉在他的这番话里,像一只飞上围墙的公鸡现出得意洋洋的笑容。忽然,只见他的右手向背后一挥。一件东西在空中发出嗖的一声,像一支箭飞过。我感到自己挨了一击,接着是一阵剧痛,一只肩膀竟被钉住在桅杆上。就在这痛彻心肺和大吃一惊的顷刻间,我的两支手枪一齐射响,接着都从我手中掉下去。我究竟是不是凭自己的意志扣动了扳机,我不敢说;但我肯定并未有意识地瞄准。不过,掉下去的不光是两支手枪。随着一声卡在喉咙口的叫喊,副水手长松开了抓住软梯的手,头朝下也掉到水里去了。

第二十七章
"八个里亚尔！"

由于船身倾侧，桅杆都远远地伸出在水面上方。我栖坐在桅顶横桁上，下面只有一湾海水。汉兹刚才爬得不高，也就是说离甲板不远，所以掉在我和舷墙之间的水里。他曾从鲜血染红的泡沫中浮起一次，随后就永远沉了下去。水面恢复平静以后，我看到他躺在船身侧影中澄净的沙底缩做一团，有两条鱼打他身旁游过。有时因为水微微颤动的缘故，他好像也稍稍动弹了一下，仿佛想站起来。但他毕竟活不成了：既被枪打死，又掉在水里淹死。他本想在这个地方把我干掉，不料自己到这里来喂了鱼。

我刚肯定这一点，便开始感到恶心、头晕、恐慌。热腾腾的血从背上和胸前往下直淌。把我钉在桅杆上的短剑像火红的烙铁压在我肩膀上。然而，使我恐慌的倒不是这点皮肉之痛，老实说，这点痛苦我可以一声不哼地熬过去；我怕的是可能从桅顶横桁上向平静的碧水中副水手长的尸体旁边掉下去。

我用双手死死抓住横桁不放，直到指甲感到疼痛。我闭上眼睛，不敢正视危险。渐渐地，我的神志清醒过来，心跳恢复正常，我又有了自制力。

我第一个念头就是想把短剑拔出来；但也许它在桅杆上插得太深，也许是我力不从心，只得放弃这个念头。我打了一个剧烈的寒战。说也奇怪，这一阵战栗却起了作用。那把刀子事实上差一点点就可能根本伤不到我，它只拧住我一层皮，我一哆嗦就把这层皮撕断了。当然，血比刚才淌得更厉害，不过我的身体又自由了，只有上衣和衬衫还被钉住在桅杆上。

我猛地一扯，把衣服也扯离了桅杆，然后从右舷软梯回到甲板上。我已饱受惊吓，说什么也不敢再从这时垂在船外的左舷软梯下去，刚才伊斯莱尔就是从那里掉下水里去的。

我下房舱去想办法处理伤口。肩膀疼得很厉害,血还在淌。但创口不深,并没有危险,对我使用胳膊妨碍也不大。我向四周看了一下。这条船在某种意义上现在是我的了,所以我开始考虑清除它的最后一名乘客——奥布赖恩的尸首。

我在前面说过,他滑到了舷墙旁边躺在那里,像一个可怕而丑恶的傀儡;虽然是跟真人同样身量的傀儡,却丝毫没有人的血色或生气。他处在这样的状态,我很容易对付。我对惊心动魄的惨象险境已经习惯,见了死人几乎一点也不害怕。我抓住死人的腰部,像提一袋麸皮那样把他举起来使劲向船外一扔。他扑通一声扎进水里时,一顶红帽子从头上掉下,漂浮在水面上。等到溅浑的水刚一澄清,我看得见他跟伊斯莱尔互相紧挨着,两人都在水的震撼下微微晃动。奥布赖恩虽然年纪还很轻,头却秃得厉害。他躺在那里,秃头枕在杀死他的那个人膝盖上;一些游得很快的鱼在他俩上方穿来穿去。

船上只留下我一个人,潮水刚开始转回。太阳只差几度就要落山,西岸的松影横过水湾渐移渐近,把疏密有致的花纹映在甲板上。晚风已起,虽然有东面的双峰小山挡着,船上的索具还是开始呜呜地柔声歌唱,闲着的帆也啪哒啪哒来回晃动。

我开始觉察到船现在面临着危险。三角帆被我迅速放下来扔到甲板上,但主帆却不好对付。船倾侧时,主帆的下桁当然倾出在船外,桅帽连带两英尺左右的帆平垂在水下。这就造成了更大的危险。但是帆篷绷得那样紧,使我简直不敢采取措施。后来,我终于掏出刀子把升降索割断。桁端的帆角立刻落下,松弛的帆张开大肚子漂浮在水面上。由于我无论怎样拚命也拉不动收帆索,我所能做的便到此为止。除此以外,伊斯班袅拉号只得听天由命了,就像我自己一样。

这时整个锚地都笼罩在薄暮中,我记得夕阳的最后一点余晖穿过林间一片空隙照在开满鲜花的破船残骸上,像嵌在斗篷上的宝石闪耀着夺目的光华。我开始感到了寒意。潮水向大海里哗哗地退去,伊斯班袅拉号愈来愈倾斜,眼看就要翻倒。

我爬到船头上向舷外看了一下。水已经相当浅了,我用两只手攀住割断的锚索以策安全,小心地翻到船外。水仅及我的腰部,沙底相当坚实,有起伏的波纹。我精神抖擞地涉水上岸,留下倒向一边的伊斯班袅拉号在海湾的水面上张开它的主帆。差不多在这同时,太阳完全落下去了。暮色苍茫中,在摇曳的松树间可以听到风的低吟。

至少,我总算从海上回到了陆地,而且不是空手回来的。船上的海盗已告肃清,现在它横在那里,随时可以载着我们自己的人重新到海上去。我巴不得立刻回到寨子里去夸耀我的功劳。也许我因擅离岗位要挨几句骂,但是夺回伊斯班袅拉号是最有力的回答。我想,甚至斯摩列特船长也会承认我没有浪费时间。

我这样思量着,怀着好得不能再好的心情,朝木屋和我的伙伴所在的方向出发。我想起流入基德船长锚地的几条小河中最东的一条发源于我左边的双峰山。于是我就折向那座小山,打算在源头水浅的地方涉过小河。这里的林子树木稀疏;我沿着较低的斜坡走,不久就绕过山脚。又过了一会,我蹚着仅及小腿一半深的水涉过了小河。

这里已靠近我遇见放荒滩的本·甘恩的地方。现在我走得比较谨慎,眼睛注意着两旁。天色几乎完全黑了,当我通过双峰之间的裂口时,发现天幕前有闪烁不定的反光;我猜想是那个岛中人在一堆烧得很旺的篝火前做晚饭。然而我暗暗纳闷:他怎么这样粗心大意?既然我能看见这火光,难道它不会被西尔弗从岸边沼泽间的营地里发现吗?

夜色愈来愈浓,我只能大致向着我的目的地前进。我背后的双峰山和在我右手的望远镜山轮廓愈来愈模糊,星星稀疏而又暗淡。我走在低地上,时常给灌木绊倒,滚进沙坑。

忽然间,我周周变得亮了些。我抬头一看,一片苍白的月光照在望远镜山顶上。随后,我看见一个银色的大盆子似的东西从树丛后面很低的地方冉冉上升，知道是月亮出来了。

我借着月光想加紧赶完余下的路程，走一阵，跑一阵，急于靠近寨子。不过，当我进入栅栏外围的树丛时，我没有太冒失，而是放慢脚步，加了点儿小心。万一被自己人误认为敌人开枪打中，那我的惊险历程的结局就太惨了。

月儿愈升愈高，透过树林较为疏朗的部分随处洒下它的清辉，但在我正前方的树丛中，却出现了一种色彩与此不同的亮光。这是一种红色的热光，间或稍转暗淡，像是篝火的余烬在冒烟。

这到底是怎么回事，我百思不得其解。

我终于来到寨子所在的林中空地边上。它的西缘已沐浴在月光下，其余的部分，包括木屋在内，还笼罩在黑影中，但也被一道道长长的银辉所穿透，织成黑白相间的棋盘格子。在木屋的另一面，一大堆火已经烧剩透明的木烬，射出通红的反光，与柔和恬淡的月光形成强烈的对比。哪儿也不见一个人影，除了风声，也没有半点动静。

我收住脚步，心中老大纳闷，也许还有些害怕。这么大的篝火不可能是我们烧的。按照船长的命令，我们在柴火方面非常节约，甚至近乎吝啬。我开始担心在我离开期间出了什么事情。

我尽可能躲在阴影中，选择一个黑暗最浓的地方越过了栅栏。

为了确保安全，我趴倒在地上，用手和膝盖悄无声息地爬向木屋的一角。当我挨近那里的时候，我的心一下子如释重负。鼾声本身并不好听，在别的时候我常常抱怨人家打呼噜；但现在听到我的朋友们在熟睡中一齐发出这样响、这样安宁的鼾声，简直是美妙的音乐。航海时值夜人报告"平安无事"的喊声纵然悠扬动听，送入我的耳中也从来没有这样令人宽心。

不过，有一点是毫无疑问的：他们的警卫工作做得太不像话。要是西尔弗一帮人现在向他们发动偷袭，肯定一个人也看不到天亮。我认为这就是船长负了伤的结果，于是我又一次痛责自己，不该在几乎派不出岗哨的时候撇下他们面对这样的危险。

此刻我已爬到门口站起身来。屋里一片漆黑,什么也看不清楚。至于声音,除了熟睡者持续不断的呼噜以外,还有一点不寻常的轻微响动,像是什么东西在扑翼或啄食,这是我绝对无法解释的。

我伸出手摸索着稳步走进木屋,打算躺到自己的铺位上去,心中暗暗在笑,准备欣赏他们明天早晨发现我以后那种脸部的表情。

我在什么软软的东西上绊了一下,那是一个睡着的人的腿。他翻身嘟哝了一句,但没有醒来。

这时,蓦地里从黑暗中响起一个尖锐的声音。

"八个里亚尔!八个里亚尔!八个里亚尔!八个里亚尔!"

这声音一直叫下去,既不停歇,也不变换,像一架极小极小的风车转个没完。

这是弗林特船长——西尔弗的绿鹦鹉!我听到的原来是它在啄一块树皮的声音。原来是它在执行警戒任务,而且执行得比任何人好。原来是它用这样喋喋不休的重复句报道着我的来临。

我根本来不及从震惊中恢复镇定。睡着的人被鹦鹉刺耳的叫声惊醒后纷纷跳起来;我听到西尔弗的声音夹带着可怕的咒骂喊道:

"什么人?"

我转身想逃,但是跟一个人猛烈相撞;刚退回来,又正好落在另一个人的怀里,那人立刻把我紧紧搂住。

"狄克,快拿火把来,"西尔弗吩咐道,这时我的被俘已成事实。

有一个人从木屋里走出去,很快就带着一支点亮的火炬回来。

第六部 西尔弗船长

第二十八章
身陷敌营

火炬的红光照亮了木屋的内部,把我所担心的最坏的局面呈现在我的眼前。海盗们把木屋和补给品都据为己有。一桶白兰地、猪肉、面包干都在老地方,但看不见一名俘虏,这使我的恐惧加剧十倍。我只能假定我的朋友已全部遇害。我为自己没有能够同他们一起赴难而遭到良心的强烈谴责。

屋里一共只有六个海盗,此外还活着的一个也没有了。其中五个从醉梦中突然跳起来,面孔通红,气势汹汹。第六个刚刚用胳膊肘撑起身子,面孔呈死灰色,头上血迹斑斑的绷带说明他新近受伤,而包扎伤口的时间更近一些。昨天他们大举进攻时被枪打中后逃回树林里去的那个海盗我还记得,这个人肯定就是他。

鹦鹉蹲在高个儿约翰肩上用嘴整理自己的羽毛。西尔弗本人的脸好像比往常苍白、绷紧了些。他还穿着来跟我们谈判时穿的那一套漂亮的绒面呢礼服,但蹭了不少泥巴,还被带刺的灌木扯破好几处,气派已大不如前。

"啊,"他说,"原来是吉姆·霍金斯,好哇!上这儿作客来啦?好极了,欢迎,欢迎!"

他在白兰地桶上坐下来,开始装一斗烟。

"狄克,让我接个火,"他说。在点着了烟斗以后,他又说:"行了,伙计。火把可以插在柴堆上面。诸位,你们可以躺下,你们不必站着侍候霍金斯先生;他会原谅的,你们可以相信我的话。我说,吉姆,"他吸了一口以后,把烟斗拿下来,"你到这里来,真使可怜的老约翰喜出望外。我第一次见到你的时候,我就看出你是个机灵的小伙子,可是你怎么会到这儿来的,我实在莫名其妙。"

我当然一语不发。他们叫我背靠墙壁站在那里,我正眼望着西尔

我正眼望着西尔弗。

弗，表面上毫无惧色，心底里完全绝望。

西尔弗不动声色地吸了几口烟，继续发表他的意见。

"吉姆，既然你来到此地，"他说，"我想把心里话跟你谈谈。我一直很喜欢你，觉得你是个有头脑的小伙子，跟我自己年轻、漂亮的时候一模一样。我一直希望你加入到我们这一边来，得了财宝分一份给你，保管一辈子吃用不尽。现在你到底来了，我的孩子。斯摩列特船长是个航海的好手，我一直这样说，可是他的纪律太严。他常常说：'首先要尽到责任'，这话确有道理。可是你竟撇下你们的船长，一个人逃跑。大夫对你切齿痛恨，骂你是个'没良心的小流氓'。总而言之，你再也回不到自己人那里去了，因为他们已不要你。除非你自封为第三套班子的光杆司令，否则你就不得不加入西尔弗一伙。"

总算还好，我的朋友们还活着。虽然西尔弗的话我有一部分相信，比如他说大夫他们对我擅自逃跑极为恼火；但听了他这一番话，我与其说感到难过，毋宁说感到宽慰。

"你落到了我们手里，这不用我说，"西尔弗继续讲下去，"你自己也明白。我主张平心静气讲道理，我认为威吓强逼决没有好处。你要是愿意干，就加入我们一伙；你要是不干，吉姆，你尽可以回答：不干。我决不勉强，伙计。要是有哪一个水手能说出比这更公道的话，叫我不得好死！"

"你要我回答吗？"我用发抖的声音问。我感觉到在这番捉弄人的言语背后隐藏着随时可以致我于死地的威胁。我的两颊发烫，心跳得厉害。

"孩子，"西尔弗说，"谁也不强迫你。你好好合计合计。我们谁也不催你，伙计；跟你在一起总是很愉快的。"

"好吧，"我说，渐渐地胆子也大了些，"如果要我挑选，我首先有权提问：这里发生了什么事？你们为什么在这里？我的朋友们到哪里去了？"

"你问发生了什么事?"一个海盗用深沉的低音嘟哝着。"啊,鬼知道这里究竟发生了什么。"

"不问到你,你还是给我闭上你的鸟嘴,朋友,"西尔弗恶狠狠地喝住开口的那个人。接着,他还是用原先那种文雅的语调向我回答:"霍金斯先生,昨天傍晚,李甫西大夫打着白旗来找我们。他说:'西尔弗船长,你们被扔下了。船已经开走。'是的,也许乘我们喝酒唱歌的当口,他们把船开走了。这一点我不否认。至少我们谁也没有发觉。我们跑去一看,船果然不见了。我从来没见过这样一群傻瓜干瞪着眼的蠢相,你可以相信我的话。大夫说:'我们来讲条件吧。'我跟他讲妥了条件,我们到这里来,所有的补给品、白兰地、木屋,还有承你们想得周到都已经劈好的柴火——用我们的话说,一条船从桅顶到龙骨统统归我们所有。至于他们,反正已经离开此地。现在他们在什么地方,我可不知道。"

他又慢悠悠地吸了几口烟。

"为了免得你误解为条约里把你也订了进去,"他继续说,"我可以把当时最后的几句话告诉你。我问:'你们一共几个人离开?'他说:'四个人,其中一个是伤员。至于那个孩子,我不知道他在什么地方,让他见鬼去吧,我不管他了。我们一想起他就恼火。'这是大夫的原话。"

"就这些吗?"我问。

"可以说给你听的就是这些,我的孩子,"西尔弗答道。

"现在我必须作出选择,是不是?"

"现在你必须作出选择,你可以相信我的话,"西尔弗说。

"好吧,"我说,"我不至于蠢到不知道该选择哪一条路。随你们怎样处置我都可以,我不在乎。自从认识你们以来,我已看到了太多的人死去。不过我有几件事要对你们讲,"这时我非常激动,"首先,你们现在的处境很不妙: 船丢了,财宝丢了,人也丢了;你们的事情糟透了;如果你们想知道是谁干的,告诉你们,是我干的!是我在看见陆地的那天晚上,躲在苹果桶里听到了你——约翰,还有你——狄克·约翰逊,还有现在已经掉到海底里去的汉兹的谈话,并且在一小时内就把你们说的每一句话都告诉了船长。至于那条船,也是我割断了锚索,杀死了你们留在船上的人,把船带到你们任何人永远看不见的地方。应该我嘲笑你们,而不是你们嘲笑我;在这件事情上我一开始就占了上风;你们在我眼里并不比一只苍蝇更可怕。要杀要放随你们的便。不过我可以说一句话,只说一句: 如果你们放了我,过去的可以一笔勾销。将来你们因为当过海盗受到审判,我将尽我所能救你们的命。现在该轮到你们挑选了。或者再杀一个人——这对你们毫无好处;或者放了我,留一个人证将来救你们免受绞刑。"

我停下来歇一会,因为我已上气不接下气。使我感到惊讶的是,他们全体一动不动,像一群绵羊一眼不眨地看着我。趁他们继续盯着我瞧的时候,我又说开了。

"西尔弗先生,"我说,"我相信你是这里最有头脑的人。万一我有个好歹,劳你的驾让李甫西大夫知道我是怎样死的。"

"我一定记住,"西尔弗说。他的语调令人费解,我怎么也无法断定: 他究竟是在嘲笑我提出的请求呢,还是我的勇气打动了他的心。

"我还可以添上一桩事情,"一名面色像红木的老水手说。他姓摩根,我是在高个儿约翰开设在布里斯托尔码头上的酒店里看见他的。"当初是他认出了黑狗。"

"还不止这些,"船上的厨子补充说。"我还可以添上一件: 他就是从比尔·蓬斯那里弄走地图的那个小鬼。总而言之,我们的事都坏在吉姆·霍金斯手里!"

"那就叫他上西天!"摩根说着骂了一句。

他拔出刀子跳将起来,简直像只有二十岁。

"站住!"西尔弗喝道。"你是什么人,汤姆·摩根?你大概以为你是这里的船长吧？我要好好教训教训你！你要是敢跟我顶，我就把你送到好多人比你先去的地方。三十年来，凡是跟我作对的，有的被吊上帆桁端，有的被扔到海里去喂鱼，还没有一个人得到过好下场。汤姆·摩根，你可以相信我的话。"

摩根沉默了，但是其他几个大不以为然。

"汤姆说得有理，"一个说。

"我让别人摆布得够了，"另一个补充说。"要是再让你把我牵着鼻子走，约翰·西尔弗，我宁愿上绞架。"

"诸位，你们还有什么话要对我说吗？"西尔弗咆哮着从酒桶上弯身向前，右手握着还未熄灭的烟斗。"有什么话统统讲出来，你们又不是哑巴。要说话的站出来。我活了这么大岁数，到了晚年难道能听任一只朗姆酒囊在我面前摆架子？你们自称是碰运气绅士，应该懂得这一行的规矩。我准备着。有种的把弯刀拔出来见个高低。虽然我只有一条腿，我要在一斗烟烧光之前看一看他的五脏是什么颜色。"

没有一个人动弹，没有一个人答话。

"真是好样的，可不是吗？"他又说了一句，把烟斗重新插到嘴里。"看看你们那副熊样！竟没有人敢出来较量一番。难道当代普通的英国话你们听不懂吗？我是你们推选出来的船长。我在这里当船长，因为我比你们高明得多，足足高出一海里[①]。既然你们不敢像碰运气绅士那样跟我较量，那末就得听我的，你们可以相信我的话！我喜欢这个孩子；我从来没有见过比他更好的孩子。在这间屋子里，他比你们这群胆小鬼中任何两个加起来有更多的丈夫气。我倒要看看谁敢碰他一根毫毛，你们可以相信我的话。"

接着是一阵持续很久的沉默。我昂首站在墙边，心还在扑腾扑腾地跳，但胸中已闪现出一线希望。西尔弗交叉着双臂倚墙而坐，烟斗斜叼

[①] 一海里（1.852公里）比一英里（1.609公里）还要长。这里当然是比喻。

在嘴角上,就像在教堂里一样镇静;然而他的一双贼眼却的溜溜地转个不停,眼梢始终监视着他的不驯顺的同伙。那些海盗逐渐退到木屋的另一端聚在一起,他们交头接耳的低语声一直像流水汩汩地传到我耳朵里来。他们间或一个接着一个抬头看看我们这一边,那时火炬的红光就会把他们紧张不安的面孔照亮一两秒钟。不过,他们的视线所向不是我,而是西尔弗。

"你们像是有什么话要讲,"西尔弗说着向老远的空中啐了一口。"讲出来让我听听,要不就闭嘴。"

"请你原谅,先生,"一个海盗应道,"你常常不遵守这一行的好些规矩,不过有些规矩你还是不要打破为好。大伙都对你不满。我们可不是好欺的,我们有同其他船上的水手一样的权利——我就是敢这样说。根据你自己订下的规矩,我认为我们可以在一起谈话。我请你原谅,先生,因为我承认你目前是我们的船长;但是我要行使我的权利:到外面去商量一下。"

这个满脸横肉、三十四五岁年纪的大个子、黄眼珠家伙,向西尔弗敬了一个很雅致的水手礼,沉着地向门外走出去。其余几个也跟着他离开屋子,每个人经过西尔弗身旁都敬个礼,打声招呼。"按规矩办事,"有的说。"去开个水手会,"摩根说。就这样你一句、我一句,一个个都走了出去,只留下西尔弗和我在火炬旁边。

船上的厨子立即把烟斗从嘴里拿出来。

"你听着,吉姆·霍金斯,"他用勉强可以听到的声音急切地说,"你的性命正在千钧一发的关头,尤其可怕的是还要受刑罚,不能痛痛快快地死。他们打算把我推翻。不过,你也看到了,我在千方百计地保护你。起初我并不想保护你,是你的一番话打动了我。赶上这一连串的倒霉事儿,到头来还得上绞架,我简直愈想愈泄气。不过我觉得你的话有道理。我在心中对自己说:'约翰,你帮一下霍金斯的忙吧;将来霍金斯也会帮你的忙。你是他最后的一张牌了,约翰;他也是你的最后一张牌,这是千真万确的!大家互相依靠。今天你搭救你的一名证人,到时候他能帮你甩掉脖子上的绞索!"

我模模糊糊地开始领会他的意思。

"你是说一切都完了?"我问。

"当然完了,老天可以作证!"他回答说。"船丢了,脖子也保不住,还有什么可说的? 那天我向海湾里一看,看不见我们的船,吉姆·霍金斯,我就知道这下子输定了,尽管我是个很倔强的人。至于那帮家伙,他们商量不出什么名堂来的。你放心,他们都是十足的笨蛋和胆小鬼。我一定尽力从他们手里救你的命。不过,吉姆,咱们要以德报德;到时候你可不能让高个儿约翰荡秋千。"

我惊讶得简直不敢相信。这个老海盗、不折不扣的匪帮头子,连这样希望渺茫的一根稻草也要捞一下。

"我能做的一定做到,"我说。

"那末一言为定!"高个儿约翰高兴地说。"你的话像个男子汉。他妈的!我找到了一条生路。"

他拄着拐杖走到插在柴堆上的火炬旁边,把他的烟斗重新点着。

"记住,吉姆,"他回来后说。"我不是没头脑的浑虫。现在我已站到乡绅的一边。我知道你把船带到一个安全的地方去了。你是怎样干的,我不知道,但船肯定在安全的地方。我猜想汉兹和奥布赖恩已变成浮尸。我一直不大信得过这两个家伙中的任何一个。你记住: 我不提什么问题,我也不要人家问我。我知道自己输定了,我也知道你是个可靠的小伙子。啊,你是这样年轻,我跟你一起可以大大地干出些名堂来!"

他从酒桶里倒了些白兰地。

"你要不要尝尝,伙计?"他问。

我谢绝了。

"那我就自己喝一口,吉姆,"他说。"我得提提精神,回头麻烦的事儿多着哩。说起麻烦,我倒要问你:吉姆,大夫为什么把那张图给我?"

我脸上现出绝非做作的惊讶表情,他明白再问已没有必要。

"真的,他把图交给我了,"他说。"不过这里头有文章,一定有文章,这是毫无疑问的,吉姆,是好是歹就不知道了。"

他又喝了一口白兰地,摇摇他的大脑袋,那神态似乎觉得未来总是凶多吉少。

第二十九章
又是黑券

那几个海盗商量了半天，其中一个才回到屋里来，再次向西尔弗敬了个礼（在我看来带有一点讽刺的意味），请求暂借火炬一用。西尔弗爽快地同意了，于是这个使者重又出去，把我们俩留在一片漆黑之中。

"风马上就要刮起来，吉姆，"西尔弗说。这时他对我的态度已变得非常友好和亲昵。

我走到最近的一个枪眼旁边向外张望。一大堆篝火的余烬已烧得差不多了，它的反光又低又暗，我这才明白那些密谋者为什么要火炬。他们在木屋与栅栏之间的斜坡上聚成一堆：一个拿着火炬，另一个跪在他们中间。我看见一把出鞘的刀子的锋刃在跪着的那个人手里不断地变换色彩：忽而反射出月光，忽而映出火光。其余几个像是俯身看着他在做什么。我只能看到他手里除了刀子还有一本书。我正在纳闷他们怎么会有这样一件不合时宜的东西，这时，跪着的那一个已从地上重又站起；于是他们全体一齐向木屋走来。

"他们来了，"说罢，我回到原先站的地方。我觉得，被他们发觉我在窥视他们的行动，将有损我的尊严。

"让他们来吧，孩子，让他们来吧，"西尔弗愉快地说着。"我还留着一手对付他们。"

门开了，五个人在门口挤做一堆，把其中一个往前推。他慢慢地走过来，每跨一步都要犹豫一番，一只右手握得紧紧地向前伸出；要是在别的任何场合，你看着一定会觉得可笑。

"过来，伙计，"西尔弗大声说。"我不会吃掉你的。把东西递给我，你这个傻大个儿。我懂得规矩，我不会难为一个使者。"

经他一说，那个海盗胆子大了。他加快脚步走上前来，把一件东西放到西尔弗手中，然后更加麻利地回到同伴们那里。

船上的厨子看了看交给他的东西。

"黑券!不出我所料,"他说。"你们从哪儿弄来的纸?哎哟,可不得了!你瞧,这下祸闯大了!这是从《圣经》上裁下来的。是哪个混蛋把《圣经》给糟蹋了?"

"糟了!"摩根说。"糟了!我早说过,这件事决没有好结果,可不是?"

"哼,这大概是你们刚才商量决定的,"西尔弗继续说。"我看你们这下子一个个都得荡秋千。《圣经》是哪个王八羔子的?"

"是狄克的,"一个海盗说。

"狄克,是你的吗?那就让狄克向上帝祷告吧,"西尔弗说。"狄克的好运气算是到了头,你们可以相信我的话。"

但这时那个黄眼珠的大个子插嘴了。

"收起你那一套鬼话,约翰·西尔弗,"他说。"大伙一致决定按规矩把黑券交给你,你也按规矩把它翻过来看看上面写的什么。看了你就知道啦。"

"谢谢,乔治,"船上的厨子应道。"你一向办事干脆,而且我很高兴地看到,乔治,你把咱们这一行的规矩记得很牢。好吧,我来看看上面写的什么。啊!'下台',是这样吗?字写得真好,跟印出来的一模一样,我敢担保。这不是你的笔迹吗,乔治?你在这一伙中间确实是个拔尖的人才。接下来选你当船长,我一点也不觉得奇怪。不过,请你将火把再给我用一用,可以吗?这烟斗吸起来不太通畅。"

"得了吧,"乔治说,"你甭想再糊弄人。你的花言巧语的确很好听,可现在不顶用了。你还是从酒桶上下来,让我们进行选举。"

"我还以为你真懂规矩呢,"西尔弗轻蔑地回答。"你要是不懂的话,至少我懂得。别忘了,目前我还是你们的船长。我要在这里直等到你们提出对我不满的理由,我再答复你们。眼下你们的黑券是一文不值的。在这以后,咱们再走着瞧。"

"哦，你不用担心，"乔治也不示弱，"我们一切都照章办事。第一条理由：这趟买卖落得一场空，事情都坏在你身上，要是你敢否认，算是一条好汉。第二条：你白白地放敌人离开了这个进得来出不去的地方。他们为什么要离开，我不知道。但总是他们希望离开，这是明摆着的。第三条：你不让我们跟踪追击。哦，我们把你看透了，约翰·西尔弗。你想脚踏两只船，这就是你的不是。还有，第四条：你包庇那个小鬼。"

"还有吗？"西尔弗沉着地问。

"这些已经足够了，"乔治反唇相讥。"你这样胡搞乱来，将来我们都得为你荡秋千，一个个在太阳底下晒成鱼干。"

"好吧，现在我来答复这四条。让我逐条逐条回答。你说，这趟买卖落得一场空，事情都坏在我身上，是不是？你们都知道我的打算；你们也知道，如果照我的打算去做，今天夜里我们早已回到伊斯班袅拉号船上，一条命也不会送掉，安稳舒服，而且我敢担保舱里装满了金银财宝！可是，是谁打乱了我的计划？是谁逼着我——你们选出来的船长——过早动了手？是谁在我们上岸的第一天把黑券塞到我手里？这场魔鬼的舞蹈究竟是谁跳起来的？啊，那真是一场精彩的舞蹈；我也跟着你们一起跳；有些身段真像伦敦城外正法码头上脖子套着绳圈跳的水手舞。这到底是谁领的头？是安德森、汉兹，还有你——乔治·墨利！在这批惹是生非的家伙中间，只剩下你还没见海龙王。我们的事全坏在你们几个手里，而你居然厚着脸皮想爬到我头上来当船长！老天在上，这简直比最荒唐的海外奇谈更离谱！"

西尔弗顿了一下，我从乔治及其伙伴们脸上可以看出，他这番话没有白说。

"这是第一条，"遭到指控的船长激动地说下去，一边抹额上的汗，因为他是在用声震屋宇的嗓门说话。"老实告诉你们，跟你们说话我简直感到恶心。你们既不明事理，又没有记性，我真不懂得你们的爹妈怎么会放你们到海上来的。当水手！当碰运气绅士！你们顶多只配当裁缝！"

"你继续答复，约翰，"摩根说。"还有另外几条。"

"啊，另外几条！"约翰跟着说。"好像罪名大得不得了，是不是？你们说这趟买卖搞糟了。天哪，我敢打赌，你们压根儿还不知道事情究竟糟到什么程度！咱们上绞架的日子不远了，我一想起来脖子就会僵直。你们也许看到过这样的景象：犯人戴着锁链挂在半空中，大鸟在尸体周围打转。别的水手趁潮水出海时会指着问：'那是谁？'其中有一个人回答说：'哦，那是约翰·西尔弗。我跟他很熟。'风一吹，尸体荡起秋千来，锁链的锒铛声直到船拐向下一个浮标还听得见。咱们每一个人都是爹妈生的，为什么会落得这样的下场呢？这都得感谢乔治·墨利，感谢汉兹、安德森和你们中间另外一些坏事的笨蛋。如果你们要我答复有关这个孩子的第四条，那就听着！他难道不是一个很好的人质吗？为什么要把一个人质白白浪费掉？不，这样做太愚蠢了。我相信，他可能是咱们最后的希望，我看很有可能。你们要把这个孩子干掉？我不干，伙计们！还有第三条，是吗？关于这第三条，确实有些可以谈谈的。难道你们把一位真正大学毕业的大夫每天来看你们这件事一笔勾销了吗？杰克，你的脑袋开了花；乔治·墨利，你每隔六个小时要打一次摆子，直到现在眼睛还黄得像柠檬皮；难道你们不需要他来了？有一条船会来接应他们，也许你们不知道吧？但确实会来，而且为期不远；到那时你们就明白人质的用处。至于第二条，你们责问我为什么做这笔交易。明明是你们跪在地上爬到我跟前要我答应的。当时你们一个个都像泄气的皮球，要是我不做这笔交易，你们早就饿死了！但这还是小事。告诉你们，我做这笔交易是为了这个，你们瞧吧！"

说着，他把一张纸扔到地板上，我一眼就认出那是我在比尔·蓬斯箱子底里发现用油布包着的黄纸地图，上面有三个红色的叉叉。我实在想象不出大夫为什么要把这张图给他。

但是，如果说这件事对我是无法解释的话，那末，剩下的那些反叛者看到地图时的表情更加难以置信。他们像一群猫发现了一只耗子似地扑向那张纸，你抢我夺，在谁的手里也待不住；听他们穷凶极恶地争着看图时发出的骂声、喊声和孩子气的笑声，你也许以为他们不光是摸到了金银财宝，甚至已经稳妥地装在船上扬帆返航。

"是的，"其中一个说，"这的确是弗林特的图。这'杰·弗'两个字，还有下面画的一道线和丁香结，正是他签名的花样。"

"这当然很好，"乔治说。"可是咱们没有船，怎么把财宝运走？"

西尔弗霍地跳起来，用一只手撑在墙上，厉声喝道：

"我警告你，乔治。你要是不识相再开一声口，我就跟你决斗。怎么运走？我怎么知道？应该我问你们——你和另外那些七嘴八舌把我的纵帆船给丢掉的混蛋！可是问你们也是白搭，你们的脑子比蟑螂的还不如。不过你说话必须讲点礼貌，乔治·墨利，不要等我教你，你可以相信我的话。"

"这话有理，"老摩根说。

"当然有理，"船上的厨子说。"你们丢了船。我找到了宝藏。究竟谁有道理？现在我宣布辞职，再也不干了！你们爱选哪个，就选哪个当你们的船长。我可受够了。"

"西尔弗！"那些海盗一齐叫起来。"永远跟烤全牲走！烤全牲永远当船长！"

"是吗？这才像话！"厨子大声说。"乔治，我看，你只好等下一轮了，朋友。也算你的造化，我是不记仇的。我从来不是那样的人。那末，伙计们，这黑券怎么办？现在没什么用处了吧？算狄克倒霉，白白糟蹋了他的《圣经》。"

"以后还可不可以吻这本书宣誓？"狄克嘟着嘴问，他显然因为自己招来了祸殃感到十分紧张。

"用裁掉了书页的《圣经》宣誓？"西尔弗表示他认为非常可笑。

"那怎么行！这跟凭着小曲本儿起誓一样不能算数。"

"不算数？"狄克忽然高兴起来了。"那我还是要留着它。"

"给你，吉姆，让你见识见识这玩意儿，"西尔弗说着，把一小片纸扔给我。

这是像一枚银币大小的一张圆纸片。一面空白，因为原来是《圣经》的最后一页；另一面印着《启示录》的最后几节，我在家乡时对其中一句印象特别深刻："城外是犬类和杀人犯。"印有经文的一面涂着炭末，把我的手指也染黑了；空白的一面也是用炭写着"下台"两个字。这件纪念品至今留在我身边，但上面的字样已无法辨认，只剩下一些像是用指甲刮出来的痕迹。

那天夜里的风波到此算是暂告平息。不久，每人喝了一通酒以后，大家躺下睡觉。西尔弗想到了一个出气的办法——派乔治·墨利去放哨，并扬言道：万一有什么不忠的行为，就要他的命。

我很久一直不能合眼。皇天在上，我确实有够多的事情需要思考。我在想下午我自己处境岌岌可危时杀死的那个人。我在想西尔弗目前玩弄的那种极其狡猾的手段：他一方面把那些反叛者抓在手里，另一方面不放过任何机会保他自己的太平和一条狗命；木头也罢，稻草也罢，他都要捞。他自己睡得挺安稳，呼噜打得很响；可是，想到他处在多么可怕的危险包围中，等待着他的又是上绞架这样可耻的下场，尽管他是个坏蛋，我心里还是为他难过。

第三十章
君子一言

一个清晰、爽朗的声音把我——应该说把我们大家——都惊醒了，我看到连靠在门桄上打盹的岗哨也直跳起来。那声音从树林边缘在向我们喊道：

"喂，木屋里的人听着！大夫来了。"

真的是大夫来了。虽然我很高兴听到他的声音，但高兴里边也搀杂着别的滋味。回想起自己不听指挥、偷偷逃跑的行为，我感到惭愧；再看看现在落到了什么人手里，被什么样的危险包围着，我简直没有脸见他。

他想必是天还没亮就起身的，因为现在太阳还不高。我跑到枪眼前往外一看，见他站在齐膝的雾霭中，就跟以前西尔弗来谈判的那次一样。

"是你啊，大夫！早上好，先生！"西尔弗一下子完全醒了过来，笑容满面地招呼道。"你可真好哇！俗话说，早起的鸟吃得饱。乔治，打起精神来，我的乖乖，去帮李甫西大夫跨过木栅。一切正常，你的病人都挺好、挺快活。"

他站在小山顶上一个人说着好多废话，腋下挂着拐杖，一只手撑在木屋墙上；声调、气派和表情都还是原来的高个儿约翰。

"我们为你准备着一件意想不到的礼物呢，先生，"他继续说。"我们这里来了位小客人，嘻嘻！一位新乘客，或者说新房客，眉清目秀，精神饱满；昨天夜里整整一宿跟我老约翰并排躺在一起，睡得可香哩。"

这时李甫西大夫已翻过栅栏，离厨子很近；我听得出他的声音也变了。他问道：

"难道是吉姆？"

"正是吉姆回来了,"西尔弗说。

大夫顿时停步,不过没有说什么;有几秒钟他好像再也走不动了,然后才继续前进。

"好吧,"他终于开了口,"先办公事,后叙友情。这话好像是你自己说过的,西尔弗。我先去看你们的病人。"

他随即走进木屋,向我冷冷地点了点头,径自给病号进行治疗。他看来毫无顾虑,尽管他不可能不知道,处身在这班一贯背信弃义的恶魔中间,他的生命随时可能遇到不测。他跟病人随便闲扯,仿佛到英国一户安分守己的人家来出诊。他的神态大概对那些人起了作用;他们对待他的态度好像什么事情也未曾发生,还是把他当作随船医生,而他们仍是忠实可靠的水手。

"你的情况在好转,我的朋友,"他对头上缠着绷带的那个人说,"你这条命真是捡来的,你的脑袋简直同铁打的一样结实。怎么样,乔治,好点儿了吗?你的脸色还是不行,你的肝功能紊乱得厉害。药吃了没有?喂,伙计们,他吃了药没有?"

"吃了,先生,他吃了,真的吃了,"摩根应道。

"要知道,自从我当上了反叛分子的医生(我认为叫做狱医更恰当),"李甫西大夫以极其讨人喜欢的幽默口吻说,"我把保全每一个人看成自己荣誉攸关的事情,以便把你们交给乔治国王和绞刑架。"

那些匪徒面面相觑,但是把这句击中要害的戏言默默地吞了下去。

"狄克觉得不舒服,先生,"有一个人说。

"是吗?"大夫问。"过来,狄克,让我看看你的舌苔。哦,他当然觉得不舒服,否则才怪呢!他的舌苔可以吓坏法国人。他也害上热病了。"

"对了,"摩根说,"那是报应,就因为弄坏了《圣经》。"

"就因为像你们所说的蠢得比驴子都不如,"大夫反驳道,"连新鲜空气同瘴气,干燥的土地同传播瘟疫的臭泥潭都分辨不出来。我认为——当然,这仅仅是一种猜想——很可能你们都得了疟疾;这种病在彻底治好之前,苦头反正够你们吃的。你们在沼地里宿营,是不是?西尔弗,有一点你使我不能理解。在你们所有的人中间,你算是最有头脑的;可是在我看来,你连最起码的卫生常识都没有。"

大夫依次给了他们药,他们接受医嘱时那种依头顺脑的样子实在可笑,完全不像杀人不眨眼的叛匪海盗,倒像贫民小学的学童。

"好了,"大夫说,"今天就到此为止。现在,如果你们同意的话,我想跟那个孩子谈几句话。"

说着,他不太经心地向我这边摆一摆头。

乔治·墨利正在门口吞服一种很难吃的药,一边乱唾乱啐。但一听到大夫提出这个要求,他立刻转过血红的脸来大喊"不行!",还骂了一句。

西尔弗张开手在酒桶上猛击一掌。

"住口!"他吼叫起来,并且环顾四周,颇像一头雄狮。"大夫,"接下来又用平静的语调说,"我早就想到这一层了,因为我知道你很喜欢这个孩子。我们大家对你的好心都感激不尽;你也看到,我们完全相信你,你给的药都当甜酒一样喝了。我有办法把一切都安排妥帖。霍金斯,尽管你生在穷人家,还称得上一位年轻君子;你能不能用君子一言向我保证不逃跑?"

我爽快地向他作了保证。

"那末,大夫,"西尔弗说,"请你走到栅栏外面去。你到了那里,我就把这孩子带到下面来,你们可以隔着栅栏畅谈。再见,先生,请代我们向屈利劳尼先生和斯摩列特船长致意。"

大夫刚走出木屋,海盗们的不满情绪本来全靠西尔弗的疾言厉色勉强压制着,现在一下子都爆发了。他们纷纷指责西尔弗要两面手法,企图为自己单独媾和、出卖同伙的利益作进身之礼;总之,他们所指控的确确实实都是他正在干的,一点也不冤枉他。事情是这样明显,我想象不出这一回他还有什么办法拨转他们愤怒的矛头。但其余的人毕竟不是他的对手，何况昨夜取得的胜利使他拥有极大的优势来影响他们的心理。他骂他们是蠢货、笨蛋，反正各种各样傻瓜的名目都数遍了。他说不让我同大夫谈话是不行的。他把地图在他们面前扬了扬，责问他们：今天他们马上就要去发掘宝藏，难道他们要在这节骨眼上撕毁协议？

"不，不行！"他胸有成竹地说。"时机一到，咱们当然要撕毁协议；但在这以前，我要把那位大夫哄得晕头转向，哪怕要我用白兰地给他刷靴子也行。"

然后他叫他们生起火来，自己拄着拐杖，一手扶住我的肩膀，大模大样地走出去，任凭他们茫然不知所措。他们只是被他的如簧之舌播弄得一时无言对答，但远远没有被说服。

"慢慢走，小老弟，慢慢走，"他对我说。"他们要是看见咱们急匆匆地下去，会一下子向咱们扑过来的。"

于是我们不慌不忙穿过沙地，向大夫已在栅栏外面等候的那一边走去。我们刚一进入随口说话可以听见的范围，西尔弗就不再前进。

"大夫，请你把这些都记下来，"他说，"吉姆会告诉你，我怎样救了他的性命，怎样差点儿给赶下台，你可以相信我的话。大夫，一个人像我这样豁出命来孤注一掷的时候，希望听几句宽心的话也许是可以谅解的吧？请你注意，如今不光是我的一条命的问题，连这孩子的命也搭上了。大夫，我恳求你行行好，给我一点希望好支持下去。"

西尔弗一到外面，背对着他的同伙和木屋，立刻变成另一个人：他的两颊深陷，声音发颤，谁也不可能比他扮演得更逼真。

"约翰，你是不是害怕了？"李甫西大夫说。

"大夫，我不是胆小鬼；连这么一丁点儿也算不上！"他用指头打了个榧子。"我要是胆小，就不会这样说了。可是说老实话，我想起绞刑架总是禁不住发抖。你是个好人，而且守信用，我从来没有见过更好的人！我做的好事你是不会忘记的，正像你不会忘记我做的坏事一样，我知道。你瞧着,我马上退到一边去,让你跟吉姆单独谈一谈。这也请你为我记上一笔,我放的可是很大的交情啊!"

说完,他退后一段距离,到听不见我们谈话的地方,在一个树桩上坐下来独个儿吹口哨,同时不断转动身子,忽而看看我,忽而看看大夫,忽而看看那些在沙地上走来走去的不驯顺的歹徒——他们正忙于重新点起一堆火,并从屋子里拿出猪肉和面包干来做早饭。

"唉,吉姆,"大夫遗憾地说,"你又回到了这里。这叫做自作自受,我的孩子。老天可以作证,我实在不忍心责怪你;但是有一句话我非说不可,不管你爱听不爱听:斯摩列特船长身体好的时候,你没敢逃跑;你是趁他负了伤、不能阻止你的时候逃跑的。真的,这是不折不扣的懦夫行为!"

我愿意承认,这时我哭了。

"大夫,"我说,"你不必再责备我。我已经把自己骂够了,反正只有用我的生命来抵偿。要不是西尔弗保护,这时我早已经死了。大夫,请你相信我,死我倒不怕,再说也是活该,我怕的是受刑。万一他们拷问我——"

"吉姆,"大夫打断我的话,他的声音完全变了,"吉姆,我不能让你受折磨。你从栅栏上翻过来,我们一起逃跑。"

"大夫,"我说,"我作了保证。"

"我知道,我知道,"他激动地说。"现在顾不得这些了,吉姆。谴责、耻辱,统统由我包下来,我的孩子;但是我不能让你留在此地。快跳。往这边一跳,你就出来了,我们可以跑得比羚羊还快。"

"不,"我回答说,"你明明知道,换了你自己也不愿这样做的;你、乡绅、船长都不愿这样做,我也一样。西尔弗信任我,我作了保证,就得回去。可是,大夫,你没听我把话说完。万一他们拷问我,我也许会漏出船在什么地方;要知道我已经把伊斯班袅拉号弄到了手。一半靠运气,一半是冒了危险的。现在船停在北汉的南滩,几乎就在高潮线下面。潮水不大时船干搁着。"

"船!"大夫失声惊呼。

我把自己的惊险历程匆匆叙述了一番,他默默地一直从头听到底。

"这有点像命中注定的,"他等我讲完后说。"每次都是你救了我们的性命,难道你以为我们能听任你牺牲自己的性命?绝对不能!这样太对不起你了,我的孩子。你发现了敌人的阴谋,你遇见了本·甘恩——这是你一生所做的最大的好事,包括过去的和未来的,哪怕你活到九十岁。哦,对了,说起本·甘恩,这真是个调皮捣蛋的化身。西尔弗!"他叫了一声,"西尔弗,我要奉劝你一句,"等厨子走近后,他继续说,"你们切莫急急忙忙去找宝藏。"

"先生,我一定尽我所能,只怕做不到,"西尔弗说。"请你原谅,除非去找宝藏,否则我就无法救自己和这孩子的命;你可以相信我的话。"

"好吧,西尔弗,"大夫说,"既然如此,我索性再走远一步:你们快要找到宝藏的时候,可要提防叫喊声。"

"大夫,"西尔弗说,"坦白说,我认为这太不公平了。你们离开这座木屋,又把那张图给我,这葫芦里到底卖的什么药,我不知道,难道不是吗?我却闭着眼睛遵照你提出的要求去做,可是连一句给我希望的话也没有听到。不,这太过分了。如果你不对我讲明白这究竟是什么意思,我可没法子干下去。"

"不,"大夫若有所思地说,"我没有权利讲得更多。这不是我个人的秘密,西尔弗,否则我保证告诉你。但我敢于告诉你的只能到此为止,甚至还走远了一步。我已经要挨船长的骂了,决不骗你!首先,我要给你一点希望:西尔弗,如果你我都能活着离开这个陷狼坑,我一定尽我所能挽救你,只要不作伪证。"

西尔弗顿时笑逐颜开。

"我相信,先生,即使我的亲娘也不能给我更大的安慰了,"他兴奋地说。

"这是我要讲的第一点，也是对你的让步，"大夫继续说。"第二点是给你的忠告：让这孩子待在你身边，一步也不要离开；如果需要帮助，你就喊我。我现在就去想办法搭救你们。那时你自然会明白，我究竟是不是有口无心。再见吧，吉姆。"

于是，李甫西大夫隔着栅栏跟我握了握手，向西尔弗点一点头，然后快步往树林子里走去。

第三十一章
猎宝记——弗林特的指针

"吉姆,"西尔弗等剩下我跟他两个人时说,"如果说我救过你的命,那末你也救了我的命;这件事我决不会忘记。我看到大夫刚才招手叫你逃跑,我是凭眼梢瞟见的;我看见你说不行,就跟我的耳朵听到一样。吉姆,这件事我要永远记在心上。自从强攻失败以后,我这才第一次看到了一线希望,这应该感谢你。吉姆,现在咱们不得不闭着眼睛去猎宝,我总觉得这勾当凶多吉少。你我必须紧紧地互相依靠,那末,即使运气再坏,咱们也能保住自己的脑袋。"

就在这时,一个人从火堆那里招呼我们,说早饭准备好了。不一会,我们大家纷纷散坐在地上吃面包干和煎咸肉。他们点起的火堆足够烤一条牛,现在火旺得只能从上风面靠近它,即使这样也得备加小心。海盗们对食物也是同样浪费,他们准备的饭菜恐怕相当于食量的三倍。一个海盗疯疯癫癫地笑着把吃剩下来的东西一古脑儿扔进火里去;火堆添上这样不寻常的燃料,顿时烈焰冲天,声如雷鸣。我从未见过像这样不顾明天的人。今日有酒今日醉——这是对他们所作所为唯一恰当的形容。像这样糟蹋食物、放哨时睡大觉,尽管他们能鼓起足够的蛮勇开一仗,但一旦遇到挫折,我看出他们完全不能应付持久战。

西尔弗独自坐在一边吃,让"弗林特船长"蹲在他肩上。连他也不说一句话责骂他们这样胡搞乱来。这使我特别感到惊讶,因为他目前比以往任何时候更显得老谋深算。

"喂,伙计们,"他说,"有烤全牲用这颗脑袋为你们着想,你们真是好福气。我已经打听到了我所要了解的一切。船的确在他们手里。他们把船藏在什么地方,我还不知道;但只要发现了宝藏,咱们拚着把整个海岛都搜遍,总会找到船的。目前,咱们有两只划子,凭这点咱们就占了上风。"

他这样滔滔不绝地大吹法螺，热的煎咸肉把他的嘴塞得满满的。他用这样的办法恢复他们的希望和信任，同时，我料想他也在给他自己鼓气。

"至于这个人质，"他继续说，"我想这是他跟亲爱的人最后一次谈话了。从他们的谈话中我听到了一些消息，这还得谢谢他哩。现在事情已经过去。咱们去猎宝的时候，我要用一根绳子拴住他带在身边。咱们要像保护金子一样保护他，以防发生意外，这一点你们要记住。不过这是暂时的，等把船和宝藏都找到了，咱们高高兴兴回到海上去，那时再跟霍金斯先生算账，一定要好好酬谢他干的好事，决不亏待他。"

那帮海盗自然兴高采烈。但我的情绪却一落千丈。如果他刚才提出的设想行得通的话，西尔弗——这个双料的叛徒——将毫不犹豫地照着干。他至今还是脚踏两只船。他寄托在我们一边的希望顶多只能免去一条绞索，他毫无疑问更乐于同海盗们一起满载着金银财宝去逍遥法外。

再说，即使事态的发展迫使他履行他向李甫西大夫作出的保证，我们的处境也危险得不堪设想。一旦他的同伙的怀疑得到证实，他和我不得不拚死自卫；试想，他只有一条腿，我又是一个孩子，如何敌得过五名强悍的水手？

除了这双重的忧虑，我的朋友们采取的行动对我说来始终是一个谜。他们为什么要离开这个寨子？为什么要交出地图？这些都没有得到解释。尤其莫名其妙的是大夫最后告诫西尔弗的话："你们快要找到宝藏的时候，可要提防叫喊声。"读者如果设身处地为我想一想，就很容易理解，我吃的早饭为什么味同嚼蜡，为什么我跟在海盗们后面出发去猎宝时心情这样沉重。

要是有旁人在场看见，我们一行想必组成一幅奇特的景象：所有的人都穿着沾满油污的水手服，除我以外个个武装到牙齿。西尔弗一前一后挎着两支步枪，腰里还悬挂着一柄大弯刀，他的方摆外套两边口袋里各放一支手枪。使他这副奇怪的模样达于顶点的是:"弗林特船长"蹲在他肩上毫无意义地学着水手谈话的片言只语。我腰里拴着一条绳子,顺从地跟在船上的厨子后面,绳子的一端时而握在他闲着的那只手里,时而由他用有力的牙齿咬住。我活像一头被牵去表演跳舞的狗熊。

其余的人都扛着各种东西:有的扛着铁锹和洋镐——这是他们最先从伊斯班袅拉号带到岸上来的;有的扛着准备午饭时吃的猪肉、面包和白兰地。我看得出所有的补给品都来自我们的库存,可见西尔弗昨夜说的是真话。若不是他跟大夫做成了一笔交易,他和他的同伙丢了大船只得喝清水汤、靠打猎过日子。清水是不合他们口味的,而水手又往往不是好猎手。再说,水手在食物短缺的时候,弹药也肯定不会充裕。

我们就带着这样的装备全体出动,包括被打破脑袋的那一个在内,其实在烈日下行走对他肯定是有害的。我们一行七人零零落落地迤逦来到停着两只划子的岸边。甚至划子里也残留着海盗们纵酒胡闹的痕迹:其中一只的座板砸断了,两只划子都沾满泥浆,水也没有舀干。为了安全起见,决定把它们都带走。我们分坐在两只划子里,向着锚地底部进发。

途中对地图上的标记发生了争论。红叉叉画得太大了,当然不可能指示确切的地点。背面的文字说明又相当含糊。读者也许还记得,上面是这样写的:

望远镜肩上一棵大树,方位北东北之北。
骷髅岛,东东南偏东。
十英尺。

首先要找到大树。在我们的正前方,锚地被一片高约两百至三百英尺的台地挡住。台地的北端与望远镜山的南坡相衔接,向南则逐渐隆起,形成崎岖而多岩石的后桅山。台地顶上高矮不一的松树星罗棋布。

这里那里随处可以看到某一棵四五十英尺高的异种松树明显地凌驾于它的近邻之上，然而弗林特船长所说的"大树"究竟是其中哪一棵，必须到现场用罗盘才能测定。

实际情况虽然如此，可是，我们还没到半路，划子里的人却各人都已认定了自己心爱的一棵树。只有高个儿约翰耸耸肩膀，建议到了现场再作道理。

遵照西尔弗的嘱咐，我们划桨用力不大，以免体力过早耗竭；经过一段很长的路程以后，我们在第二条河——就是从望远镜山多树的一面斜坡上流下来的那条——的口子上登岸，从那里向左拐弯，开始沿着山坡攀登台地。

一开头，泥泞难走的地面和乱蓬蓬的沼泽草木大大影响我们的行进速度。但坡面逐渐逐渐趋于陡峭，脚下的土质趋于结实，树木变得比较高大、疏朗。我们正在走近整个岛上最可爱的一部分。香味浓郁的金雀花和鲜花盛开的灌木几乎完全占据了草地。碧绿的肉豆蔻丛每每同躯干深红、阴翳宽广的松树掩映成趣；前者的芳香和后者的清芬相得益彰。此外，空气新鲜而且令人振奋，在火伞高张的骄阳下，这对我们的头脑不啻是一服奇妙的清醒剂。

海盗们成扇形散开，不时大声叫喊，蹿来跳去。扇形的中心居后是西尔弗和我：我被绳子拴住，他气喘吁吁地在松滑的砾石中开路。有时我不得不帮他一把，否则他会失足仰天摔到山下去。

我们这样前进了大约半英里地，快要到达台地的坡顶，忽然，最左边的一个人大声叫了起来，似乎受了什么惊吓。他叫了一声又一声，其余的人纷纷向他那边跑去。

"他不可能已经发现了宝藏，"老摩根说着也从右边跑过来，打我们面前匆匆经过，"还不到山顶哩。"

的确，当我们也赶到那边时，我们发现完全不是那么一回事。在一棵相当高大的松树下面横着一具死人的骨架，被绿色的蔓草紧紧缠住，有几根较小的骨头甚至被局部向上提起，地上残留着衣服的些许丝缕。我相信，霎时间我们每个人心中都起了一阵战栗。

"他是一个水手，"乔治·墨利说，他比其余的人胆子大，敢走近去细看衣服的碎片。"至少他穿的是水手服。"

"嗯，嗯，"西尔弗说，"十之八九是水手。一位主教当然不会到这地方来。不过，这骨架的姿势好奇怪啊！好像很不自然。"

的确，再一看，简直不可能设想这个死人怎么会保持这样的姿势。除开局部的紊乱（那也许是啄食尸肉的大鸟和逐步包围尸身的蔓草造成的），死人躺得笔直，脚指着一个方向，手像跳水时那样举过了头，正好指着相反的方向。

"我这颗笨脑袋有点儿开窍了，"西尔弗说。"这里有罗盘；那边是像颗牙一样突出的骷髅岛的岬角尖。只消顺着这骨头架子的一条线测一下方位就知道了。"

于是就取出罗盘来照办。尸体直指骷髅岛那一边，罗盘标明的方位正是东东南偏东。

"果然被我料到，"厨子叫了起来，"这骨架就是指针。从这里一直对准北极星，一定可以找到黄灿灿的金子、白花花的银子。不过，说真的，我一想起弗林特就禁不住从头凉到脚跟。这是他玩的一个花样，绝对错不了。当初只有他带了六个人上岸；他把六个人全杀了，把其中一个拖到这里来，放在用罗盘对准的位置上。我敢打赌是这样！瞧，长长的骨头，黄黄的头发。那一定是阿拉代斯。汤姆·摩根，你还记得阿拉代斯吗？"

"嗯，嗯，"摩根回答。"我记得；他还该我钱呢，上岸时还把我的刀子带走了。"

"提起刀子，"另一个海盗说，"为什么刀子不在他身边？弗林特决不会搜水手的身，他不是这样的人；刀子也不可能被鸟衔走。"

"这话有理，一点也不错！"西尔弗大声说。

简直不可能设想这个死人怎么会保持这样的姿势。

"这里什么也没留下，"墨利说，一边还在骨架周围搜索，"既没有一个铜板，也没有烟盒子。我觉得有点儿反常。"

"对，是有点儿反常，"西尔弗表示同意，"甚至可以说叫人很不好受。乖乖！我说，伙计们，要是弗林特还活着，这里可能就是你我的坟场。当初他们是六个人，现在咱们也是六个人。可是那六个人如今只剩下了骨头。"

"不，我亲眼看到弗林特已经死了，"摩根说。"是比尔带我进去的。当时他躺在那里，眼睛上各放一枚一便士的铜板。①"

"死了，他确实死了，进了地狱，"头上缠着绷带的那一个说。"不过，要是真有鬼魂出来游荡，那一定是弗林特的鬼魂。天哪，他死的时候折腾得可厉害哩！"

"是啊，的确是这样，"另一个说，"他一会儿发火，一会儿嚷着要朗姆酒，一会儿又唱。他生平只唱一支歌，就是《十五个人》，伙计们。老实对你们说，我从此以后就讨厌那支歌。当时天气很热，窗子开着；我清清楚楚地听见那古老的水手调子从窗里传出来，那时冥王已经派小鬼来勾他的魂了。"

"算了，算了，"西尔弗说，"别谈这些事了。他已经死去，不会再出来游荡，这是肯定的。至少白天他不会出来游荡，你们可以相信我的话。提心吊胆反而会吓破自己的胆。走，拿金币去。"

经他这样一说，大伙自然又动身了。但是，尽管在赤日炎炎的大白天里，海盗们却不再单独乱跑，不再在树林里大声喧哗，而是互相靠拢，说话也屏住气。他们对那个死去的海盗头子怕得要命，至今心有余悸。

---

① 外国习俗，在死者眼睛上放上硬币，让死者瞑目。

第三十二章
猎宝记——树丛中的人声

部分是由于心慌腿软,部分是由于西尔弗和那些带病的海盗想休息一会,总之,这一伙人刚登上台地的坡顶,就坐了下来。

台地略有些朝西倾斜,因此从我们坐的地方向两边都可以望得很远。在我们前方的树梢背后是激浪镶边的森林岬角;在我们后面,不仅看得见锚地和骷髅岛,还可以看到沙尖嘴和东岸低地以外一大片浩瀚的洋面。我们的头顶上方矗立着望远镜山,有的地方点缀着几棵孤松,有的地方是黑黝黝的悬崖绝壁。周围一片沉寂,只有远处惊涛在礁石上撞碎的轰鸣,还有无数昆虫在矮树丛中窸窣作声。哪儿也看不见一个人,海上也没有帆影,空旷的视野加深了孤独的感觉。

西尔弗坐下后用他的罗盘测了几个方位。

"从骷髅岛拉一条直线到那边,"他说,"共有三棵'大树'在线上。我认为'望远镜的肩膀'就是那块凹地。现在连三岁小孩也能找到宝藏。我看,先在这儿吃了饭再说。"

"我不饿,"摩根嘀咕道。"想起了弗林特,我什么也吃不下。"

"是啊,我的乖乖,他死了也算是你的造化。"

"他丑得像魔鬼,"第三个海盗说着打了个寒噤,"脸铁青铁青的!"

"这都是朗姆酒使他变成那样的,"墨利插了一句。"铁青的脸!这倒不假,他的脸确实是铁青的!"

自从发现了那具骨架,又回想起弗林特的模样,他们说话的声音愈来愈低,后来甚至变成耳语,对林中的寂静几乎没有干扰。蓦地里,从我们前方的树丛中,一条又尖又高的发颤的嗓子唱起了早已熟悉的调子和歌词:

十五个人扒着死人箱——
　　唷呵呵，朗姆酒一瓶，快来尝！

　　那些海盗吓得魂不附体的丑态我从来没有在别人身上看到过。他们六个人像着了魔似地一下子面如土色；有的直跳起来，有的紧紧抓住别人；摩根干脆趴倒在地上。

　　"那是弗林特，我的——！"墨利失声惊呼。

　　歌声同开始的时候一样出人意外地戛然而止，简直是唱到一半被打断的，仿佛有人用手捂住了歌者的口。天气晴朗，阳光普照，那歌声穿过苍翠的树丛飘来，我觉得悠扬动听，所以更不能理解它在我的同行者身上怎么会产生这样的反应。

　　"走，"西尔弗勉强翕动死灰色的嘴唇说出话来，"这样不行。准备出发！这件事确实很怪，我不知道这是谁的声音。不过，唱歌的是有血有肉的人，你们可以相信我的话。"

　　他一边说，一边恢复了勇气，脸上也泛起些许血色。其余的人经他一打气，也开始镇定下来。正在这个时候，那声音又响了起来；这一回不是唱歌，而是在远远地、有气无力地呼喊，此刻在望远镜山的峭壁之间泛起的回声显得更加凄厉。

　　"达比·麦克-格劳！"那声音在哀号——我只能用这两个字来形容它。"达比·麦克-格劳！达比·麦克-格劳！"这样一遍又一遍地叫着。后来声音稍稍提高了些，并且夹着一句骂人话（我把它略去了），喊道："达比，拿朗姆酒来！"

　　海盗们像在地上生了根，他们的眼睛直往上翻。在这声音消失以后过了很久，他们还默默地、失魂落魄地凝视着前方。

　　"这一回绝对没有疑问了！"一个海盗气急败坏地说。"咱们快走吧。"

　　"这正是他咽气之前最后的一句话，"摩根呻吟道，"我记得很清楚。"

狄克取出他的《圣经》，念念有词地开始祷告。狄克在出海当水手、交上坏朋友之前受过相当好的教育。

然而，西尔弗毕竟顶住了。我听得出他的牙齿在捉对儿厮打，但是他没有屈服。

"除了此地的几个，"他喃喃自语，"这岛上谁也没有听到过有达比其人哪。"接着，他强打起精神来叫了一声："伙计们！我是找宝藏来的，无论是人是鬼，都不能把我吓退。弗林特活着的时候我从来不怕他。现在，凭着老天起誓，即使他的鬼魂出现，我也不怕。离此不到四分之一英里地，埋着价值七十万镑的财宝。身为碰运气绅士，怎能因为害怕一个吃海上饭的青脸老醉鬼（而且他已经死了），扔下这么许多财宝，掉转头来逃跑？"

但是没有任何迹象表明他的同伙能重新鼓起勇气来；相反，他用这样不敬的话提到死者，更使他们心头的恐怖有增无已。

"得了吧，约翰！"墨利说。"不要得罪了鬼魂。"

其余的人都吓得开不了口。他们要是有胆量，早就四散逃跑了；但是恐惧使他们不敢各奔东西，使他们靠拢约翰，似乎他的胆量能支持他们。西尔弗本人则已经在相当程度上克服了一时的怯弱。

"鬼魂？也许是的，"他说。"但有一件事我不明白。刚才我听到了回声。谁也没见过有影子的鬼魂，对不对？好，那末我倒想知道：鬼叫怎么会有回声的呢？你们说，这难道是正常的吗？"

这条理由在我看来站不住脚。但是你绝对捉摸不定，究竟什么办法能够打动迷信的人。使我惊讶的是，乔治·墨利居然大大地放了心。

"对，有道理，"他说。"约翰，你肩膀上长的确实是脑袋，没错儿。出发吧，伙计们！我看刚才大伙都想到邪道上去了。现在想来，那声音是有点儿像弗林特，我也承认；但并不完全一样。这更像另一个人的声音，更像——"

"对了,更像本·甘恩!"西尔弗叫了起来。

"对,一点也不错,"趴倒在地上的摩根一下子用膝盖撑起上体。"那正是本·甘恩的声音!"

"这又有多少差别?"狄克问道。"本·甘恩跟弗林特一样都是死人。"

但是资格较老的水手觉得他问得可笑至极。

"谁也不把本·甘恩放在眼里,"墨利说,"不管他是活是死,谁也不怕他。"

说也奇怪,他们的情绪立即恢复常态,脸上逐渐恢复人色。不久,他们又喊喊喳喳地说开了,偶尔停下来听听;又过了一会,听听没有什么动静,就把工具扛到肩上重新出发。墨利走在头里,他带着西尔弗的罗盘,使他们的方向始终与骷髅岛保持在一条直线上。他说的是实情:不管本·甘恩是活是死,谁也不把他放在眼里。

只有狄克还捧着《圣经》,一边走,一边心惊胆战地四面张望。但没有人同情他。西尔弗甚至还取笑他疑神疑鬼。

"我对你说过,"他说,"你已经把《圣经》弄坏了。凭着它宣誓都不顶用,鬼魂怎会买它的账?没那么回事!"他挂着拐杖暂时止步,用他粗大的指头打了个榧子。

但狄克已不可能心情安宁,我很快就看出,这个小伙子病得很厉害。经过酷暑、疲乏和恐怖的催化,李甫西大夫所断言的热病显然使狄克的体温急剧升高。

台地顶上树木稀疏,行走很方便。刚才我已经说过,台地略有些朝西倾斜,所以我们走的大体是下坡路。大大小小的松树长得间距很宽,甚至在一丛丛的肉豆蔻和杜鹃花之间也有大片空地曝晒在烈日下。我们这样朝西北方向横贯全岛,一方面愈来愈靠近望远镜山的肩膀,另一方面也愈来愈看得清不久前我在颠簸晃荡的一叶扁舟里漂流经过的西海湾。

我们走到第一棵大树下,但经过测定,证明方位不对。第二棵也是如此。第三棵松树耸峙在一簇矮树丛上空几乎有两百英尺。这是植物界的一位巨人,深红的树干有一所小屋那么大,广阔的树荫容得下整整一个连在此演习。从东西两面的海上老远都看得见这棵树,完全可以作为航标注在地图上。

不过,我的同行者现在感兴趣的并不是树的高大,而是他们知道埋在宽敞的松荫下面的七十万镑金银财宝。他们愈走愈近,先前的恐惧已被发财的念头吞噬干净。他们一个个目光如炬,脚步愈来愈轻快;他们的心整个儿倾注在那宗财富上,向往那等待着他们每个人的好运———辈子摆阔、逍遥。

西尔弗咕哝着一瘸一拐走向前去;他的鼻孔张大,不住翕动着。当苍蝇叮在他汗涔涔、红通通的脸上时,他像个疯子似地破口大骂。他凶狠地拽着把我拴在他后面的那条绳子,不时咬牙切齿地瞪着我。他已不耐烦掩饰自己的感情,我看得十分清楚。此刻金银近在咫尺,其余的一切都被抛在脑后,他自己的诺言和大夫的警告统统成了过眼烟云。我确信他一定指望攫取宝藏,趁黑夜找到伊斯班袅拉号,把财宝装上船,把所有的好人杀死在这个岛上,然后按照他最初的设想,满载着罪恶和金银扬帆出海。

在这样忧心忡忡的情况下,我当然跟不上猎宝者飞快的步伐。我不时磕磕绊绊,那时西尔弗就恶狠狠地拽绳子,杀气腾腾地瞪着我。落在我们后面压队的狄克独个儿口中念念有词,把祷告和诅咒夹杂在一起,而他的热度也愈升愈高。这也加剧了我的苦痛,偏偏我的想象又被当年在这片台地上演出的一幕惨剧死死地缠住。我仿佛看到,那个无法无天的青面海盗(他后来死在萨凡纳,临死前还唱着歌,嚷着要酒喝),在这一带亲手杀死了他的六个同党。现在显得如此安谧的这片树丛,当时想必激荡着一阵又一阵惨叫声。想到这里,我相信我又听到了那凄厉的回响。

我们已经走到丛林的边缘。

"伙计们，都跟我来吧！"墨利一声呐喊，走在头里的人拚命向前奔去。

忽然，没出十来码地，我们就看见他们停了下来。一阵惊叫渐渐由弱转强。西尔弗拄着拐杖加快步伐，像中了邪魔似地赶上前去。紧接着，我和他也停住脚步发了呆。

呈现在我们面前的是一个大土坑。它不像是新挖的，因为坑壁已经塌下去，坑底长出了青草。土坑里有一把断成两截的十字镐柄，还乱扔着一些货箱的木板。我看到其中一块木板上用烙铁烫着"海象号"的字样——这是弗林特的船名。

一望可知，窖藏已被别人发现并搜掠一空。七十万镑统统不翼而飞！

第三十三章
首领宝座的倾覆

世上从来没有如此狂热的奢望顷刻间一齐落了空。那六个人一下子都像遭到雷殛似的。但西尔弗几乎马上就从这次打击中清醒过来。刚才他一心一意像个参加赛马的骑师那样全速向着金钱冲刺，可是转瞬间发现此路不通。不过他头脑依旧冷静，立刻沉住了气，在别人还没来得及意识到一切都成为泡影之前，他已改变了他的计划。

"吉姆，"他悄悄地对我说，"把这个拿去，准备应付变乱。"

说着，他把一支双筒手枪塞到我手里。

在这同时，他若无其事地向北走了几步，让土坑把我们俩和他们五个隔开。然后他向我递了个眼色，点点头表示："形势十分险恶"——这一点我完全同意。他的目光现在是非常友好的，我对他这种反复无常的手段感到由衷的厌恶，竟忍不住嘀咕了一句：

"这下你又反水啦。"

他根本来不及回答我这句话。那些海盗连骂带嚷一个接着一个跳下坑去，开始用手扒土，同时把木板向旁边乱扔。摩根找到一个金币，把它捡起来，一边用最恶毒的字眼骂不绝口。那是一个价值两畿尼的金币，它在海盗们手里传来传去有十几秒钟。

"两畿尼！"墨利咆哮着把金币向西尔弗扬了扬。"这就是你说的七十万镑吗？你不是做交易的老手吗？你是个败事有余的木脑袋蠢货！"

"挖吧，孩子们，"西尔弗厚颜无耻地嘲笑他们，"没准儿你们还能挖出两颗花生来。"

"花生？"墨利尖声叫道。"伙计们，你们听见没有？我告诉你们，这家伙肚子里早明白了。你们瞧他的脸，上面就跟写着字一样清清楚楚。"

"啊，墨利，"西尔弗刺了他一句，"又准备当船长啦？你的劲头实在不小，没说的。"

但这一回所有的人都站在墨利一边。他们开始爬出土坑，同时频频回头向我们投射愤怒的目光。我发现对我们有利的一个情况是：他们都从西尔弗对面那一边爬起来。

我们就这样对峙着，以两个人为一方，以五个人为另一方，中间横着土坑，任何一方都不敢先动手。西尔弗拄着拐杖站得笔直，一动不动地注视着他们，我从来没见到他这样镇定。他确实有胆量，这不可否认。

后来，墨利似乎想用一番话来打开僵局。

"伙计们，"他说，"他们只有两个人：一个是老瘸鬼，他把咱们大家骗到这儿来上这么大的当；另一个小杂种，我早就打算把他的心掏出来。现在，伙计们——"

他振臂高呼，显然准备带头发动攻击。但正在这个当口，只听得砰！砰！砰！——从矮树丛中闪出滑膛枪的三道火光。墨利头朝下栽进了土坑；头上缠绷带的那个海盗像陀螺似地打了个旋，也掉下去伸手挺足倒在坑里一命呜呼，不过手脚还在牵动。其余三个掉转头去拔腿就跑。

说时迟，彼时快，高个儿约翰的手枪对准还在挣扎的墨利双筒齐响。墨利在断气前翻起一双眼睛来瞪着他。

"乔治，"西尔弗说，"这下咱们算是清了账。"

在这同一瞬间，李甫西大夫、葛雷和本·甘恩从肉豆蔻丛中向我们这边跑来，他们的滑膛枪还在冒烟。

"追上去，"大夫喊道。"快，伙伴们！我们必须赶在他们前面把划子夺过来。"

于是我们飞快地奔向海边，有时不得不在齐胸高的灌木丛中开路前进。

我们就这样对峙着。

西尔弗拚命想跟上我们。他拄着拐杖一蹦一跳,简直能把胸前的肌肉撕裂;大夫认为,这样剧烈的运动即使一个没有残疾的人也受不了。尽管如此,当我们到达台地的坡顶时,他还是落在我们后面三十码左右,而且已经上气不接下气。

"大夫,"他喊道,"瞧那边!不用忙!"

我们的确已无须匆忙。在台地比较开阔的一部分,我们可以看到,三个逃命的海盗还在朝着他们拔腿就跑的方向直奔后桅山。我们已经处在他们和划子之间,于是我们四个人先坐下歇一口气,高个儿约翰抹着脸上的汗慢慢地走过来。

"衷心感谢你,大夫,"他说。"你来得正是时候,救了我和霍金斯。啊,本·甘恩,是你啊?"他又说。"你真是好样的。"

"是的,我是本·甘恩,"放荒滩的水手答道,他窘得像条鳗鱼似地全身扭个不停。"你好吗,西尔弗先生?"隔了许久他才问了这么一句。"想来一向很好。"

"本·甘恩,本·甘恩,"西尔弗喃喃地说,"没想到你跟我开了这样一个大玩笑。"

大夫派葛雷回去将反叛者逃跑时扔下的铁镐拿一把来。然后我们从容不迫地下山坡向停划子的地方走去,一路上大夫把最近发生的事情扼要说了一遍。这个故事引起西尔弗极大的兴趣,而那个放荒滩的半白痴本·甘恩则从头至尾扮演了其中的主要角色。

在岛上长期孤身流浪的本·甘恩发现了那具尸骨,并把它身边所有的东西搜掠一空。发现宝藏的也是他。他把金银财宝掘了起来(坑里留下的十字镐断柄就是他的),用自己的肩背扛着从大松树脚下搬到海岛东北角双峰山上他的一个洞穴里去,前后不知走了多少趟,终于在伊斯班袅拉号抵达前两个月把所有的窖藏都安全运到那里。

在海盗们发动强攻的当天下午,大夫就从本·甘恩口中套出了这些秘密。第二天早晨,大夫发现锚地里的大船不见了,便去找西尔弗,把现在已经无用的那张图给了他，把补给品也给他（因为本·甘恩的洞穴里贮存了大量他自己腌制的山羊肉），总之把所有的一切都给他，以换取安全撤离寨子的机会向双峰山转移，远远地避开传播疟疾的沼地，这样也便于看管财宝。

"对于你，吉姆，"他说，"我一直放心不下。不过，我首先应当为坚守岗位的人着想。既然你没有坚守岗位，那还能怨谁？"

今天上午，他发现原来给反叛者准备着的一场可怕的空欢喜把我也卷了进去，于是他赶紧跑回洞穴，留下乡绅照料船长，自己带领葛雷和放荒滩的水手，按对角线方向斜穿全岛朝大松树那边直奔。但不久他看到我们一行已走在他们头里，于是飞毛腿本·甘恩被派到前面去设法牵制海盗。本·甘恩想出了一个点子：利用他过去的同船伙伴的迷信观念吓唬他们。他这一招取得极大的成功，终于使葛雷和大夫在猎宝的海盗抵达之前及时赶到目的地，预先埋伏下来。

"啊，"西尔弗说，"幸亏有霍金斯在我身边。否则，即使老约翰给他们剁成肉酱，你也不会眨一眨眼睛的，大夫。"

"当然不眨，"李甫西大夫爽朗地回答。

这时我们已走到停划子的地方。大夫用十字镐把其中的一只砸破，我们所有的人一起登上另一只，准备从海上绕到北汊去。

这段路程有八到九英里。西尔弗尽管已经累得半死，还是同我们大家一样划桨。不一会，我们已划出海峡，绕过岛的东南角（四天前我们曾拖着伊斯班袅拉号经过那里进入海峡），在平静的海面上滑得飞快。

我们经过双峰山时，可以看到本·甘恩的洞穴张着黑咕隆咚的口子，有一个人倚着滑膛枪站在洞口旁边。那是屈利劳尼乡绅，我们挥动手帕向他致意，并且欢呼三声，内中西尔弗喊得特别卖力。

又划了三英里左右，刚进北汊的入口，我们就看到伊斯班袅拉号在自动漂流。涨潮把它冲离了浅滩。要是风大或者像南锚地那样有强大的潮流，我们也许从此就找不到它，或者发现它触了礁，再也不济事。

而现在，除了一面主帆外，其余并无重大损伤。我们取来另一只锚抛入一英寻半深的水中，然后坐划子折回最靠近本·甘恩的藏宝洞的朗姆酒湾。到了那里，再由葛雷一个人坐划子回到伊斯班袅拉号上去过夜看船。

从岸边到洞穴的入口是一段缓坦的斜坡。乡绅在坡顶上迎接我们。他对我亲切而又和蔼，只字不提我逃跑的事：既不骂，也不夸。当西尔弗恭恭敬敬向他行礼时，他却一下子气得满脸通红。

"约翰·西尔弗，"他说，"你是个大坏蛋、大骗子——一个骇人听闻的骗子手，先生。他们要我不对你提出控告。好吧，我就不提。不过，先生，死了那么多人你难逃良心的谴责。"

"衷心感谢你，先生，"高个儿约翰答道，同时又敬了一个礼。

"不许你谢我！"乡绅喝住他。"我已经大大违背了我应尽的责任。滚下去！"

我们都进了洞穴。这是一个宽敞而又通风良好的所在，有一小股清泉流入围着蕨草的池子。地上是沙子。斯摩列特船长躺在一大堆篝火前；远处一个角落仅仅被闪烁的火光隐约照到，我看见那里有几大堆金银铸币和架成四边形的金锭。这就是我们不远万里前来寻找的弗林特的宝藏，伊斯班袅拉号上已经有十七个人为此送了命。这些财宝在积聚过程中流过多少血和泪，多少艘大船沉入海底，多少勇敢的人被蒙住眼睛勒令走板子，多少发炮弹在空中呼啸而过，多少耻辱、欺诳和残忍的行为干了出来，恐怕没有一个活着的人讲得清楚。这个岛上还有三个人——西尔弗、老摩根和本·甘恩——曾参与这些罪行，而且他们每个人都曾幻想从中分得一份犒赏。

"进来，吉姆，"船长说。"从某种意义上讲，你是个好孩子，吉姆。但是我下次决不再带你出来航海。你太像一个天生的宠儿，那是我所不能容忍的。喔，约翰·西尔弗，是你啊？什么风把你吹到这里来啦？"

"我回来履行我的职责,先生,"西尔弗答道。

"啊!"船长再也没说什么。

这天晚上,我和朋友们一起吃的一餐晚饭可香哩!本·甘恩的腌羊肉,加上其他好菜,还有从伊斯班袅拉号上拿来的一瓶陈年葡萄酒,味道极好。我相信再也没有谁比我们更快活、更幸福的了。西尔弗坐在我们后面火光几乎照不到的地方,但他吃得很卖劲;如果有谁需要什么东西,他立刻跑去取来;我们放声大笑,他也加入进来——总之,他又成了航海途中那个殷勤、恭敬、巴结的船上厨子。

第三十四章
尾　声

　　第二天一大早，我们就开始干活；因为把那么许多黄金搬到岸边，在陆地上要走将近一英里，再坐划子划三英里水路运到伊斯班袅拉号上去，那么少的几个人，这些工作够我们忙的了。至今还在岛上的那三个家伙并不怎样使我们担忧，只要在山顶上派一名岗哨瞭望，就可以确保我们不致遭到他们的突然袭击。再说，据我们认为，厮杀的滋味他们领教得很够了。

　　因此工作的进展相当顺利。葛雷和本·甘恩划着划子来回于朗姆酒湾与伊斯班袅拉号之间，其余的人在等他们的时候把财宝堆在岸边。两条金锭一前一后用绳子挂在肩上，就够一个大人扛一趟，而且只能慢慢走。我因为力气太小，被留在洞穴里，整天忙着把铸币装进面包袋。

　　这里收集的铸币跟比尔·蓬斯箱子里的一样，五花八门什么都有，不过价值要大得多，种类也杂得多。我觉得把它们分类整理是一件莫大的乐事。其中有英国的金畿尼、双畿尼，法国的金路易，西班牙的杜布龙，葡萄牙的姆瓦多，威尼斯的塞肯；有最近一百年欧洲各国君主的头像；有古怪的东方货币，上面的图案又像一缕缕的细绳，又像一张张的蛛网；有圆的、有方的；有中间带孔的，好像可以串起来挂在脖子上；我估计差不多世界上每一种货币都被搜罗在其中了。至于数量，我相信大概跟秋天的落叶一样多，致使我的腰老是弯着，我的手不断理着，一天下来酸痛得要命。

　　这项工作一天又一天地进行着。每天都有一大笔财产装上大船，而每天晚上洞穴里都还有一大笔财产等待明天装载。在这段时间内，我们没有听到关于那三个在逃的反叛者的任何消息。

　　临了，大概是第三天晚上，大夫和我漫步登上俯临岛上低地的一座小山之顶。这时，风从黑糊糊的山下送来一阵介于尖叫和唱歌之间的噪音。传到我们耳边来的只是一个片断,接着又恢复了原来的沉寂。

"愿上帝饶恕他们,"大夫说,"那是反叛分子!"

"他们都喝醉了,先生,"西尔弗的声音从我们后面插了一句。

我可以说,西尔弗现在享有充分的自由,尽管每天遭到冷遇,他照样自命为一个得到另眼相看的朋友兼仆从。大家都鄙视他,他却安之若素,始终殷勤周到地努力讨好所有的人而毫不灰心,这种本领确实出类拔萃。然而,我估计没有谁对待他比对待一条狗客气些,只有本·甘恩除外,因为他对昔日的舵手至今怕得要命。此外还有我自己,我确实有理由感激他;尽管我也有理由比任何人更恨他,因为我曾目睹他在台地上策划新的阴谋打算把我出卖。由此可知,为什么大夫回答他的时候这样不客气。

"喝醉?恐怕是在说胡话,"大夫说。

"一点儿也不错,先生,"西尔弗连忙附和。"喝醉也罢,说胡话也罢,反正跟你我都不相干。"

"西尔弗先生,你大概未必要我承认你是一个有心肝的人,"大夫冷笑着说,"所以我的想法也许会使你感到惊奇。我要是能肯定他们在说胡话(我有把握说他们至少有一个人在发高烧),我一定离开这个营盘,不管我自己的躯体会遇到多大的危险,也要去为他们提供我的本行所能提供的帮助。"

"请恕我直言,先生,你这样做将会犯很大的错误,"西尔弗说。"你将会失去你的宝贵的生命,你可以相信我的话。如今我跟你是肩并肩站在一起的了,我不愿看到我方的力量被削弱,更不愿听任你遇到不测;要知道你对我真是恩比天高哇。可是山下那帮家伙说话是不算数的,即使他们想讲信义也没有用;何况他们根本不会相信你是讲信义的。"

"这倒是真的,"大夫说。"你是一个说话算数的人,这一点我们知道。"

关于那三个海盗，我们得到的最后信息便是这些。只有一次，我们听到老远一声枪响，估计他们是在打猎。我们经过商议决定，只得把他们弃置在这个岛上。这个决定得到本·甘恩的热烈赞同和葛雷的坚决拥护。我们留下相当多的弹药、一大堆腌羊肉、一部分药品以及其他生活必需品、工具、衣服、一张多余的帆、十来英尺绳子。根据大夫特别提出的要求，我们还送给他们数量可观的烟草。

我们在岛上再也没有什么事情了。我们把财宝装了船，上足了淡水，把剩余的山羊肉也带走备荒。在某一个早上，我们一切都准备停当了，终于起锚登程，把船驶出北汊。在寨子里的时候，船长曾把一面旗升上屋顶，并在它下面同敌人作战。现在，这面旗帜又在我们的上空迎风飘扬。

我们不久就发现，那三个家伙比我们所料想的更为密切地注意着我们的动向。船通过海峡时，我们一度非常靠近南面的岬角；我们看到他们三个人一起跪在那里的沙尖嘴上，举着双手作哀求状。把他们撇在这样可悲的境地，恐怕我们每个人都于心不忍。但是我们不能再冒发生另一次叛乱的风险。如果把他们带回国去送上绞架，也算不得仁慈。大夫向他们喊话，说我们给他们留下了补给品，并告诉他们该上哪儿去找。可是他们继续呼唤我们的名字，央求我们看在上帝份上大发慈悲，不要让他们死在这个地方。

最后，他们见船还是不停下来，而且愈走愈远，快要听不见喊声了，其中一个——我不知道究竟是哪一个——便狂叫一声跳起身来，举起滑膛枪就放。一颗子弹嗖的一声从西尔弗头顶上飞过，把主帆打了个窟窿。

在这以后，我们不得不躲在舷墙后面。下一次我探头出去张望时，沙尖嘴上已不见他们的人影，连沙尖嘴本身也远得愈来愈看不清楚。那三个人的结局我知道的仅止于此。将近中午时分，藏宝岛最高的岩峰也沉到蔚蓝色的地平线下去了，这使我高兴得简直无法形容。

我们的人手实在太少,船上每一个人都得出一把力,只有船长躺在船尾一张褥垫上发号施令。他的伤势虽然大有好转,但还需要静养。我们把船头对着西属美洲①最近的一个港口,因为我们如不补充水手,返航恐怕太冒险。由于风向不停地转换,再加遇上两次惊涛骇浪,我们到达那个港口时都已累得筋疲力尽。

我们在一个被陆地环抱、景色非常美丽的海港里下锚时,太阳已经落山。许许多多的小船立刻把我们包围,船上的黑人、墨西哥印第安人和混血儿纷纷向我们兜销水果、蔬菜,而且愿意表演潜水去捡你扔下的钱币。那么多和颜悦色的面孔(尤其是黑人)、热带水果的风味,特别是华灯初上的市容,简直太可爱了,同我们在岛上时那种杀机四伏、血雨腥风的气氛形成鲜明的对比。大夫和乡绅带我上岸去准备玩一个晚上。在城里,他们遇见了一艘英国军舰的舰长,同他攀谈起来,并到他们的舰上去。总之,我们的时间过得十分愉快。当我们回到伊斯班袅拉号上时,天都快亮了。

甲板上只有本·甘恩一个人。我们刚从小舟登上大船,他就做出种种奇形怪状的身段和手势向我们忏悔。西尔弗跑了。是这个放荒滩的水手在几个钟头以前放他坐驳船逃走的。本·甘恩要我们相信,他这样做纯粹是为了保全我们的生命,要是"那个只有一条腿的人留在船上",我们总有一天会死在他手里。但事情并不到此为止。那个船厨还不是空手走的。他乘人不备凿穿舱壁,偷走了一袋价值三四百畿尼的金币,这对于他今后的漂泊生涯不无小补。

我认为,我们大家都为这么便宜地摆脱了他感到高兴。

长话短说,我们补充了几名水手,一路平安回到英国。当伊斯班袅拉号抵达布里斯托尔时,勃兰德里先生正开始考虑组织一支后援队前来接应。随伊斯班袅拉号出航的全体人员只有五个人归来。"其余的都做

---

① 西班牙在中南美洲曾拥有许多属地。

了酒和魔鬼的牺牲品"——这话已完全应验。当然，我们的遭遇还没有像歌中唱到的另外一条船那样悲惨。关于那条船有两句是这样唱的：

　　七十五人随船出海，
　　只剩一个活着回来。

　　我们每个人都分得很丰富的一份财宝。至于这笔钱怎么个花法，花得聪明还是愚蠢，那要看各人的性格而定。斯摩列特船长现已退休，不再航海了。葛雷不仅没有乱花他的钱，还在一种出人头地的愿望的强烈推动下，用功钻研航海技术。现在他是一艘装备优良的大商船的合股船主兼大副。他还结了婚，已经做了父亲。至于本·甘恩分得一千镑后，在三个星期内就把这笔钱花光或丢掉了。说得更确切一些，还不到三星期，只有十九天，因为到第二十天上，他回来时已变成一个乞丐。于是他在岛上时最担心的局面出现了：乡绅给了他一份看门的差事。他至今还健在，乡下顽童非常喜欢他，虽然常常拿他开心。每逢星期日和教会的节日，教堂里唱歌总少不了他。

　　关于西尔弗，我们没有听到任何消息。我们总算彻底摆脱了这个可怕的独脚海上漂。不过，我相信他一定找到了他的黑老婆，跟她在一起（还带着"弗林特船长"）也许日子过得挺舒服。我看，就让他舒服几年吧，因为他到另一个世界想过好日子，希望是极其渺茫的。

　　据我所知，银锭和武器至今仍在原来弗林特埋藏的地方。我当然宁愿让那些东西永远留在那里。哪怕用公牛来拖，用车绳来拉，都不能再把我带回到那个该死的岛上去。我在最可怕的恶梦中老是听到怒涛冲击海岸的轰鸣。有时我会从床上猛然跳起来，而"弗林特船长"尖锐的叫声——"八个里亚尔！八个里亚尔！"——还在我耳朵里激起回响。

化身博士

门的故事

律师厄特森先生的脸老是绷得紧紧的，从来不露笑意。他神情淡漠，言寡语滞，感觉迟钝；身材瘦长，样子干巴巴的，看着就叫人泄气，然而自有其可爱之处。同老朋友聚首，加上酒味投他所好时，从他的眼睛里会闪现出一种浓郁的人情味。这种人情味虽然从不在言谈中宣泄，但是，不仅在饭后无语的脸部表情中有所流露，而且更多、更充分的是在他的做人之道中表现出来。他自奉甚薄：独酌时只喝杜松子酒，不敢放纵对葡萄佳酿的爱好；尽管他喜欢看戏，二十年来却未曾踏进任何一家剧场的大门。他颇有容人的雅量，有时看到一些人干坏事乐此不疲的那股劲头，他感到惊讶，几乎有些妒忌；不过对无论怎样十恶不赦的人，他总是倾向于挽救而不主张谴责。尽管如此，他还往往用一种古怪的口吻批评自己："我中了该隐的谬论①的毒，我是在听任我的兄弟自行毁灭。"本着这种性格，他常常有幸成为堕落者接触到的最后一个可敬的相识和最后一点良好的影响。对待这些人，如果他们找上门来的话，他的态度决计不会显示出丝毫变化。

厄特森先生无疑并非花了很大的力气才练就这般功夫。因为他的感情一向绝不外露，甚至他的友情似乎也建筑在类似的宽厚性格的基础之上。一位谦谦君子照例从机缘手中接受现成安排好的一群朋友，这位律师便是如此。他的朋友多半是他的亲族，或者是他认识了很久的。他的感情犹如常春藤，是时间的产物，而并不意味着对某人的偏爱。可以肯定，他与他的远亲、伦敦城里出了名的游冶郎理查德·恩菲尔德先生之间的关系即由此形成。许多人百思不得其解：这两个人能欣赏对方哪一点呢？他们能在哪方面找到共同之处呢？据碰到过他们在一起作星期日散步的人报道，他们一句话也不讲，看样子闷得慌，因而一见熟人便招呼，大有如释重负之感。尽管如此，这两位却极其看重他们的例行散步,视之为每周的主要节目,不但可以把别的赏心乐事搁在一边,甚至不惜取消业务访问,以便照常共享个中的乐趣。

在某一次这样的漫步时,他们走到伦敦闹市的一条侧街上。这条街比较狭小,还算是比较冷落的,但平日里商业也相当活跃。那里的店铺似乎家家都经营得法,而且还好胜地希望更加兴旺发达。老板们竞相拿出他们的盈余来装潢门面,所以整整一条街的店面都摆出一副殷勤招徕顾客的样子,活像两排笑脸迎人的售货小姐。即使在星期日,这条街把它琳琅满目的迷人手腕暂时藏起来,路上显得较为空旷时,对比昏暗凄凉的邻近一带,它仍然像森林中的篝火那样光明。窗板油漆一新,铜牌子擦得锃亮,一切都干干净净、喜气洋洋,立刻就会把路人吸引住,使他感到赏心悦目。

从一个拐角靠左边往东走两家门面,到一个院落的入口便是街的尽头。就在那个地方,有一座凶宅模样的建筑,它的山墙临街突出。房屋共两层楼,没有窗子;楼下只有一扇门,楼上正面只见一堵密不透风的褪色外墙,此外什么也看不见;这座建筑处处呈现着一派年久失修的颓败景象。门上既无铃,又无环,浮泡和斑点倒不少。时而有流浪者没精打采地拐进门洞在门板上划火柴,小孩子在台阶上做开店的游戏,学童们在墙角线脚上试他们的刀锋。可是将近三十年,没有一个人出来赶走这些不速之客,或者修葺损坏的地方。

恩菲尔德先生和律师走在侧街的另一边。当他们来到那门口对面时,恩菲尔德先生举起手杖指了一下。

"你注意过这扇门没有?"他问。在他的同伴作了肯定的回答后,他又说:"这门在我头脑里同一桩非常奇怪的事情联系在一起。"

"哦?"厄特森先生的语调起了一点小小的变化,"那是怎么一

---

① 《旧约·创世记》第 4 章第 9 节,该隐杀了他的兄弟亚伯,耶和华问该隐:"你兄弟亚伯在哪里?"该隐说:"我不知道,我岂是看守我兄弟的?"

回事?"

"是这么回事,"恩菲尔德先生答道,"在冬天里一个漆黑的清晨,大约三点钟左右,我从很远很远的地方回家去,要经过市内这样一个地段,那里要是没有灯的话,确实可说伸手不见五指。我过了一条街又一条街,所有的人都在睡梦中。一条街又一条街,到处灯火通明,像是将有队列通过;可是又空荡荡阒无一人,像在教堂里一般。最后,我的心情进入这样一种状态:我听着,听着,开始盼望能见到一名警察。突然间,我看见两个人的身影:一个身材矮小的男人直撅撅地迈着大步向东走;另一个是十来岁的小女孩,正从横街上拚命跑过来。于是,这两个人就在拐角上相撞,这本来是很自然的,先生。可这时发生了此事中极可怕的一段情节:那男人竟若无其事地从那小女孩身上踩了过去,听任她在地上尖声喊叫。这件事听起来没什么了不起,可是亲眼目睹却可怕极了。那家伙简直不像个人,而是个横冲直撞的凶神恶煞。我立即大喝一声,追上去揪住那人的衣领,把他扭回到哭叫的小女孩身边已围上一群人的地方。那家伙无动于中,也不挣扎,可是他向我看了十分狞恶的一眼,看得我像跑步时那样浑身冒汗。闻声赶来的原来是小女孩家里的人。那小女孩是被差去请医生的;不一会,那医生来了。据他说,孩子没有遭到太大的伤害,主要是受了惊吓;事情似乎已可了结。然而有一个情况十分费解。我一看到那个撞人的家伙就感到厌恶。小女孩的家属也有同感,这自然不在话下。可是那位医生的态度却大出我的意料之外。他无非是个极普通的药剂师,年龄、外貌都没有什么特别,说话带很重的爱丁堡①口音,情绪之易于激动也不下于风笛②。总之,先生,他同其余在场的人一样:他向被我抓回来的那个人每瞪一眼,我就看到那医生的脸因厌恶而变得煞白,恨不得宰了那个家伙。我知道他的心思,他也知

---

① 爱丁堡,苏格兰首府。
② 风笛是苏格兰民间流行的乐器。

道我的心思。既然不可能杀死他解恨,便退而求其次。我们告诉那人,我们可以、而且定要把这件事传播开去,在全伦敦把他的名声搞臭。如果他本来有朋友或信誉,我们包管他从此将失去这一切。我们在这样狠狠地训斥此人的同时,却始终注意尽可能不让妇女们靠近他,因为她们都气得像疯狂的女妖。我从未见过如此怒容满面的一群围观者,而中间那个人的神态又如此阴郁、轻蔑、冷漠。他也感到惊慌,我看得出来;但是,先生,他照样不动声色,真像毫无心肝的撒旦。'如果你们一定要小题大做的话,我当然没有办法。每一个讲体面的人都希望避免出丑,'他说。'你们开个价吧。'于是我们勒逼他向小女孩的家属支付高达一百镑的赔偿费。他本来显然想硬顶,但我们这边似乎存心跟他过不去,最后他只得屈服。接下来一件事就是拿到这笔钱。你猜他把我们带到哪里去?原来就带到那扇门跟前!他突然掏出一把钥匙,开了门进去,旋即出来,取来大约十镑金币,不足之数则开了一张库茨银行的支票,凭票即可兑现。支票上所签的名字我不能说出来,虽然这是我所讲的故事的一个关键,但这个名字至少是为人所熟知的,经常见诸书刊报端。支票的金额固然可观,但上面的签字只要不是假的,价值远不止此数。我不客气地向那人指出,此事似乎不大可信;现实生活中不会有人在清晨四点钟走进一扇地窖门,又带着一张由别人签字的将近一百镑的支票出来。但他神态自若地冷笑着说:'请放心,我可以奉陪到银行开门,由我自己去把支票兑现。'于是我们——医生,小女孩的父亲,肇事的这位仁兄和我自己———起到我的住所度过这一宿残余的一点时间。第二天,吃了早饭,我们四个人一起到银行里去。我亲自把支票递了进去,并说我有充分理由怀疑它是伪造的。不料结果完全相反。那张支票是真的。"

"咄咄!"厄特森先生感到惊讶。

"我看得出你也和我有同感,"恩菲尔德先生说,"的确,这是一个不大可信的故事。我揪住的那个家伙任何人见了都要退避三舍,那是个十足的混蛋。而签支票的那个人却堪称礼仪周到的典范,而且大名鼎鼎，尤其糟糕的是他也属于你们这些所谓造福大众之辈。我看其中大概有讹诈的关系；可能是一个正派人在为自己年轻时行为有失检点付出高昂的代价。因此，我把那扇门里边的房子叫做讹诈楼。不过，你也知道，这远远不能把一切都解释清楚，"他添上这一句以后，语调逐渐转为沉吟。

"那末，你知道签支票的人是不是住在那里？"厄特森先生突如其来的一句问话把他从冥想中叫了回来。

"这倒像是他住的地方，可不是吗？"恩菲尔德先生答道，"不过我恰巧注意过他的住址；那是在一个什么广场。"

"你有没有打听过那扇门里边是个什么地方？"厄特森先生说。

"没有，先生，我不好意思打听，"恩菲尔德先生回答，"我最讨厌问长问短，这太像末日审判了。提出一个疑问，就好比推动一块石头。你安安稳稳地坐在山顶上，而那块石头却滚了下去，并且带动了其他石头。一转眼，你最意想不到的某一位好好先生也许会在他自己的后花园里脑袋被砸，于是一户人家就算完了。不，先生，我给自己立下一条准则：人家愈是处境尴尬，我就愈不多问。"

"这倒是一条很好的准则，"律师说。

"不过我倒对那个地方暗暗作过一番研究，"恩菲尔德先生说，"那不像是一幢住宅。那里没有别的门，而且，在很长一段时间内，除了我意外地遭遇的那位先生，没有任何人进去或出来过。二楼有三个俯临院子的窗户，楼下一个也没有。窗户老是关着，但是干干净净。那里还有一支通常冒烟的烟囱，因此里边必有人住。不过也很难说，因为那几座房屋在院子周围挤得那么紧，简直说不上哪里是一座房屋的尽头，哪里是另一座的起始。"

这对朋友默默地又散了一会步，然后厄特森先生说：

"恩菲尔德，你立下的那条准则很好。"

"是的，我也这么想，"恩菲尔德答道。

"虽然如此，"律师继续说，"有一点我还是要问一下：我想知道那个踩在小女孩身上走过去的人姓什么。"

"噢,"恩菲尔德先生说,"我认为这坏不了什么事。那个人姓海德。"

"嗯,"厄特森先生说,"他是怎么个模样?"

"这个人描述起来倒不容易。他的相貌有点儿不正常,叫人见了很不愉快,简直令人憎恨。我从来没见过一个人这样使我讨厌,然而我不知道究竟是什么缘故。他一定有什么地方长相反常;他使人强烈地感觉到他是畸形的,尽管我不能具体指出哪一点。他是个形状异乎寻常的人,可是我实在举不出哪里不对头。不,先生,我说不上来。我无法描述这个人。这不是记性不好;我敢说此刻他就像站在我面前一样。"

厄特森先生又默默地走了一段路,他显然陷入了深思。最后他问道:

"能肯定他用钥匙开了门吗?"

"我的好先生……"愕然失措的恩菲尔德刚要开口。

"是的,我知道,"厄特森说,"我知道,这样问,你一定会觉得奇怪。事实上,我之所以不问你另一方的姓名,因为我已经知道了。是这样的,理查德,你讲的这个故事事关重大。如果你有哪几点讲得含糊,不够确切,最好请你及时纠正。"

"我看,你完全可以向我提出警告,"恩菲尔德略略有点动气地回答,"不过,我刚才讲的情况十分确切,半点也不含糊,你不是讲究毫不含糊的吗?那人确实有一把钥匙,而且至今还在他身边。我看见他用这把钥匙,离今天还不到一个星期。"

厄特森先生发出一声深沉的叹息,但什么也没有说。年轻的恩菲尔德立刻接下去说:

"这是又一次教训,凡事以不开口为妙。我为自己的饶舌感到惭愧。让我们约定:今后决不再提这件事。"

"我由衷地表示赞成,"律师说,"理查德,那我们就一言为定。"

寻找海德先生

当天晚上，厄特森先生闷闷不乐地返回他的单身汉寓所，坐下来吃饭时也没有食欲。按照他星期日的惯例，吃过晚饭总要去坐在炉边，斜面书桌上放一本枯燥无味的神学著作，直到附近的教堂钟敲十二点，才怀着肃穆和感恩的心情上床睡觉。然而，这天夜里，刚吃过晚饭，他就拿起蜡烛走进他的办公室，打开保险柜，从柜中最隐蔽的角落里取出一份封套上注明"杰基尔博士遗嘱"字样的文件，皱眉蹙额地坐下来研究它的内容。此遗嘱系本人亲笔所写。遗嘱现在虽由厄特森先生保管，但在立遗嘱的过程中他却拒绝插手提供任何帮助。该遗嘱不仅规定，医学博士、民法博士、法学博士、皇家学会会员……亨利·杰基尔如一旦死亡，他的全部财产将移交给他的"朋友和恩人爱德华·海德"，还规定，在杰基尔博士"失踪或未经说明而外出超过三个月"的情况下，爱德华·海德可立即全面取而代之，而且，除向博士家人支付若干数额不大的款项外，别无任何负担或义务。这个文件长期以来一直是律师所不屑一顾的。无论作为一个律师，还是作为一个拥护生活中健全而合乎惯例的那些方面、视异想天开为轻举妄动的人，他都对这份遗嘱抱有反感。在这以前，使他大为气愤的原因是：他不知道海德先生是何许样人。现在，事情突然倒了个个儿：他知道海德先生是何许样人，这一事实成了加剧他的气愤的原因。本来，这个名字对于他仅仅是一个名字，此外关于此人的情况他一无所知，这已经够糟糕的了。而一旦这个名字开始被赋予一些可恶的特征，从迄今蒙住他眼睛的虚无缥缈的迷雾中蓦地里跳出一个恶魔的清晰形象来，那就更加糟糕。

"我本来以为这是神经错乱，"他把这份令人反感的文件放回到保险柜里去时自言自语道，"现在我开始担心这是一桩见不得人的丑事。"

说完，他吹灭蜡烛，穿上大衣，动身前往卡文迪希广场。在那个医学界名流荟萃的地方，有他的朋友、大名鼎鼎的兰年博士的一所房屋，到他这里来就诊的病家简直摩肩接踵。厄特森心想："如果有人知道底细的话，此人必是兰年无疑。"

庄重的管家认识厄特森，把他迎了进去；半分钟也没有耽搁，律师就从门口被领进餐厅。兰年博士正坐在那里独酌。这是一位热诚、健康、整洁、红脸的绅士，一堆早白的头发乱蓬蓬的；他容易激动而又当机立断。看到厄特森先生，他立刻从椅子上跳起来，伸出双手表示欢迎。他待人亲切友好，这种态度看起来有点像做戏，然而却是以真挚的感情为基础的。因为他们俩是老朋友，中小学是同学，后来又上同一所大学，两人都极为自重而又互相尊重，尤其难得的是彼此都十分乐于同对方相处。

闲扯几句以后，律师就把话题转到让他焦虑不安的这件事情上来。

"兰年，依我看，"他说，"你我应该算是亨利·杰基尔的最老的朋友了吧？"

"我倒希望朋友最好不'老'，"兰年博士抿嘴笑道，"不过我认为，我们的确算得上是老朋友。其实，是老朋友又怎样呢？我现在很少看到他。"

"真的吗？"厄特森说，"我还以为你们有共同的兴趣，接触多一些。"

"我们是有过共同的兴趣，"兰年说，"但是早在十多年前，亨利·杰基尔已经变得怪诞不堪，使我受不了。他的头脑愈来愈不正常；当然，看在所谓老交情的份上，我还是继续关心他，不过我跟此公见面的机会过去和现在都少得可怜。听了那些反科学的胡说八道，"脸色骤然发紫的博士又找补了一句，"即使是生死之交也会同他疏远的。"

这番略带几分怒气的话倒使厄特森先生感到宽慰。"他们只是在学术观点上有所分歧，"他心想。由于对科学不感兴趣（除非涉及财产让与之类的问题），甚至认为："这可没有什么大不了！"他让他的朋友定一定神，然后提出他特地来了解的那个问题。

"他成了别人的靠山，处处保护一个姓海德的人，你见过那人没有？"厄特森问。

"海德？"兰年道，"没有。我没听说过。这还是第一回。"

这就是律师了解到的全部情况。回到家里睡下以后，黑暗中一个人在大床上辗转反侧，从半夜一直折腾到黎明。这是一个不好过的长夜，他的思绪在一片漆黑中起伏翻腾，被一连串疑问团团围住。

离厄特森先生的寓所很近有座教堂，那里的钟已敲了六下，而他还在这个问题上冥思苦想。在此之前，这件事只触及他属于理性的一面，但现在他的想象也卷了进去，或者更确切些说是已经不由自主。对此浓得化不开的黑夜，他躺在放下了窗帘的卧房里不能成眠，恩菲尔德先生讲的故事就像一卷被照亮的连环画在他脑海中浮掠过去。他看到了深夜街头的大片灯光，看到了一个走得很快的男人的身影，看到了从医生那里急忙跑回家去的一个小女孩，他们碰上了，那个化成人形的凶神恶煞从小女孩身上踩过，不顾她尖声叫喊，扬长而去。或者，厄特森先生仿佛看到他的朋友睡在豪华的住宅的一间房里，正在梦中微笑，忽然房门开了，帐子给拉向两边，睡着的人被叫醒，哼！站在他床边的那个人竟有偌大的权力，即使在这深更半夜他也必须起来，遵照那人的命令去办。通过这两个侧面表现出来的形象，把律师折磨了整整一夜。即使偶尔昏昏沉沉地入睡片刻，他也总是看到那人更加鬼鬼祟祟地潜入沉睡中的人家，或者脚步更快地——而且愈来愈快，简直令人头晕目眩——穿过灯火通明的城市迷宫，在每一个街角上都要踹倒一个小女孩，把她踩得尖声哭喊，自己一走了之。可是这个形象却没有面孔，认不出他是谁；甚至在律师的梦中也没有面孔，哪怕只是在他眼前一晃即逝、来不及看清楚的面孔也没有。正因为这个缘故，一种异常强烈的、几乎是失了分寸的好奇心油然而生，并在律师的思想上迅速增长，使他一心想见一见海德先生的本来面目。只要能见上一面,他相信疑云就会冲淡,甚至可能完全消散,正像好多怪事一样,只要我们仔细一看便见分晓。他的朋友这种奇怪的偏爱或受束缚状态(反正你爱名之曰什么都可以),甚至遗嘱上那些令人吃惊的条文,其原因究竟何在,他也能明白了。至少,那张面孔是值得一看的,因为那是一个没有心肝的人的面孔,这个人刚一露面,便在神经并不过敏的恩菲尔德心中激起了持久的憎恶之感。

从此以后,厄特森先生经常来到有好些商店的那条侧街,在那个门洞附近徘徊。在办公时间尚未开始的清晨,在业务繁忙、时间宝贵的白天,在月色溟濛的雾都之夜,总之,无论照在街上的是日光还是灯光,无论是清静还是热闹的时刻,都可以发现律师在他自己选定的岗位上。

"既然他叫海德先生,"他心想,"那么我就扮演西克①先生。"

他的耐心终于得到了回报。在一个干燥晴冷的夜晚,气温在冰点以下,街道像舞厅的地板一样干净;没有一点风使路灯摇晃,光影组成的图案明暗稳定。十点钟左右,店铺已经关门,侧街上冷落得很,尽管有伦敦低沉的市嚣来自四面八方,这里还是很静。一点点声息都传得很远,在马路两边可以清楚地听到从人家屋里发出来的各种音响,行人还没有走近早就先闻其声。厄特森先生来到他的岗位上几分钟以后,发觉有轻微而异样的脚步声正在趋近。一个单身行人尽管离此还有一大段路,他的足音也会突然冒出来,与嘈杂纷乱的市声区别得清清楚楚。那种奇怪的效果,律师通过多次夜访早就习惯了。然而以前他的注意力从来没有这样断然而急剧地被吸引住。他怀着一种强烈的近乎迷信的预感——预感到成功在望——闪进了院子的入口。

脚步声迅速趋近,到了街的尽头一拐弯便突然变响。律师从门洞里

---

① "海德"(Hyde)在英语中与"藏匿"(hide)同音;"西克"(Seek)意为"搜索"。

往外看，不久就看到他的对手是怎么个模样。此人身材矮小，衣着很平常，但他的相貌，尽管隔着这样一段距离，不知怎的竟使守望者产生强烈的反感。那人为了节省时间，穿过马路径向门口走来。到了那边，他从口袋里掏出一把钥匙，就像一个人到了自己家门口似的。

厄特森先生走出来，在他肩上碰了一下。

"是海德先生吧？"

海德先生急忙退后一步，同时嘶嘶地倒抽了一口气。但他的惊恐只有一瞬的工夫；虽则他并不正眼看律师，答话的语气却是够沉着的：

"那是我的姓。你有什么事？"

"我看见你正要进去，"律师说，"我是杰基尔博士的一个老朋友，我叫厄特森，住在冈特街，你想必听到过我的名字。凑巧在此地碰见你，我想你会让我进去的。"

"你见不到杰基尔博士，他不在家，"海德先生答道，一边把钥匙插入锁孔。这时他突然问道："你怎么认识我的？"不过眼睛还是没有抬起来。

"能不能请你帮我一个忙？"厄特森先生说。

"乐于效劳，"对方回答说，"什么事情？"

"能不能让我看一看尊容？"律师问。

海德先生看来有些犹豫；接着，仿佛经过一番迅速的思考后，带着挑战的神气昂首面向对方。于是，两个人非常专注地互相谛视了几秒钟。"今后我再看到你就认识了。"厄特森先生说，"可能会有用处的。"

"是的，"海德先生说，"我们相遇也可能有用处；哦，对了，这是我的住处。"他把索霍区某街某号的一个地址交给律师。

"我的天哪！"厄特森先生心想，"他会不会也在考虑那遗嘱的事？"但律师没有把自己的念头说出口，只是含含糊糊地道了一声谢。

"那么，"对方说，"你是怎么认出我的？"

"根据别人的描述，"律师答道。

"根据谁的描述?"

"我们有共同的朋友,"厄特森先生说。

"共同的朋友!"海德先生跟着重复了一遍,嗓音略略有点儿嘶哑,"那是些什么人?"

"比方说,杰基尔,"律师回答。

"他从来没有对你说过,"海德先生怒冲冲地嚷道,"我没想到你竟会撒谎。"

"哎,这样的话未免不太妥当,"厄特森先生说。

对方的大声嗥叫变成了狞恶的狂笑;接着他快得出奇地开了门,一下子消失在房子里。

律师被海德先生撂下后还站了一会儿,显得十分难堪。然后他慢慢地从街上走出去,每隔几步就停下来摸摸脑门子,像一个精神上茫然失措的人。像他这样边走边想的问题往往得不到解答。海德先生的面色苍白,身材矮小,给人一种畸形儿的印象;可是又说不出有哪些不正常的地方。他的笑容使人很不舒服,刚才他对律师的态度可谓乖戾至极,其实是色厉内荏。他说起话来嗓门干哑,带有沙音,像是喊破了的;这一切都不利于他,但是这一切合在一起并不能解释为什么厄特森先生会对他产生那种前所未有的厌恶、憎恨和畏惧。"一定还有别的原因,"这位困惑的绅士自言自语。"确实还有,可惜我无以名之。我的老天爷,这家伙简直不像个人!是不是有点像类人猿?也许只能归结为关于费尔博士的那个古老的故事?[①]或者仅仅是邪恶的灵魂之光透过它的躯

[①] 约翰·费尔(1625—1686),英国神学家,牛津大学基督堂神学院院长。据说他曾以开除相威胁责令一个学生翻译古罗马诗人马提雅尔的一首讽刺短诗。那个学生做了一首诗作答:
  我不喜欢你,费尔博士,
  理由我说不出;
  不过我知道,知道得很清楚,
  我不喜欢你,费尔博士。

壳放射出来,并且使之变了形?我看是后者;因为,哦,我那可怜的老哈利①·杰基尔啊,如果我曾看到在某一张脸上有撒旦的签名的话,那就是在你的新朋友的脸上!"

出了侧街,绕过拐角,是由几幢古色古香的房屋组成的一个街区,这些房屋大都已从当年很高的身价上跌落下来,如今分套或分间出租给各色人等——地图镌版师、建筑师、靠不住的律师,滑头生意的代理人。不过,拐角过去第二幢房屋还全部由主人占用着。这幢房屋此时虽然除了楣窗整个都沉浸在黑暗中,但还是看得出它的气派豪华而安适。厄特森先生走到门前停步,开始叩门。一个衣着齐整、上了年纪的仆人出来开门。

"普尔,杰基尔先生在家吗?"律师问。

"我看看去,厄特森先生,"普尔说着把客人让进一间宽敞、舒适的厅堂。厅堂的顶不高,石板铺地,一炉明火按乡间住宅的风尚把屋子里烤得暖烘烘,照得亮堂堂;陈设的橱柜都是栎木做的,相当贵重。"你在这儿等一会,烤烤火,好吗,先生?还是我给你点个亮儿到餐厅里去?"

"就在这儿吧,谢谢你,"律师说罢,走到高高的炉档跟前靠在上面。现在只剩他一个人待着的这个厅堂是他那位博士朋友的得意之作;厄特森也常说,这是伦敦最惬意的一间屋子。但今晚一股冷气几乎渗透到他的血液里,海德的面容顽固地滞留在他的脑际。他觉得恶心,简直失去了生趣,这在他是少有的。处在这样阴郁的情绪下,他把炉火映在擦亮的橱柜上的闪光和影子在天花板上不安的跳动都看作是一种威胁。当普尔旋即回来说杰基尔博士不在家时,厄特森松了一口气,并因之感到惭愧。

"我看见海德先生从老解剖室的门里进了屋,普尔,"他说,"既

---

① 哈利是亨利的昵称。

然杰基尔博士不在家，这样妥当吗？"

"没问题，厄特森先生，"这位管家回答说，"海德先生有钥匙。"

"普尔，你们的主人看来非常信任那位年轻人，"律师若有所思地又说。

"是的，先生，确实非常信任，"普尔说，"他要我们听从海德先生的一切吩咐。"

"我好像从来没有在这里见过海德先生？"厄特森先生问。

"啊，当然没有，先生。他从来不在这里吃饭，"管家答道，"我们也绝少在这边屋里见到他；他一般总是通过实验室进出的。"

"好吧。普尔，晚安。"

"晚安，厄特森先生。"

于是律师怀着十分沉重的心情回家去。"可怜的哈利·杰基尔，"他想，我总担心他陷入了困境！他年轻时相当放荡，尽管那是很久以前的事了；但是，上帝的法律并无诉讼时效的限制。唉，一定是那样，一定是某一桩往昔的罪过阴魂不散，某一件掩盖着的隐私结成毒瘤；在过失已被记忆力忘却、被自尊心宽恕之后多年，惩罚来临了。"想到这里，律师不由得吓了一跳。他对自己的过去作了一番回顾，把记忆的每一个角落都搜遍了，生怕某一段旧日的不义行为没准儿会像装着弹簧的玩偶从匣子里跳出来。他的过去是相当清白的，很少有人能更加泰然地读自己一生的记录。然而，连他也因为自己做过许多不好的事而羞愧难当；想到有许多事自己险些要做，但总算没有做，他诚惶诚恐地感谢皇天后土。接着，他的念头回到本题上来，心中闪起了一颗希望的火花。"这位海德先生，如果查究一下的话，"他思忖着，"必定有他自己的秘密——看他的相貌可想而知是极其见不得人的秘密，相形之下，可怜的杰基尔最坏的行为也会显得光明磊落。这件事不能任其继续下去。想到这个家伙像贼一样向哈利的床畔潜行，我的血都凉了。可怜的哈利，你醒来会看到怎样一幅景象啊！那该有多危险哪！万一这个海德察觉到有这样一份遗嘱的话！他可能会迫不及待地要继承遗产。啊，我必须尽我的力，只要杰基尔不阻拦，"他默默地又说了一遍，"但愿杰基尔不阻拦我。"这时，遗嘱上奇怪的条文就像幻灯片一样清晰地再一次呈现在他的眼前。

杰基尔博士十分自在

两星期后，博士举行了一次照例很愉快的便宴招待五六位老朋友——都是受人尊敬的饱学之士。而且都是品鉴好酒的行家，这是一个极好的机会，厄特森先生设法使自己在其余的客人离去以后留下来。这毋须别出心裁，而是有过许多次的寻常事。只要是欢迎厄特森去的地方，都非常喜欢他。在谈笑风生的客人们纷纷告辞的时候，主人总爱挽留这位干巴巴和不起眼的律师，让他做个不碍事的伴儿，同他在一起坐上一会，以便在过度的欢乐和热闹之后渐渐习惯于寂寞，使自己的头脑在此人难能可贵的沉默中清醒一下。在这一点上，杰基尔博士也不例外。这位五十岁左右的学者身材高大、匀称，脸光光的，也许略带几分诡谲的气质，但是具备能干和善良的一切特征。现在，他坐在壁炉对面，从他的眼神你可以看出，他对厄特森先生抱有真诚而热烈的好感。

"我一直想跟你谈件事，杰基尔，"律师开言道，"你知道你立的是一份什么样的遗嘱吗？"

一位精细的观察者也许能看出这个题目是不受欢迎的；然而博士表面上还是轻松愉快地处之泰然。"我的可怜的厄特森，"他说，"你接受这样一个当事人的委托真是不幸。我从来没有见过任何人像你这样为我的遗嘱苦恼，只有那个墨守成规的迂夫子兰年对于他所谓的我的科学邪说也曾这样苦恼。哦，你不必皱眉头，我知道他是个好人，一个大大的好人，我一直有意多跟他见见面；但他毕竟是个墨守成规的迂夫子，一个不学无术、哗众取宠的迂夫子。从来没有任何人像兰年这样使我失望。"

"你知道我对它始终不赞成，"厄特森先生坚持谈这件事，对主人转换话题的企图无情地不予理睬。

"你是指我的遗嘱？是的，我当然知道，"博士说，口气略略有点尖刻,"你曾经对我说过。"

"好,我要再一次对你这样说,"律师继续说,"我了解到有关年轻的海德的一些情况。"

杰基尔博士漂亮的宽脸膛开始变白,一直白到嘴唇,而眼圈则泛出黑色。"我不想再听了,"他说,"我认为我们有约在先,大家不谈此事。"

"我所听到的情况是极坏的,"厄特森说。

"这不能使局面改观。你不了解我的状况,"博士的回答有些不大连贯,"我的处境很痛苦,厄特森;我的状况非常、非常奇怪。这类问题谈起来于事无补。"

"杰基尔,"厄特森说,"你是了解我的:我是一个可以信赖的人。你把满腹的心事坦率地吐一吐吧,我相信我能使你摆脱困境。"

"我的好厄特森,"博士说,"你这是一番好意,纯粹是一番好意,我无法用言语向你表示感谢。我完全相信你;我对你的信任超过世上任何人,甚至超过对自己的信任,如果可以让我选择的话,但这确实不是你所想象的那么一回事,没有坏到那种地步。为了让你的好心得到宽慰,我要告诉你一件事:我什么时候想要摆脱海德先生,马上就可以做到,我向你保证这一点,并且再三向你表示感谢。我只想再说一句,厄特森,想必你不会见怪:这是一件私事,我请求你别管它了。"

厄特森眼望炉火沉思片刻。

"我深信你是完全正确的,"最后他说,一边离座起身。

"很好,但愿这是我们最后一次谈这件事,"博士继续说,"不过既然提到了,那么,有一点我希望你能明白。我对可怜的海德确实非常关心。我知道你看见过他(他告诉我了),他当时恐怕很不客气吧。但我真心诚意地非常、非常关心这个年轻人。如果我被上帝叫去,厄特森,我希望你答应我:你将容忍他,让他取得他的权利。如果你了解全部情况,我想你会这样做的;如果你能答应的话,我心上的一块石头就放下了。"

"我永远不会喜欢这个人，否则就是昧着良心说话，"律师说。

"我并不要求你喜欢他，"杰基尔辩解说，他把一只手按在厄特森的胳臂上，"我要求的只是公正；我只要求你在我离开人世以后，看在我的份上帮助他。"

厄特森发出一声压抑不住的叹息。"好吧，"他说，"我答应。"

凯茹遭凶杀

将近一年以后，在一八——年十月，一桩残忍至极的罪行轰动了伦敦。由于被害人地位很高，此案益发成为注意的中心。具体经过并不复杂，但是骇人听闻。一个侍女独自住在距泰晤士河不远的一所房子里，那天晚上十一点左右她上楼就寝。虽然凌晨时分市内大雾弥漫，但在午夜之前却是天高云淡，侍女寝室窗前的一条小巷被满月照得雪亮。看来她的性格爱好罗曼蒂克的情调；因为她在靠窗的一只箱子上坐下来沉思冥想。她从来没有（事后她在叙述经过情形时一再涕泗欷歔地声称），从来没有感到这样心平气和，对所有的人和世上的一切充满了善意。就在她这样坐着的时候，发现有一位上了年纪、仪表堂堂的白发绅士沿着小巷在走近来，而另一位身材非常矮小的绅士（起初她对之不甚注意）正迎着他走过去。当他们走到互相可以交谈的距离时（正好在女仆的视线底下），年长的那一位点一点头，很有礼貌地向另一位招呼。大概他说的不是十分重大的事情，从他的手势看来，他好像只是在问路。他说话时月光正好照在他的脸上，看起来是一位老派的忠厚长者，而且眉宇之间还有一种高贵的气度，想必他有充分理由怡然自得，姑娘瞧着这张脸也觉得挺舒服。紧接着，她又把目光移向另一位，不由得吃惊地认出那是海德先生，因为此人有一次曾来拜访她的东家，侍女对他怀有反感。他手里把玩着一根很沉的手杖，但一句话也不回答，似乎是带着一种不加掩饰的不耐烦神情听着。蓦地里，他勃然大怒，又是跺脚，又是挥手杖，简直像个疯子大发神经（那侍女就是这样描述的）。老绅士倒退一步，就像一个人非常震惊和觉得受了侮辱时那样。这时，海德先生完全无法无天了。他用手杖把老绅士打翻在地，接着更是兽性大发，把他的牺牲品踩在脚下，在一顿狂风暴雨般的毒打下，连骨头碎裂的声音都能听见，老者的身体在路面上乱颤乱跳。这样惨不忍睹的景象和惨不忍闻的声音吓得那侍女昏了过去。

　　到两点钟她才苏醒过来去叫警察。凶犯早已逃之夭夭，被害人则倒在小巷中央，遍体血肉模糊，令人难以置信。作为凶器的手杖质地虽是一种稀有的木料，又硬又重，也经不起如此心狠手辣地使劲而当中间儿折断了，半截滚到附近的沟里，另外半截无疑是凶犯带走的。从被害人身上发现一只钱包和一块金表，但没有名片或证件，只有一封缄了口、贴了邮票的信，可能是准备带到邮局去寄的，信皮上写着厄特森先生的姓名和地址。

　　这封信在第二天早晨送到律师家里，那时他尚未起床。他看了信，听来人介绍了情况，立即严肃地撅起嘴唇。"在看到尸体以前我不想发表意见，"他说，"这件事可能非常严重。请少待，让我穿好衣服。"他带着同样严肃的神情匆匆进了早餐，然后坐马车前往警察分局去辨认先已送到那里的尸体。他一踏进停尸的小室，就点点头。

　　"是的，"他说，"我认得出他。非常遗憾，他是丹佛斯·凯茹爵士。"

　　"我的老天爷，先生！"警官失声惊呼，"这可能吗？"紧接着，一种职业上的雄心使他的眼睛倏地变亮。"这下可少不了引起满城风雨，"他说，"也许你能帮助我们找到那个人。"于是他把侍女所见扼要转述一遍，并把折断的手杖给律师看。

　　厄特森先生听到海德的名字先就吃了一惊，等到手杖放到他的面前，他便确信无疑了。尽管手杖已经断裂破损，他依旧能认出这是好多年前他本人送给亨利·杰基尔的一件礼物。

　　"那位海德先生是不是一个身材矮小的人？"他问道。

　　"据那女佣人说，他长得特别矮小，样子特别凶恶，"警官说。

　　厄特森先生考虑了一下，然后抬起头来。

　　"如果你愿意坐我的马车跟我去，"他说，"我想我可以把你带到他的住所。"

时间是上午九点钟前后,那天正出现雾季的第一场雾。一大片颜色像巧克力的密云低垂在半空中,但风不断地袭击和冲散那些严阵以待的烟霭,所以在马车从一条街到另一条街缓缓而行的过程中,厄特森先生看到了无数种浓淡不一、色彩各异的微妙景象:这里暗得像黄昏到了尽头;那里却闪耀着一片鲜艳灿烂的棕红色,犹如一场奇异的大火的光焰;片刻间,另一个地方的雾幕完全被揭开,憔悴的日光便从一圈圈旋涡状的雾气之间偶一露面。处在这种忽阴忽阳的变化下,凄凉的索霍区连同它那泥泞的街道、衣衫不整的行人和压根儿没有熄灭的街灯(或重新点上以抵御令人沮丧的黑暗再度入侵),使律师联想起恶梦中所见的某城某一地区。此外,他的思绪也染上了最阴暗的色调;每当他向同车的警官瞟上一眼时,便隐约意识到那种有时连最问心无愧的人对法律和执法人员也会产生的畏惧之心。

当马车到达目的地停下时,雾稍稍散去了些,在他面前显现出一条不大洁净的街道、一家装潢俗气的酒店、一家低档法国餐馆、一家卖一便士一份小商品和两便士一份生菜的零售铺。许多衣衫褴褛的孩子挤在各处门口,许多不同国籍的女人手里带着钥匙走出来,准备去喝一杯早酒。转眼间,赭色的雾幕又在这一带落下来,把他同周围不三不四的环境隔开。亨利·杰基尔的宠儿——一个将要继承二十五万英镑遗产的人——就住在这所房子里。

一个面如象牙、发如银丝的老妇人出来开门。她有一副奸诈的、假仁假义的相貌,但举止落落大方。

"是的,"她说,"这里是海德先生的寓所,但他不在家。昨天夜里他回来很晚,可是不到一小时又走了。这一点也不奇怪,他的脾气很难捉摸,经常出门;譬如从我上一次看见他到昨天,中间几乎相隔两个月。"

"很好,我们想看看他的房间,"律师说,那妇人表示这办不到。于是律师又说:"我看还是把这一位先生的身份告诉你吧。他是伦敦警察厅的纽可门巡官。"

老妇人脸上顿时现出幸灾乐祸的喜色。"啊！"她说，"他出事啦！他干了什么？"

厄特森先生和巡官交换了一个眼色。"看来他不像个很得人心的人物，"巡官发表意见说，"那么，老太太，现在就让我和这位先生在这里看一下吧。"

除了老太太以外，整幢房屋空无一人；海德先生只占用两个房间，但是陈设精美而雅致。储藏室里放满了酒，盘子是银的，桌布很讲究；挂在墙上的一幅画也是精品，厄特森猜想系亨利·杰基尔——颇有眼力的鉴赏家——所赠；地毯的绒毛十分厚实，色彩也相当悦目。然而，此刻这两个房间处处显示出不久前被仓猝地兜底翻过的样子：衣服散扔一地，口袋都翻身见底；有锁的抽屉都拉开着；壁炉地面上有一堆像是好多文件烧成的灰。巡官从这些余烬中扒出一本没有烧尽的绿色支票簿；手杖的另外半截在门背后找到——由于这一点证实了他的猜测，巡官表示很高兴。经过到银行调查，发现凶犯账户上有几千镑存款，巡官满意到了极点。

"你可以放心，先生，"他对厄特森先生说，"他已经在我手掌之中。他一定是昏了头，否则决不会留下那半截手杖，更不会把支票簿烧掉。要知道，钱是人的命根子。我们只消在银行里等他，同时张贴传单通缉就行了。"

不过，后一项却不那么容易做到，因为海德先生的熟人屈指可数，连那个侍女的主人也只见过他两次。他的家属各处遍访无着；他从来不照相；而少数几个能描述他的外貌的人说法又大相径庭，在向并非十分细心的旁观者了解情况时结果往往如此。仅仅在一点上他们是一致的，那就是：逃犯给见过他的人都留下一种甩不掉的印象——一种说不出所以然的畸形感。

一封信启人疑窦

下午的晚些时候，厄特森先生来到杰基尔博士家。普尔立即请他进门，带领他经过厨房，穿越一度曾是花园的空地，向那座又叫实验室、又叫解剖室的建筑物走去。当初，博士从一位著名外科医生的继承人手中买下了这所房子；他本人对化学比对解剖学的兴趣更大，于是就改变了花园尽头一排房屋的用途。律师还是破题儿头一遭被接待到他朋友住所的这一部分来。他好奇地端详着这座阴暗无窗的建筑，在穿过实习讲堂时，他带着一种不愉快的异样的感觉左右顾盼。这里一度曾挤满用功的学生，现在则冷冷清清。长桌上摆着各种化学仪器，地上杂放着几只板条箱，打包用的麦秆到处乱扔，透过模糊的玻璃圆顶落下来的日光昏暗朦胧。在尽里头有一段楼梯上通红色台面呢覆盖的一扇门；厄特森先生就从这扇门里被请进博士的密室。这是一间四周都是玻璃壁柜的大房间，除了其他家具，还有一面穿衣镜和一张写字台，三扇装有铁栅的尘封的窗户俯临院子。炉膛里边火光熊熊；壁炉架的搁板上点着一盏灯，因为甚至在屋里雾也愈来愈浓；杰基尔博士坐在紧靠炉火的地方，面色惨白。他没有站起来迎接客人，仅仅伸出一只冰冷的手，用变了样的声音跟他招呼。

"你听到新闻了吗？"厄特森先生一等普尔退出去就问道。

博士打了个寒战。"卖报的已经在街上喊了，"他说，"我刚才在餐厅里听见的。"

"我只问你一句话，"律师说，"我是凯茹的法律顾问，但也是你的法律顾问，我真想知道我现在究竟代表谁。你不至于愚蠢到把那个家伙窝藏起来吧？"

"厄特森，我向上帝起誓，"博士叫了起来，"我向上帝起誓，我再也不愿见到他。我以人格向你保证：我在这个世界上已经跟他一刀两断。事情已完全了结。事实上他也不需要我的帮助了；你不像我那样了解他；他现在老实了，非常老实了；你记着我的话，从此他将永远销声匿迹。"

律师紧锁双眉听着；他不喜欢他的朋友那种狂热的表态。"你好像对他很有把握，"他说。"为你着想，我希望果真如你所说。一旦开庭审讯此案，难免要牵涉到你。"

"我对他有充分的把握，"杰基尔回答说，"我这样断言是有根据的，尽管我不能告诉任何人。但有一件事情你可以给我出出主意。我——我收到一封信；我拿不定主意要不要把它交给警方。我想还是交给你。厄特森，我相信你能作出明智的判断；我对你极为信任。"

"你是不是怕那封信会提供线索查出他的行踪？"律师问。

"不，"博士说，"我不能说我为海德的命运担心；我已经跟他没有关系。我关心的是自己的名誉，因为这件可恶的事情已使我的名誉失去了屏蔽。"

厄特森反复思考有顷；他的朋友的自私心使他既吃惊、又告慰。"好吧，"最后他说，"让我看看那封信。"

信的字迹是一种奇特的直立体，署名"爱德华·海德"；内容相当简短，意谓写信人长期以来辜负了他的恩人杰基尔博士的千种德泽，希望他不必为写信人的安全担忧，因为写信人自有万无一失的逃遁办法。此信使律师相当高兴，它所显示的亲密关系没有他料想的那样坏；他暗暗责怪自己以前过于疑神疑鬼。

"信封还在吗？"他问。

"我把它烧了，"杰基尔答道，"事前连想都没有想一想。不过上面没贴邮票。信是差人送交的。"

"可不可以让我把信带去，明天给你答复？"厄特森问。

"我希望你全权代我作出判断，"博士回答，"我已经不相信我自己。"

"好吧，我会考虑的，"律师说，"还要问你一句话：你的遗嘱中有关失踪的条文是不是海德要你这样写的？"

博士似乎感到一阵晕眩；他缄口不语，只是点点头。

"我早知道，"厄特森说，"他蓄意谋害你。你侥幸逃脱了杀身之祸。"

"这一回我的得益远远不止于此，"博士神态庄重地说，"我得了教训。哦，厄特森，我得到了怎样的一次教训啊！"说罢，他用双手把脸捂住了一会儿。

在出去的路上，律师曾停下来同普尔交谈了几句。"顺便问一下，"他说，"今天有人送来一封信，那送信人是怎么个模样？"可是普尔肯定地回答，今天除了班邮外没有收到任何东西；"邮件也都是些广告、通知之类的印刷品，"他还补充一句。

这个消息使律师离开时又陷入重重疑虑。显然，那封信是通过实验室的门送进去的，甚至可能是在密室里写的；倘若真是如此，事情就要从另一种角度来判断，更谨慎地对待。他一路走，听报童在人行道上声嘶力竭地喊着："号外！号外！看一位议员被杀的惊人血案！"想不到竟是这声音代替了悼词给他的一个朋友和当事人送葬，同时他又不能不替另一个朋友和当事人捏一把汗，担心他的好名声被卷进这人命案的旋涡里去。他不得不作出决断的至少是一件棘手的事情，虽然他惯于依靠自己，却也开始盼望有人能帮他出出主意。直接找人商量不大妥当，但他认为也许可以用旁敲侧击的办法听听别人的意见。

过不多久，他同他的首席办事员盖斯特先生分别坐在壁炉的两侧，一瓶在他家地窖里避光存放很久的名酒摆在他们中间，与炉火保持一段恰如其分的距离。雾依然像张开翅膀不动的巨鸟，弥漫在被它淹没的城市上空，路灯闪烁着红宝石似的微光；穿透这些隔音的坠落云层，都市生活的声浪照旧通过大动脉滚滚涌入，音响犹如阵阵劲风。但炉火给室内平添了欢快的气氛，瓶酒里所含的酸分早已分解；王袍般的紫色随着彩色玻璃窗外的暮霭渐浓已变得柔和；在燠热的秋日下午从山坡上葡萄园里吸聚的热，随时准备从酒瓶里释放出来驱散伦敦的大雾。律师的情绪不知不觉地趋向和缓。他对盖斯特先生最少保密，即使想瞒过盖斯特的事是否都瞒得过，他也并不一直有把握。盖斯特常去博士家办理有关的事务，跟普尔也相识，不可能没听说过海德先生在那幢房子里出入无禁的情形；他也许有他的一些看法，那末，让他看看一封有助于揭开谜底的信不是也好吗？何况盖斯特是个对书法和笔迹颇有研究的评论家，他将认为给他看信这种做法是合情合理的。此外，这位办事员是个善出主意的人，他读了这样奇怪的一个文件，决不会不透露一些见解；而厄特森可以借助于这些见解来拟定自己以后的方针。

"丹佛斯爵士这件事太可悲了，"他说。

"是的，先生，确实如此。这件事引起了公众极大的愤慨，"盖斯特说。"那凶犯肯定是个疯子。"

"我很想听你对这桩案子发表意见，"厄特森说，"我这里有他亲笔写的一份字据；这不能让你我之外的人知道，因为我简直不知道该怎样处置它，这件事在最好的情况下也是不光彩的。请看，这就是一个杀人犯的亲笔信，在这方面你最内行。"

盖斯特的眼睛顿时发亮，立刻坐下来兴致勃勃地加以研究。"不，先生，这不是疯子写的；但这是一种奇特的笔迹。"

"从各方面看，写字的是个很奇特的人，"律师补充了一句。

正在这个时候，仆人送进来一封便笺。

"是杰基尔博士写来的吗，先生？"办事员问，"我想我认得出他的笔迹。是不是什么秘密事，厄特森先生？"

"只不过请我去吃饭罢了。你问这是为什么？你要看看吗？"

"我只要看一下。谢谢，先生。"办事员把两张纸并排放在一起仔细比较。"谢谢，先生，"最后他说，并把两封信都还给律师，"这是一种饶有兴味的字体。"

接着出现了冷场,其时厄特森先生内心斗争得很激烈。"盖斯特,你为什么把这两封信作比较?"他突然问道。

"是的,先生,"办事员回答,"其中存在着极不寻常的相似之处。两种笔迹在好多方面完全一样,只是朝不同的方向倾斜罢了。"

"真蹊跷,"厄特森说。

"你说得对,真是蹊跷,"盖斯特应道。

"你要知道,我不希望提到这封便简,"东家说。

"当然,先生,"办事员说,"我明白。"

然而,这天晚上厄特森先生只剩下自己一个人的时候,还是把那封便简立即锁进他的保险箱,从此一直放在那里。"这是怎么回事?!"他思量着,"亨利·杰基尔竟伪造起一个杀人犯的笔迹来了?!"他血管里的血都凉了。

发生在兰年博士身上的怪事

  时间在过去；赏格出到了数以千计的英镑，因为丹佛斯爵士的死激起了公愤；但海德先生却从警方视听所及的范围内消失得无影无踪，仿佛世上根本不曾有过这么一个人似的。诚然，他的许多老底纷纷被揭发出来，而且都是极不体面的：关于此人心狠手辣的残忍性格，关于他卑劣的生活，奇怪的交往，关于他所到之处无不给人留下的憎恶之感，流传着不少故事；但是有关他目前的下落，却听不到半点儿风声。自从他在案发那天的清晨离开索霍区的住处后，简直像从地球上被抹掉了；随着时间的消逝，厄特森先生渐渐从草木皆兵的状态中恢复过来，情绪逐步趋于平静。按照他的想法，丹佛斯爵士的死换来海德先生的销声匿迹也不算无谓牺牲了。由于不良影响已经排除，杰基尔博士开始过新的生活。他结束了他的蛰居状态，恢复了与朋友们的往来，又成为他们的熟不拘礼的座上客或东道主。他素来以乐善好施著称，现在他对宗教的虔诚表现得也很突出。他活动繁忙，在户外的时间很多，做的都是好事。他的面部表情开朗，容光焕发，仿佛内心意识到自己在造福人群。有两个月以上，博士处于平静状态。

  一月八日，厄特森先生在博士家中吃饭。在座的人不多，其中有兰年。主人时而看看律师，时而望望兰年，又同当年他们三个朋友老是在一起时那样。可是一月十二日，接着在十四日，律师又先后两次尝到了闭门羹。"博士把自己关在屋子里，"普尔说，"谁也不见。"十五日，他又作了一次尝试，又被挡驾。由于最近两个月以来，他已习惯于几乎天天见他的老友，故而博士这次回到孤僻生活中去使他大为不安。第五天，他请盖斯特来吃晚饭；第六天晚上，他自己到兰年那里去。

  在那里他至少没有吃闭门羹；但他进去以后，却被博士外貌所起的变化吓了一大跳。兰年的脸色明白无误地显示出他的命已危在旦夕之间。这个一贯红光满面的人变得毫无血色,身上的肉不知哪儿去了,他明显地变得又秃又老。然而,比体质上这些急剧衰颓的迹象更使律师触目惊心的是,博士的眼神和举止似乎表明,某种恐惧深深地刻在他的心坎上。博士不像是一个怕死的人,然而厄特森总禁不住这样怀疑。"是的,"他暗自思忖,"他是个医生,应该了解自己的身体状况,知道自己余下的日子屈指可数,所以他受不了。"但当厄特森指出他气色难看的时候,兰年却以十分肯定的语气宣称自己已经完了。

"我受到一次极大的震荡,"他说,"再也恢复不过来了。顶多只能拖几个星期。是啊,生活是愉快的,我喜欢它;是的,老朋友,我一向喜欢它。不过,我有时觉得:如果我们什么都知道了的话,倒是更乐意离开人世。"

"杰基尔也病了,"厄特森说,"你见到过他没有?"

但是兰年脸色大变,他举起一只颤巍巍的手。"我再也不愿见到或听到杰基尔博士,"他以很响的、但是不稳的声音说,"我跟这个人已经绝交;我请求你再也不要提起一个我当他已经死了的人。"

"咄,咄!"厄特森先生大惑不解;过了半晌才问道:"我能出点什么力吗?我们三人是多年的老朋友,兰年;我们这辈子再也不会有这样的朋友了。"

"这是没有办法的,"兰年回答说,"你去问他自己。"

"他不肯见我,"律师说。

"我并不觉得奇怪,"博士说,"厄特森,我死后,有朝一日你也许会了解这事的是非曲直。我不能告诉你。眼下,如果你能坐下来跟我谈谈别的事情,就看在上帝份上留下来这样做吧;但是,如果你不能撇开这个可诅咒的题目,那么,我以上帝的名义请你走吧!因为我受不了。"

厄特森回到家里,立即坐下来写信给杰基尔,抱怨他把自己关起来不见人,并问他与兰年不幸发生决裂的原因。第二天,他收到一封很长的复信；其中一再出现凄婉动人的词句，有几处则意义晦涩。与兰年闹翻一事是无可挽回的。"我并不责怪我们那位老朋友，"杰基尔在信上写道，"但我赞同他的意见：我们永远不应再见面。我打算从今往后过与世隔绝的生活；如果我甚至把你也常常拒诸门外，你毋须惊讶，也毋须对我的友情产生怀疑。你必须容许我走我自己的黑暗之路。我已经给自己招来了惩罚，招来了我无以名之的一种危险。如果说我是罪魁祸首的话，那么我也是受害最深的人。我没有料到这个世界上竟有一个可以叫人忍受如此残酷的痛苦和恐怖的地方。厄特森，你想减轻我的这种厄运，只有一件事可做，那就是尊重我的沉默。"厄特森大为骇异。按说，海德的不良影响已经排除，博士恢复了原来的工作和交游；一星期以前，前景还作出了可爱的微笑，一切预示着他将有一个快乐和受人尊敬的晚年；可是现在，友谊、心中的安宁和他整个生活的格局一下子都给破坏了。如此急剧而出人意表的变化说明他已陷于疯狂；可是考虑到兰年的态度和言语，其中必有更深刻的原因。

一星期后，兰年博士一病不起了，不到半个月就去世。厄特森在参加葬礼时深感悲切。当天夜里，他把办公室的门反锁起来，坐在一支蜡烛旁边，借着凄凉的烛光取出一个由他已故的朋友盖章密封的套子放在自己面前，上面由兰年亲笔写着："加·约·厄特森本人亲启，如他先此而去世则勿拆即予销毁"；着重号都是原来的。律师不敢看其中的内容。"今天我埋葬了一个朋友，"他心想，"万一这封信会使我丧失另一个朋友，那怎么办？"他随即责怪自己这种忧虑是对朋友的不忠，于是把封口拆开。封套内还有一个套子，同样密封着，上写："在亨利·杰基尔博士去世或失踪之前不可拆开"。厄特森简直不相信自己的眼睛。是的，这里明明写着"失踪"；同那份他早已还给立遗嘱人的荒唐的遗嘱一样，这里关于失踪的假设和亨利·杰基尔的名字又联系在一起。但是，遗嘱中那个假设是在海德阴险的提示下冒出来的，其狼子野心昭然若揭。可是现在这一点是兰年所写，它又意味着什么呢？受委托的律师产生了一种强烈的好奇心，真想置禁例于不顾，一下子探到谜底。然而，职业上的操守和对死去的友人的信义是断乎不容践踏的；于是那封文件又放回他的私人保险柜最秘密的一个角落。

抑制好奇心是一回事，战胜好奇心则是另一回事。从那天起，厄特森先生是否还是那样热切地想望与他仅存的老友相聚，这一点是可以怀疑的。他想到老友时心怀善意，但他的思绪是不平静的，充满疑惧的。诚然，他不时前去造访，但他对于被挡驾大概已安之若素；他内心也许宁愿置身于户外都市的空气与声音之中，宁愿站在台阶上同普尔交谈，而不愿被请到那所自愿关禁闭的房屋里去，坐着同那位不可思议的蛰居者交谈。不过，普尔也没有什么好消息可以奉告。看来，杰基尔博士现在比以往任何时候更多地把自己关在实验室楼上的密室中，有时甚至睡在那里。他精神萎靡，沉默寡言，书也不看，似乎有什么心事，厄特森已习惯于这种没有变化的报道，也就一点一点地减少自己趋访的次数。

发生在窗口的怪事

事情发生在星期日。厄特森先生照例同恩菲尔德先生在一起散步。他们又一次从那条侧街上经过。当他们走到那扇门前的时候,两人都止步注视着那个地方。

"至少,"恩菲尔德说,"那个故事算是告终了。我们再也不会见到海德先生。"

"但愿如此,"厄特森说,"有一次我见到了他,也体会到了你的反感,我有没有告诉过你?"

"凡是见到他的人不可能不生反感,"恩菲尔德应道,"说起来你一定以为我是一头十足的蠢驴,居然不知道这是杰基尔博士家的后门!其实我已经发现了这一情况,这在一定程度上要怪你自己。"

"这么说,你发现了这一情况,是吗?"厄特森说,"既然如此,我们不妨走进院子去望一望那里的窗户。不瞒你说,我对可怜的杰基尔很不放心;我觉得,让他知道有一个朋友在这里,即使不进屋去,对他或许也有好处。"

院子里阴气森森,还有点儿潮湿,虽然时间不晚,高处的天空还映着辉煌的夕照,这里却已为暮霭所笼罩。三扇窗中间的一扇开着一半,厄特森看见杰基尔博士紧靠窗子坐着透透空气,神情无限忧郁。像个悒悒不乐的囚徒。

"喂!杰基尔!"他喊道,"我希望你比以前好些了。"

"我的精神很不好!厄特森,"博士阴郁地回答,"很不好。这样不会拖很久的,感谢上帝。"

"你待在屋子里的时间太多,"律师说,"你应当出来走走,促使血液加速循环,就像恩菲尔德先生和我这样。(这位是我的表弟恩菲尔德先生,这位是杰基尔博士。)来吧,拿起你的帽子,跟我们一起去转一圈，很快就回来。"

"谢谢你的好意，"博士长叹一声，"我很想出去走走；可是不行啊，不行啊；这完全不可能；我不敢。不过，说实在的，厄特森，看到你，我非常高兴；这确实是一大乐事。我本想请你和恩菲尔德先生上来，可是这地方太不合适。"

"那么，"律师随和地说，"最好的办法就是我们站在下面，从这里跟你谈话。"

"这正是我打算冒昧提出的建议，"博士微笑着回答。但话刚出口，笑意已从他脸上被勾销，代之以极其可怜巴巴的恐怖和绝望的表情，使楼下两位先生的血都冻凝了。他们仅仅得到一瞥的机会，因为那扇窗立刻被关上；但那一瞥已经足够，他们转过身来，一句话也不说，就离开了院子。他们继续默默无言地横穿侧街，直到左近的一条通衢大街上（那里即使星期日也比较热闹），厄特森先生方才回头看看他的同伴。这两个人都面如土色，眼神也相应地现出一片惊恐。

"愿上帝宽恕我们！愿上帝宽恕我们！"厄特森先生说。

但恩菲尔德先生只是十分严肃地点点头，重又默默地继续走去。

最后的一夜

一天晚上，厄特森先生饭后正坐在壁炉旁，忽然普尔意外地来访。

"我的天哪，普尔，什么事促使你到这里来？"他发出惊呼；接着，他对普尔又看了一眼，一边问："什么事情使你苦恼？是不是博士病了？"

"厄特森先生，"那人说，"事情不妙。"

"你坐下，这杯酒给你，"律师说，"别着急，把你的来意向我讲清楚。"

"你知道博士的脾气，先生，"普尔说，"知道他会把自己关起来。最近，他又把自己关在密室里；我看事情不大对头，先生，要是没有什么不对头，我死也不信。先生，我害怕。"

"我的好人儿，"律师说，"你把话讲清楚。你到底怕什么？"

"我感到害怕大约已有一个星期，"普尔固执地答非所问，"我再也受不了啦。"

普尔的神色充分证明着他说的话；他举止变得更加失常，除了第一次声称他感到害怕的一刹那以外，始终没有面对律师看过一眼。现在，他坐了下来，拿着一杯未沾唇的酒搁在膝盖上，眼睛盯着地板上的一个角落。"我再也受不了啦，"他重复了一遍。

"哦，普尔，"律师说，"我看得出，你不是无缘无故这样说的，一定出了什么乱子。究竟什么事情，你设法定下神来告诉我。"

"恐怕那里出了人命案子，"普尔用嘶哑的声音说。

"命案！"律师叫了起来，他这一惊非同小可，接下来很像要发怒的样子，"什么命案？你到底在说什么？"

"我不敢讲，先生，"普尔回答，"不过，能不能请你跟我一起去亲眼看一看。"

厄特森先生二话不说，立起身来取他的帽子和大衣，但他纳罕地注意到，这位管家的脸上出现大大松了一口气的表情，还差不多同样纳罕地注意到，当普尔放下酒杯准备跟着走的时候，那杯酒原封未动。

这是一个合乎节令的三月之夜：风大，天冷，月色惨淡。月亮像被风掀歪了似地仰卧着，飞云像最薄、最细的麻布飘散在空中。风大得连谈话都困难，脸上冻得红一块、白一块的。此外，街上的行人似乎也被风扫得异乎寻常地稀稀落落，厄特森先生从未见过伦敦的这一地段如此冷冷清清。他真希望这一带热闹一些；他有生以来从未有过这样强烈的愿望，想看到一些、接触一下自己的同类；因为尽管竭力抗拒，一种发生灾祸的预感还是压倒一切地占据了他的心房。他们走到广场上的时候，那里飞沙走石，花园里几株瘦树的枝条吧哒吧哒撞在围栏上，好像在鞭打自己。普尔一路上始终与律师保持一两步距离走在前头，这时在便道中央停下来，尽管天这样冷，他却脱了帽子用一块红手帕抹额上的汗水。不过，他虽则走得很急，他所抹的却不是赶路出的热汗，而是在某种令人窒息的痛苦中冒的冷汗。他的面色惨白，说起话来嗓音沙嘎刺耳。

"我们到了，先生，"他说，"愿上帝保佑那里没有出事。"

"但愿如此，普尔，"律师说。

于是这位管家小心翼翼地敲门；扣住链条搭钩的门打开一条缝，有人从里边问道："是你吗。普尔？"

"正是，"普尔说，"快开门。"

他们走进厅堂时，那里灯火通明，炉火生得很旺，全体男女佣人围在炉边，像一群羊似地挤成一堆站在那里。一名上房女仆看到了厄特森先生，竟歇斯底里地哭泣起来；厨子大声叫着："谢天谢地，是厄特森先生！"跑上前去像要和他拥抱。

"怎么回事？你们全在这里？"律师着恼地说，"很不正常，很不像话。你们的主人肯定不会高兴的。"

"他们都害怕，"普尔说。

接着出现一片冷场，普尔的话谁也不否认；只有那个女仆提高了嗓门，由啜泣变为放声大哭。

"闭嘴！"普尔向她喝道，那口气之凶，说明他自己的神经也濒于脆裂。的确，当那个女仆突然把哭声翻高的时候，大家都吓了一跳，朝着通内院的门转过脸去，纷纷作惶恐的等待状。"喂，"管家向擦刀叉的小厮说，"去给我拿一支蜡烛来，我们立刻把这件事弄它个水落石出。"说完，他请厄特森先生跟在他后面，自己带路往后花园走去。

"先生，"他说，"请你尽可能轻手轻脚。你要留神听，不要出声被别人听见。还请注意，万一他要你进去，你可别听他的。"

听到末了这句意想不到的警告，厄特森先生的神经猛地震了一下，几乎使他对自己失去控制。但他重新鼓起勇气跟随管家走进实验楼，穿过乱扔着板条箱和瓶子的实习讲堂，来到楼梯脚下。到了这里，普尔用手势示意他站在一边静听；他自己则把蜡烛放下，显然下了很大的决心才登上梯级，举起有点发颤的手在红色台面呢覆盖的密室门上敲了几下。

"先生，厄特森先生要见你，"他叫了一声；甚至在这样做的时候，他还拚命示意律师留神谛听。

一个声音从里边回答："告诉他，我不能见任何人，"那是一种抱怨的口吻。

"谢谢你，先生，"普尔带着某种像是得意的语气说；然后拿起蜡烛，带领厄特森先生重新穿过院子走进大厨房；那里的炉火已经熄灭，一些甲虫纷纷跳到地上。

"先生，"他直视着厄特森先生的眼睛说，"那是我的主人的声音吗？"

"好像变了，变得很厉害，"律师说，他的脸色十分苍白，但他同样直视着管家的眼睛。

"变了？对，我也认为变了，"管家说，"我在主人家待了二十年，难道连他的声音也辨不出真假吗？不，先生，主人被干掉了；八天以前我们听到他呼唤上帝的时候，他就被干掉了。可是，在那里顶替他的人是谁？为什么要留在那里？这只有天知道，厄特森先生！"

"这个故事太离奇，普尔，叫人太难相信了，我的朋友，"厄特森先生咬着一个指头说，"就算你的猜想成立，就算杰基尔博士被——被谋杀了，那凶手还待在里边干什么？这是经不起一驳的，这是违反常情的。"

"好，厄特森先生，要使你满意是不容易的，不过我还是要试一试，"普尔说，"我得告诉你，整整这一星期以来，住在密室里的那个人，或者那个怪物，或者别的什么东西，日日夜夜嚷着要某种药，可是买来的都不合他的意。他——我是说我们的主人——有时采用这样的办法：把他吩咐要办的事用纸片写下来扔在楼梯上。这一个星期以来，房门始终关着，人影不见，只见纸片；饭菜给他送到门口，他等没人看见的时候偷偷搬进去。先生，这些日子每天都有两三次对我们的吩咐和埋怨写在纸片上，我接连被差去买药，伦敦所有的化学药品批发商那里我都跑遍了。每次我买了药品回来，不久就有另一张纸片要我把它退回去，因为这东西不纯，并且吩咐我到另一家商行去买。先生，这种药他非要不可，不论出什么价钱。"

"你有没有一张这样的纸片？"厄特森先生问。

普尔在口袋里摸了一会儿，掏出一张揉皱的便条。律师弯腰凑近烛光把它仔细加以研究。便条的内容是："杰基尔博士向莫氏公司诸位先生致意。他要他们相信，他们最近提供的货样纯度不够，完全不合他目前的需要。一八——年杰博士曾向莫氏公司大量购买此种药品。他现在祈请他们最尽心地仔细寻找；如果还有同样质量的药品剩余，不论多少均请立即发送给他，费用不计。这对杰博士的重要性怎么估计也不会过高。"到这里为止，信的措辞还能保持沉着；可是下面忽然笔锋一转,写信人的感情失去了控制。"看在上帝份上,"他添上这么一句,"请给我找到一些老货。"

"这是一封奇怪的便简,"厄特森先生说,接着厉声问道:"你怎么把它拆开了?"

"先生,莫氏公司的一名伙计看了大发脾气,是他把信当垃圾扔还给我的,"普尔说。

"这毫无疑问是博士的笔迹,你认得出吗?"律师又问。

"我认为看起来好像是的,"管家紧绷着脸说,然后换上另一种语调,"可是笔迹又能说明什么?"他说,"我已经看见过他了。"

"看见过他?"厄特森愕然不解,"真的?"

"那一定是他!"普尔说,"事情是这样的:我突然从花园里走进实习讲堂。大概他正溜出来找这种药或者别的什么;密室的门开着,他正在讲堂另一端的板条箱中间乱翻乱找。我进去时他抬头一看,怪叫一声,便急急忙忙上楼躲进密室去了。我看见他前后不到一分钟,但我的头发却像刺猬那样竖了起来。先生,如果那是我的主人,为什么他要套上面具?如果那是我的主人,为什么他要像老鼠那样直叫,见我就逃?我侍候他的日子够长了。想不到现在……"普尔说到这里顿住,用一只手抹了抹自己的脸。

"所有这些情况实在蹊跷,"厄特森先生说,"不过我认为我开始看出了些眉目。普尔,你的主人显然害了某种恶疾,这种病使患者不仅身心受折磨,而且会变得畸形;他的声音起了变化,他戴着面具,避而不见朋友,他心急火燎地要找那种药,说不定都是这个缘故。这个可怜的人还抱有某种希望,想借助于那种药最终恢复健康——但愿上帝保佑,不要让他的希望落空;这就是我的解释;这是够悲惨的,普尔,简直叫人不敢想象。但这是明白而自然的解释,这样才能使各种情况连贯起来,使我们摆脱一切神经过敏的胡思乱想。"

"先生,"管家说着,面色逐渐变成有一块块斑点的灰白色,"那个家伙不是我的主人,这决没有错。我的主人——"他向四周张望了一下,然后开始悄声低语,"——是个魁梧雄伟的人,而那一个矮小得不成样子。"厄特森正欲表示异议。"哦,先生,"普尔激动起来了,"难道你以为,我干了二十年连自己的主人也认不得吗?我天天早晨在密室门口看到他,难道他的头同门上哪个地方相齐我不知道?不,先生,那个戴面具的家伙决不是杰基尔博士,天知道那到底是什么怪物,但决不是杰基尔博士。我的心相信一定出了人命案子。"

"普尔,"律师说,"既然你这样说,我有责任把事情弄清楚。尽管我极不愿意使你的主人难堪,尽管这封便简使我十分为难,因为这似乎证明他还活着,——尽管如此,我认为我有责任破门而入。"

"啊,厄特森先生,这就对了!"管家欢呼道。

"现在轮到第二个问题,"厄特森继续说,"这件事由谁来做?"

"当然是你和我,先生,"回答是以大无畏的语气作出的。

"说得好,"律师说,"不管这会引起什么后果,我一定不让你蒙受任何损失。"

"讲堂里有一把斧头,"普尔继续说,"你可以拿厨房里的拨火棒防身。"

律师就去把那件原始的、但相当沉的家伙操在手里掂了掂分量。"普尔,"他抬头望着管家问道,"你我正在冒某种风险,这一点你可知道?"

"你的确可以这样说,先生,"管家答道。

"既然如此,我们应当做到坦率,"律师说,"我们俩想的比我们说的更多;让我们把还没有说的话统统说出来。你所看到的那个人,你有没有认出是谁?"

"先生,当时的情况发生得这么快,那怪物的腰弯得那么低,使我不大敢肯定说认出了是谁,"管家回答说,"但如果你的意思是问,那人是不是海德先生?那么,我认为是的!你要知道,那人的个儿大小跟他完全一样,动作的轻快也完全一样;再说,除了他,还有谁能从实验室的门进去?先生,你该不会忘记,在发生那起凶杀案的时候,钥匙还在他身边。但还不止这些。厄特森先生,我不知道你有没有遇见过这位海德先生?"

"见过,"律师说,"有一次我跟他说过话。"

"那你同我们其余的人一样必定知道,这位先生身上有某种奇怪的东西,那是决定一个人的特征的某种东西,我不知道怎样才能说得更贴切,只能说:他身上有某种奇怪的东西,会使你从骨髓里产生一种冰冷和稀薄的感觉。"

"我承认我也有过类似你所形容的那种感觉,"厄特森先生说。

"正是这样,先生,"普尔接口说,"那个戴面具的怪物像一只猴子似地从化学药品堆里跳出来,刺溜一下躲进了密室,当时简直像有冰水顺着我的脊梁骨往下淌。哦,我知道这算不了证据,厄特森先生;我看过一些书,这点道理我能够懂得。但人是有感觉的,我敢凭着《圣经》起誓,那是海德先生!"

"嗯,嗯,"律师说,"我的忧虑与此不谋而合。由此看来,只怕罪恶已经铸成,无法避免的了。说真的,我相信你的话;我相信可怜的亨利已经被杀害;我相信凶手至今还躲在被害人的房间里。至于他的目的何在,只有上帝知道。好吧,让我们的名字成为复仇神的象征吧。你去把布拉德肖叫来。"

那个听差被叫来了,他面色苍白,神情紧张。

"镇定一下,布拉德肖,"律师说,"我知道你们大家都憋着一肚子疑问,现在我们打算结束这种状况。普尔和我准备冲进密室去,倘若一切正常,我可以承担全部责任,反正我的肩膀够宽的。但是,为了防止发生任何意外,或者让任何罪犯从后路逃走,你同那个小厮带两根结实的棍子,抄到拐角后面去把住实验室的门。给你十分钟时间去站好你们的岗位。"

布拉德肖走后，律师看了看表。"普尔，现在我们去干我们的，"说完，他把拨火棒夹在腋下，带头往院子里走。浮云堆积在月亮前面，这时周围一片漆黑。只有闯进这幢建筑物的深院里来的一阵阵风，吹得烛光在他们前后摇曳不定。直到走进实习讲堂，两人才坐下来静静地等候。嗡嗡的伦敦市声在四周造成一种严肃的氛围，但近处的一片寂静只有被密室楼板上来回不停的脚步声所打破。

"他就这样整天走来走去，先生，"普尔悄悄地说，"夜里的一大半时间也是这样。只有从批发商那里拿来新的样品的时候，才稍稍停一会。啊，像这样日日夜夜坐立不安，必定是做了亏心事无疑！啊，先生，他每走一步留下的都是鲜血淋淋的罪恶的脚印！你再靠近些听，厄特森先生，请把你的注意力集中在耳朵上。你说，那是博士的步子吗？"

楼板上的脚步声轻而奇特，有一定的节奏，尽管走得如此之慢；与亨利·杰基尔嘎吱嘎吱响的沉重的步伐果然不一样。厄特森叹了一口气。"别的还有些什么？"他问。

普尔点点头。"有一次，"他说，"有一次我听见他在哭！"

"哭？怎么个哭法？"律师说时身上骤然起了一阵寒栗。

"像个女人，或者说像一只迷途的羔羊，"管家说，"我走开时心里难过得自己也差点儿哭了起来。"

但是，十分钟过去了。普尔从一堆打包用的麦秆底下拿出一把斧头，把蜡烛放在最近的一张桌子上为他们即将发动的强攻照明。他们屏住气向密室靠近，里边，那双不知厌烦的脚还在夜的寂静中走来走去，走去走来。

"杰基尔，"厄特森大声叫道，"我要求见你。"他静候片刻，但是没有回音。"我现在好心好意地向你提出警告，我们已经起了疑心，我必须见你，而且非见到你不可，"他继续说，"如果正常手段行不通，那就用非常手段；如果你坚持不开门，我们只得使用暴力！"

"厄特森,"一个声音在里边说,"看在上帝份上怜悯我吧!"

"啊,那不是杰基尔的声音,那是海德的声音!"厄特森失声惊呼,"普尔,把门砸开!"

普尔把斧头高举过肩头劈下去;这一击把房子都震动了,红呢面子的门跳了一下,想要挣脱锁和铰链。一声凄厉的尖叫发自密室,像是出于一种动物本能的恐惧。斧头又抡了起来,门板再次发出碎裂声,门框再次跳了一下。如此共砍了四斧。但木头的质地致密,门上紧固件的质量又极好,直到第五斧砍下去,锁才被砸开,门的残骸才往里倒在地毯上。

围攻者被自己的欢呼声和随后出现的寂静吓了一跳,他们稍稍退后一些朝里边张望。呈现在他们眼前的密室灯光宁谧;炉火熊熊,像在独自絮叨;烧水壶在细声细气地歌唱;一两只抽屉拉开着,文件整整齐齐地摆在写字台上;靠近炉火的地方准备好了杯碟等茶具。你会说这是极其安静的一间屋子,而且,要是没有那些满是化学药品的玻璃柜子,还是那天夜里伦敦最寻常的一间屋子呢。

房间正中央躺着一个扭曲得不成样子、并且还在抽动的人体。律师和管家蹑着脚走近去,把那个身体朝天翻过来,看到了爱德华·海德的面孔。他穿的衣服大得极不合身,那是博士的尺寸。他脸上的带状筋肉还在微微牵动,但生命已彻底告终。根据他手中一只捏碎的小药瓶和弥漫在空气里的强烈的杏仁味,厄特森明白自己眼前是一个自我毁灭者的尸体。

"我们来迟了,"他十分严肃地说,"既来不及救他,也来不及惩罚他。海德已经呜呼哀哉。我们该做的只剩下寻找你主人的尸体了。"

实习讲堂和密室占去了这幢建筑物的绝大部分。前者几乎相当于整个底层,那里的光线来自上面;后者组成楼上的一端,它的窗户是朝院子开的。一条走廊连接着讲堂和沿侧街的门,密室与那扇门另有一段楼梯相通。此外还有几间暗洞洞的贮藏室和一座宽敞的地窖。他们把这些地方都仔细查遍了。每一间贮藏室均可一目了然，因为里边都空空如也，而且根据门上掉下的尘埃看来，都已很久没有打开了。不过地窖里扔满了各种破烂，大多还是从外科医生——杰基尔之前的屋主人——时代留下来的；但他们刚开门进去，就有多年封在门口上端的一张完整的蜘蛛网落下来，告诉他们不必在这里继续找寻。哪儿也没有亨利·杰基尔的任何踪迹，且不论他死了还是活着。

普尔使劲踩着铺在走廊里的石板。"他一定被埋在此地，"他边说边听声音。

"也可能是跑了，"厄特森说着转过头去细细察看通侧街的那扇门。门锁着，他们发现钥匙就在近边的石板上，而且已经生锈。

"这钥匙不像在使用，"律师发表他的看法。

"使用？"普尔应道，"先生，你没看到钥匙断了吗？很像是被人踹坏的。"

"啊，"厄特森继续说，"断的地方也生了锈。"两个人面面相觑，"普尔，我可实在没法理解，"律师说，"我们回密室去吧。"

他们默默地回到楼上，怀着畏惧的心情向尸体投了一瞥之后，继续更仔细地察看密室里的东西。一张桌子上留下的痕迹说明有人在那里配制过药品：称好不同分量的某种白色盐类一堆堆放在玻璃盆里，像是准备进行一次试验，可是那个不幸的人受到了阻碍。

"这正是我给他去买来的药品，每次都是这一种，"普尔刚说完，壶里的水滚了，沸腾的声音把他们吓了一跳。

于是他们走到壁炉前。被挪到炉旁的一把安乐椅想必坐着又暖和，又舒适，茶具就摆在你的手边，杯子里已经放了糖。架上有几本书，一本翻开在茶具旁边，厄特森惊讶地发现，原来是一本宗教著作；杰基尔曾多次对此书推崇备至，可是上面却用骇人的亵渎语句作了批注，字迹是他的亲笔。

在察看房间的过程中，这两个搜索者接着走到穿衣镜前，怀着不由自主的恐惧向镜子深处看去。但是镜子的角度只让他们看到天花板上玫瑰色的反光,看到炉火闪耀在柜子玻璃门上的成百幅映像,还有他们自己俯身照镜子的那副苍白而惊恐的面容。

"这镜子想必见到过一些奇怪的事情,先生,"普尔轻声说。

"然而最奇怪的还是镜子本身,"律师同样轻声地说。"杰基尔生前——"说到这里,他吃惊地发现自己已把博士归入死者之列,然后努力克服一时的脆弱,改口道:"——杰基尔要这面镜子做什么?"

"你说得对!"普尔说。

随后,他们转向写字台。在台上摆得齐齐整整的文件中间,最上面有一个写着厄特森先生名字的大信封,是博士的笔迹。律师把封口拆开,有几个较小的封套掉在地上。第一封是遗嘱,其中离奇的条文与六个月以前他还给博士的那一份相同,即: 如果杰基尔死亡,就作为继承证书;如杰基尔失踪,就作为赠与证书。但是,律师怀着无法形容的骇异心情读到,原先写着爱德华·海德的地方竟变成了加布里埃尔·约翰·厄特森的名字。他看看普尔,又回过来看看文件,末了再看看躺在地毯上的那个死去的罪犯。

"我实在无法理解,"他说,"这些日子文件一直在他掌握之中;他没有理由喜欢我;他发现自己被取代,势必大发雷霆;可是,他却没有把这个文件销毁。"

律师捡起第二个文件;这是博士亲笔所写的一封便简,头上注有日期。"哦,普尔!"律师叫了起来,"他今天还活着,而且就在此地。在这样短的一段时间里他不可能被干掉;他一定还活着,他一定逃跑了!可是,为什么要逃跑?怎么逃跑的?如果真是那样的话,我们怎能贸然宣布这是自杀?哦,我们必须谨慎。我预料我们可能使你的主人卷入一场可怕的灾难。"

"先生,你为什么不读信呢?"普尔问。

"因为我担心,"律师庄严地回答,"但愿我的担心是多余的!"说

完,他把那封便简拿到眼前,读到如下的内容:

我亲爱的厄特森!

当这封信落到你手里时,我已经失踪了,至于在什么样的情况下失踪,我还没有先见之明。但我的直觉、我的无法形容的处境的种种情况告诉我,末日已成定局,而且势必即将来临。你先去读兰年曾扬言要交给你的那份自述,如果你愿意了解更多的情况,再来读我的供状。

你的不幸的、不配做你的朋友的

亨利·杰基尔

"还有第三封吗?"厄特森问。

"有,先生,"普尔说着,把好几处用火漆封了口的厚厚一份东西交到他手里。

律师把它放在自己口袋里。"我将绝口不提这个文件。如果你的主人逃跑或死了,我们至少可以保全他的名誉。现在是十点钟;我得回家去静下心来读这些文件;但是我在午夜前还要到这里来,那时我们再派人去叫警察。"

他们走出去,把实习讲堂的门上了锁。厄特森先生再次让仆人们围在厅堂里的炉火旁,自己步履艰难地返回他的事务所去读那两份自述。这个谜现在可以从中得到解答了。

兰年博士的笔述

一月九日，即距今四天之前，我收到一封随晚班邮件送来的挂号信，信皮上的笔迹出自我的同行和老同学亨利·杰基尔之手。我感到十分惊讶，因为我们素来没有通信的习惯；事实上，在这前一天的晚上我还见过他，同他在一起吃饭；我想象不出，我们之间的交往有什么必要办挂号手续。信的内容更使我愕然。下面是它的全文：

一八——年十二月十日

亲爱的兰年：

你是我认识最久的老朋友之一；尽管我们有时在学术问题上意见相左，我却想不起（至少在我这方面）我们的友情曾有过什么裂痕。从来没有过这样一天，假如你对我说："杰基尔，我的生命、我的名誉、我的理性要靠你维持了，"我不会舍不得牺牲我的财产或我的左手去帮助你。现在，兰年，我的生命、我的名誉、我的理性真的都掌握在你手中；如果今晚你使我失望，我就完了。读了这番开场白，你也许以为我将请求你答应做一件不名誉的事，那就由你自己来判断吧。

我要你今晚把所有其他的约会一律推迟（哪怕请你去给皇帝看病也得推迟），雇一辆街车（除非你的马车就在门口），带着这封信备考，径奔我的住所。我事先吩咐过我的管家普尔；你将发现他同一个锁匠在恭候大驾。那时可以叫锁匠把我的密室门打开，然后你一个人进去，打开左边标有 E 字的一口玻璃柜；如果上了锁，就把锁拧断，把上起第四只（或下起第三只）抽屉连同里边所有的东西一起按原样拉出来。由于我处在极大的苦恼之中，我怀着一种病态的恐惧，生怕为你指错了目标。不过，万一我记错的话，你根据抽屉里的东西(一些粉末、一只小药瓶和一个本子)也会知道该要哪一只。我请求你把那只抽屉原封不动地带回卡文迪希广场。

这是借重于你的第一部分，底下是第二部分。如果你接到此信立即出发，那么在午夜之前早已回到府上；不过我还是要给你留一点余裕的时间，倒不光是怕出现某种既不能排除、又无法预见的障碍，而是因为剩下要做的事最好在你的仆人们都睡了以后进行。因此，我得请求你在午夜时分独自坐在你的诊察室内，亲自接待一个自称代表我的人到你屋里，并且把你从我的密室里取来的那只抽屉交给他。这样，你就圆满地完成了你的使命，并有充分的理由得到我的感谢。如果你坚持要求作出解释，五分钟以后你就会明白：这几项安排是多么重要；而只要忽视了其中的任何一项，不管它看来何等乖谬，你将会因我的死亡或我的理性的毁灭而遭到良心的谴责。

虽然我相信你不会把这封求救信付诸一笑，但只要一想到这种可能性，我的心就会往下沉，我的手就会发抖。请你想象一下：此刻我在一个陌生的地方，忍受着与任何臆想比起来都有过之而无不及的苦恼，然而我充分意识到，只要你按我的请求照办不误，我的烦恼就可烟消云散，如同一个向壁虚构的故事那样。帮帮忙吧，我亲爱的兰年，救救——

你的朋友
亨·杰

我已经把此信封了口，忽然一阵新的恐惧向我心上袭来。有可能邮局使我的希望落空，说不定这封信要明天早晨才送到你手里。万一出现那种情况，亲爱的兰年，请在明天白天你认为最合适的时候按我所托去做，然后再一次在午夜时分等候我的使者。

那时也许已经来不及了；如果明夜也毫无动静地过去，你今后再也见不到亨利·杰基尔了。又及。

读了这封信，我确信我那位同行神经错乱了；但在这一点确凿无疑地得到证实以前，我感到有义务按照他的要求去做。我对这件莫名其妙的事情愈不理解，我就愈是难以判断它的重要性；而对待用这样的措辞发出的呼吁如果置之不理，势必要承担严重的责任。于是我从桌旁站起身来，坐上一辆街车，径赴杰基尔的住所。管家正等着我去；他也从一封随晚班邮件送到的挂号信中得到指示，当即派人去叫一个锁匠和一个木匠。我们还在说话的当口，那两位工匠已经来了；我们一起向原丹曼医生的外科实习讲堂走去，从那里到杰基尔的密室最方便（这一点你无疑是知道的）。门非常坚固，锁又极好。木匠声称，万一必须硬干，可够他麻烦的，而且门会损坏得相当厉害。锁匠则几乎陷于绝望，但他的手艺很高；花了两小时工夫，门总算开了。标有 E 字的柜子启锁后，我把那只抽屉拉出来，用麦秆填了空隙，拿一条被单扎好，带着它回到卡文迪希广场。

到了家里，我开始察看抽屉里的东西。那些粉剂配制得相当地道，不过没有达到药剂师的水平，显然由杰基尔本人制作。我打开其中的一包，发现一种在我看来很寻常的白色晶粒状盐类。接下来我把注意力转移到一只药瓶上，那里边盛着半瓶血红的液体，气味极其刺鼻。我估计其中含有磷和某种挥发性很强的醚，其他成分我猜不出来。那个本子是普通的记事本，其中只有一连串的日期，前后历时好多年。但我注意到，记录在将近一年前中断了，而且是突然中断的。间或在日期旁边作了简短的附注，通常只有寥寥两个字："加倍"。在总共有数百条的记录中，这样的附注大概出现了六次。在最早的记录中，有一处附注后面加了好几个感叹号："完全失败！！！"所有这一切虽然刺激着我的好奇心，却不能告诉我什么肯定的东西。这里计有一只盛着某种酊剂的药瓶、一纸包什么盐类和一系列试验的记录；这些试验同杰基尔从事的好多好多项研究一样，并未得出有实用价值的结果。这些东西放在我家里对我那位疯疯癫癫的同行的名誉、理智或生命能产生什么影响呢？既然他的使者可以到一个地方去，为什么不能到另一个地方去？就算这里头有些挂碍，为什么要我秘密接待那位先生？我愈想愈确信我所接触的是一个大脑出了故障的病例。尽管我打发了佣人们去睡觉，我还是把一支老式左轮手枪装上子弹，这样多少算是做了自卫的准备。

十二点的钟声刚刚在伦敦上空敲响，门上就有很轻很轻地叩环的声音。我亲自出去开门，发现一个身材矮小的男子蜷靠在门廊的柱子上。

"是杰基尔博士派你来的吗？"我问。

他做了一个不自然的动作向我表示"是的"。当我请他进来的时候，他没有立刻这样做，而是回头先向黑暗的广场鬼鬼祟祟地看了一下。不远处有一名警察正提着打开的牛眼灯在走过来。我的这位客人看到后，大概吓了一跳，顿时慌忙起来。

我得承认，这些细节给我的印象不佳，所以当我跟在他后面走进灯光明亮的诊察室时，我的一只手始终握着我的武器。到了诊察室里，我终于有机会把他看一个清楚。过去我从未见过此人，这是肯定无疑的。我已经说过，他的身材矮小；此外使我吃惊的是他脸上那种十分可憎的表情，是他非常灵活的肌肉活动和显然非常虚弱的身体素质在他身上奇特的结合，还有最后但不是最不足道的一点，那就是有此人在近旁所引起的一种怪异的、发自内心的烦躁。这有点像发烧前的寒战，与此同时，脉搏明显减弱。当时我把这归结为某种特异反应，归结为个人的反感，仅仅对这些症状来势之猛感到惊讶。但事后我有理由相信，原因要深刻得多，根子在于人的天性，它取决于某种比好恶准则更高尚的情操。

故而，从他进门的一刹那起，此人便在我身上触发了一种我只能名之曰由厌恶而起的好奇心。他的服装足以使一个寻常人显得可笑。我是说，他的衣服的料子很贵重，也很素净，但尺寸对于他实在大得不像话。裤子空荡荡地悬在他的腿上，裤腿往上卷起，否则要拖到地上。大衣的腰身在他的臀部以下，领子远远地铺开在他的肩膀上。说也奇怪，如此滑稽的打扮竟丝毫不能引我发笑。相反，由于站在我面前的这个人骨子里有某种不正常的、舛误的素质，某种令人惶惑、惊愕、憎恶的素质，他衣着方面的这种狼狈相看来倒是与此相适应的，而且只会加深上述印象。因此，我除了对此人的本质和性格感兴趣外，还对他的出身、经历、财产状况和社会地位产生了好奇心。

这些感想写下来占了那么多篇幅，彼时却只占几秒钟的工夫。我的那位客人脸色阴沉，迫不及待。

"你把那东西拿来了没有？"他大声问。"拿来了没有？"他的情绪是那么不耐烦，甚至一只手抓住我的臂膀，打算摇撼我的身体。

我把他推开，觉得跟他一接触就像有一阵冰冷的剧痛注入我的血液。"先生，"我说，"你忘了我还没有认识你的荣幸。请坐下。"说着，我给他做了个榜样，自己先在习惯的位子上坐下，摆出一副通常对待病家的姿态；至于在这深更半夜，脑海中盘旋着这样一些念头，对这位来访者又心怀畏惧，我的姿态究竟自然到什么程度，可就不得而知了。

"我请你原谅，兰年博士，"他还算客气地回答，"你的话很有道理；我的急躁使我忘了礼貌。我应你的同行亨利·杰基尔博士之请，到此地来办一件要事；据我所知……"他顿了一下，把一只手按在脖子上；尽管他强作镇静，我看得出他在拼命抵抗一阵歇斯底里的发作，"据我所知，有一只抽屉……"

这时我不忍再看我的客人这副焦灼的情状，也许我自己的好奇心也愈来愈按捺不住了。

"在那里，先生，"我指着桌子后面说，放在那边地板上的抽屉还用被单覆盖着。

他立刻向那边跳过去，接着又停下来，一只手捂住心口。我可以听到，随着他的牙床的急剧抽动，牙齿磨得格格响。他的脸色是那么可怕，使我开始既为他的生命、也为他的理智担忧。

"你镇静一下，"我说。

他转脸向我作了一个狞笑，然后以破釜沉舟的姿态把被单掀去。看到了抽屉里的东西，他发出很大的声响倒抽一口气，那种如释重负的表情使我目瞪口呆。紧接着，他用自己已能控制的声调问："你有量杯吗？"

我费了点儿劲才从座位上站起来，把他要的东西拿给他。

他点头微笑向我表示感谢，然后量出了几滴红色的酊剂，把一种药粉加进去。这种最初呈微红色的混合物，随着晶粒的溶解，开始变得色泽鲜明，并且噗噗地冒着气泡，散发出淡淡的蒸汽味。忽然间，气泡的升腾停止了，化合物先是转成深紫色，后来又慢慢地变淡，成为淡绿色。我的客人目不转睛地注视着这些变化，这时他面带笑容把量杯放在桌上，然后转过脸来，以专注的目光向我谛视。

"好吧，"他说，"现在来办剩下的事情。你是否愿意放聪明些，叫你怎么干就怎么干？你是否愿意让我拿起这量杯离开你的屋子？还是你已被贪婪的好奇心牢牢抓住，不能自制？先考虑考虑再回答，因为事情将照你的决定办。你可以决定，让你仍和过去一样，也就是说，既不会变得富有些，也不会变得聪明些，除非意识到自己曾帮助一个陷于绝境的人这件事可以算作某种精神财富。要不然，如果你愿意作出另一种选择，那么，此时此地，就在这间屋子里，一个新的知识领域、一条新的成名得势的道路，将立刻展现在你的面前；那时，你将看到这样一种触目惊心的奇观，管叫什么也不信的撒旦也会魔心动摇。"

"先生，"我假装淡漠地说，其实内心远非如此，"你的话实在费解，我听了并不觉得十分令人信服，你大概不奇怪吧。但是我在提供莫名其妙的帮助方面走得太远了，要我看到结果之前停步已不可能。"

"好吧,"我的客人说,"兰年,记住你的誓言:让下面发生的情况成为你我职业上的秘密。你被最狭隘、最庸俗的观念束缚了那么久,你否认超越一般经验的医学之功效,你嘲笑比你高明的人,现在,你瞧吧!"

他把量杯举到唇边一饮而尽。随后是一声喊;他身体摇晃,脚步踉跄,抓住桌子不放,瞪出一双眼睛,张着嘴大口喘气。就在我这样看着的时候,变化发生了:他似乎在膨胀,他的面孔骤然发黑,眉目好像先是模糊,继而变样。紧接着,我霍地跳起身来,一下子退到墙边。我举起一支胳臂,想挡住那不可思议的异象;恐怖的浪涛已把我淹得神志不清。

"哦,上帝啊!哦,上帝啊!"我一遍又一遍地尖声喊叫,因为在我的眼前,面色惨白、浑身发抖、处于半昏迷状态、伸出两手向前摸索、像一个死而复生的人那样站着的竟是——亨利·杰基尔!

此后一小时内他告诉我的情况,我不敢形诸笔墨。我的耳朵所闻,我的眼睛所见,使我从灵魂深处感到恶心。然而现在,那幅景象已从我眼前消失,我问自己是否相信有这等事,我却答不上来。我的生命的基础已彻底动摇,睡眠从此离开了我,一种勾魂摄魄的恐怖日日夜夜、时时刻刻伴随在我身边。我感到自己留在人间的日子已屈指可数,我必死无疑;然而我至死也不会相信。至于那人含着愧恨的眼泪向我暴露的道德堕落行为,我即便只是默默回想起来也会不寒而栗。厄特森,我只想说一点,如果你有勇气相信的话,单是这一点便已经足够有余。据杰基尔的自供,那天夜里潜入舍间的家伙,乃是全国每一个角落都在缉捕的杀害凯茹的凶犯,也就是大家知道他叫海德的那个人。

黑斯梯·兰年

亨利·杰基尔关于此案的全部交代

一八——年我生下来便拥有一笔巨大的财产。此外，我自身天赋甚厚，生性勤勉，喜欢赢得同侪中智者贤人的尊敬。由此可想而知，凡是保障锦绣前程所需要的一切条件我都具备。诚然，我最坏的毛病是闲不住、图快活，这种性情曾使许多人得到幸福，但我却发现它同我的强烈的愿望——在人前昂首挺胸、保持非常庄重的仪态——很难调和。于是我就在私下偷偷地寻欢作乐；当我达到认真思考的年龄，开始环顾周围并对自己在社会上的前途和地位作出估价时，我已经深深地陷入这种生活的两面性而不克自拔。许多人要是犯有类似我这样的毛病，甚至会引以为荣；然而，我从自己的远大抱负出发，几乎怀着一种病态的羞愧看待并掩盖这种反常心理。因此，与其说是我的缺点中有什么特殊的堕落倾向，毋宁说是我的抱负之大把我造成了那个样子，并且把区分和合成人的两重性的善与恶两大范畴在我身上切割得比大多数人更为壁垒分明。在这样的情况下，作为宗教的根本，同时又作为苦恼最充沛的源泉之一，严峻的生活法则，在我心目中无可挽回地引起了深刻的怀疑。尽管我具有如此深刻的两重性，但我决不是伪君子；我的两个方面都是极其真诚的。我在光天化日之下努力钻研学问或减轻别人痛苦的时候，和甩开一切约束、一头扎进丑事堆的时候，同样都不是做假。我的科研方向完全针对神秘的、超出一般经验的课题，那时凑巧有了一些苗头，对这种长期自我冲突的意识起了很大的澄清作用。我从我的智力的两个方面——道德的和理性的——一天天稳步逼近这样一个真理（仅仅由于部分地发现了这个真理，我就注定要遭到如此可怕的毁灭）：人事实上不是单一的，而是二元的。我只说二元的，因为我自己的认识水平还没有超出这一点。沿着同一条道路，比起我来，别人将后来居上。我斗胆预料，将来最终会知道，人无非是由形形色色自相矛盾而又各自独立的居住者组成的一个政治实体。就我来说，我从自己生命的本性出发，始终朝着一个方向，也仅仅朝着一个方向前进。我是在道德方面通过亲身体验看透人的十足而原始的两重性的。我认识到，在我的意识领域内有两种本性在斗争，即使有充分理由说我属于其中之一，也无非因为从根本上讲这两者我都具备。早在我的科学发现的趋向开始一清二楚地显示这种奇迹的可能性之前，我已经学会像做一个心爱的白日梦那样，津津有味地反复思考使两者分离这样一个主意。我对自己说，如果能把这两者分别置于各自的本体内，生活将摆脱不能容忍的一切：不义者可以从他较正直的孪生兄弟的远大志向和良心不安中解脱出来，走自己的路；正义者可以坚定而安全地走他的上坡路，做他引以为乐的好事，再也不受那个身外的恶鬼牵累而出丑和忏悔。这样互相排斥的两抱柴被捆在一起，使这对分属两个极端的孪生兄弟老是没完没了地在饱尝苦楚的意识的孕育处格斗，乃是人类的祸祟。那么，怎样才能使这两者分离呢？

我一直在冥思苦想，忽然，刚才我已经说过，在实验台上获得的一些成果从侧面为这一课题提供了启示。我开始比以往更深切地领会到，我们所套上的那个看起来如此坚固的躯壳，其实是虚幻而缥缈的。我发现某些药剂具有抖掉和扯去那个臭皮囊的力量，恰如一阵风能把帐篷的帘幔吹开一般。由于两个可以理解的原因，我不愿就我这份供状的科学部分作深入的阐述。第一，因为事实使我懂得，我们的生活的厄运和重负永远压在人的肩膀上，每一次抛开它们的尝试只会变成一种更不习惯和更可怕的压力反弹到我们身上。第二，因为我的发现是不完全的，这一点可从下文看清楚。（可惜的是太清楚了！）只消说，我不仅能把我的自然躯体与构成我的精神的某些力量的气和光区分开来，而且配制成一种药，可以把这些力量从它们的宝座上赶下台，代之以第二种形状和相貌；第二种形象对我来说是同样自然的，因为那是我灵魂中卑下情操的表现并打上了它们的烙印。

我把这项理论付诸实践之前犹豫了很久。我清楚地知道我有丢掉性命的危险,因为能如此有效地控制和动摇本体之堡垒的任何药物,只要过量微乎其微的一点点或服用的时机稍有不当,就能把我盼望着药物加以改变的那个虚幻的肉体整个消灭掉。但是,作出如此不同寻常而意义深远的发现这种诱惑太大了,终于战胜重重疑虑。我早已准备好我的酊剂,于是立刻向某药品批发公司购进一大宗盐类,我根据所做的试验知道,只要有了这最后一种药品,便万事俱备了。于是,在一个可诅咒的夜里,我把各种成分合在一起,看它们在杯子里沸腾、冒气;等气泡消失以后,我就鼓足勇气把这杯药喝了下去。

接着尝到的是最难熬的苦楚: 骨头里嘎嘎作声,胸中恶心得要命,还有一种精神上的恐惧,即使在出生或死亡的时刻也不可能比这更甚。后来剧痛迅速平静下来,我像生过一场大病似地悠悠苏醒。我的感觉有点异样,并且无法形容地新奇,也正因其新而难以置信地甜蜜。我觉得自己的身体变得比较年轻、矫捷、快活了。我内心意识到一种卤莽的冲动,一连串纷乱的纵欲映象犹如推动水车的湍流在我想象中奔泻。我意识到义务的束缚已被挣脱,灵魂得到了一种过去从未体验过的,但并非纯洁无邪的自由。这种新的生活刚一开始,我就知道自己比过去坏,坏上十倍,知道我已被出卖给原罪作奴隶。在那一瞬间,这个念头像一种酒使我振奋、高兴。我伸出双手,陶醉在这些新鲜的感受中;与此同时,我突然发觉身材变得矮小了。

当时我室内没有镜子;我写这个材料时旁边竖着的一面穿衣镜是以后拿来的,目的正是为了观察这种变形的过程。且说那一夜早就过去,时间已是翌日凌晨,尽管天色尚黑,白昼正接近孕育成熟。我家里的人在严格规定的睡眠时间内都锁在屋里。我踌躇满志,得意洋洋,决定以我崭新的形态冒险作一次远离我的寝室的出行。我穿越院子时,天上的星星看到我想必一定会感到惊异,因为它们不知疲倦地常年守在夜空,我还是它们迄今发现的第一个这一类人物。我蹑手蹑脚经过走廊,在自己家里扮演陌生人的角色。到了我的寝室里,我第一次看到爱德华·海德的模样。

这里我只能从理论上来谈一下,因为所谈的并不是我确知的,不过我估计可能性极大。我现在已把决定性格的功能交给我的本性中恶的一面,它同刚刚被我废黜的那个善的一面比起来,在健壮和发育的程度上要差些。再者,在勤奋、善行、克制占十分之九的我的一生中,恶的一面得到的锻炼要少得多,精力消耗也少得多。依我看,这就是爱德华·海德比起亨利·杰基尔来显得如此矮小、单薄和年轻的缘故。正如杰基尔的容貌洋溢着善良一样,海德的脸上明摆着一副邪恶相。此外,邪恶(我至今相信这是人的致命要害)还在后者的身体上留下畸形和堕落的烙印。然而,当我从镜子里看到这个丑八怪时,我却不觉得厌恶,反倒欢欣雀跃。这个人也是我。他看来挺自然,顺乎人性。他的形象在我的心目中显得更有精神,比起在这以前我习惯于称之为"我"的那副支离破碎的面貌来,要明确、单纯得多。以上我所说的话无疑是有根据的。我注意到,当我以爱德华·海德的模样出现时,任何人走近我,最初都难免疑惧形之于色。我认为,这是由于我们遇到的任何人都是善与恶的混合体,唯有爱德华·海德在人类中独树一帜,是纯粹的恶。

我仅在镜前逗留片刻,作为最后一环的第二项试验还有待于进行。我是否再也不能恢复自己的本来面目,是否必须在天亮前从这所不再属于我的房子里逃出去,还有待于见个分晓。我匆匆返回密室,再次调好一杯药喝下去,再次忍受筋骨化解的痛楚,然后重又回到具有亨利·杰基尔的性格、身材和面貌的我。

这一夜我来到了命运攸关的十字路口。如果我在作出我的发现时处于比较崇高的精神状态,如果我是在无私或虔诚的渴望支配下冒险进行试验,也许一切都会是另一个样子,也许从那番死去活来的折磨中炼出来的我将不是一个恶魔,而是一位天使。药物没有区别对待的功能;它既不是邪恶的,也不是神圣的;它仅仅冲击了我的天性的牢狱之门,里边的那位就像囚犯乘灾乱之际逃出来。彼时我的善性正在酣睡，而我的劣性却野心勃勃，蠢蠢欲动，时机一到立刻抓住不放；爱德华·海德于是便告出笼。从此我有了两种性格和两种外貌，其一完全是邪恶的，其二仍是原来那个自相矛盾的混合体亨利·杰基尔（对于他的改革和革新我已经绝望）。就这样，情况便完全朝着坏的方向发展。

即使到了那个时候，我还是没有克服对枯燥的研究生涯的厌恶。我有时依旧想寻些快乐。由于我的乐趣说得最客气也是不体面的，而我不仅名重位高，还渐渐地上了几岁年纪，我的这种极其矛盾的生活一天比一天使我受不了。我拥有的新的力量正是从这一方面引诱我，直至我沦为它的奴隶。我只消喝一杯药，就能扔掉一位名教授的躯壳，像穿一件厚呢大氅似地披上爱德华·海德的躯壳。想到这一点，我就忍俊不禁；当时我觉得这很有趣。我极其认真而小心地着手准备：在索霍区租下并布置了一所房屋，就是后来警方追踪海德到过的那个地方，雇了一个我确知口紧而在道德上又不太讲究的人做管家。另一方面，我向我的仆人们宣布，有一位海德先生（我把他的形状描述了一番）今后到坐落在广场上的我的住所里来，将充分享有自由行动和发号施令的权利。为了避免发生意外，我甚至经常以我的第二种身份来访，使自己成为家里的熟客。接着，我立下了那份你大不以为然的遗嘱，万一那个叫做杰基尔博士的我遭到什么变故，我可以进入爱德华·海德的角色而不致在经济上蒙受损失。就这样自以为在各方面设防以后，便开始从我的有利地位提供的奇特豁免权中得到好处。

过去，人们策划了罪恶勾当雇刺客去执行，自己的人身和名誉可保无虞。而我则是为了自己寻找快乐去犯罪的第一人。我可以在大庭广众间以德高望重的姿态缓缓而行，而转眼就像小学生那样脱去这重重外衣，一头跳进为所欲为的大海。但对于裹在莫测高深的斗篷里的我来说，安全可谓万无一失。试想，我甚至压根儿不存在！只要让我躲进实验室的门，给我几秒钟时间调合并吞服我随时准备着的药剂，那么，不管爱德华·海德干下了什么事,他都可以像呵在镜子上的水汽一样消失得无影无踪,代替他的将是亨利·杰基尔——安安静静地待在家里,正在把他书斋里一盏半夜灯剔得亮些;如果有人生疑,他还能把人家取笑一通。

前面已经说过,我急于通过我的化身去寻找的乐趣是不体面的,我不想用更加难听的字眼。但是,到了爱德华·海德手里,这种乐趣很快变成骇人听闻的了。当我结束一次外出活动回来时,我那位化身所干的坏事往往使我深深地陷入迷惘。我从自己灵魂中召唤出来,派去独个儿纵情作乐的这位仁兄,是个天生的歹徒和恶棍。他的每一个动作,每一种思想都以自己为中心。他以野兽的贪婪从任何折磨别人的行为中汲取快乐,全然是一副铁石心肠。亨利·杰基尔有时被爱德华·海德的所作所为吓得发呆,但情况太不合常规,也就在不知不觉间放松了向良心施加的压力。归根到底,作恶的是海德,仅仅是海德一人。杰基尔没有变坏,他醒来时那些优良品质似乎丝毫未受损伤。他甚至总是尽可能赶快去收拾海德拆下的烂污。这样一来,他的良心也得到了安宁。

我不打算细述我所纵容的(直到现在我还无法承认是我干的)那些丑事。我只想指出我的惩罚临近前发出的警告和接着传来的脚步声。我接触到的一件事,由于它没有引起什么严重的后果,我只一笔带过。施加于一个孩子的残暴行为激起了一个过路人对我的愤慨(前不久我认出他原来是你的亲戚),当时一个医生和孩子的家属都站在他一边,我几次担心有性命之忧;最后,为了平息他们的极大义愤,爱德华·海德不得不带他们到家门口,付给他们一张由亨利·杰基尔签字的支票。不过,此后我在另一家银行用爱德华·海德自己的名字开了一个账户,也就很容易地排除了将来再出现这种危险的可能性。我把自己的字体朝相反的方向倾斜,给我的化身配备了一个签名,便以为命运对我已鞭长莫及。

在丹佛斯爵士被害之前大约两个月,我出去作例行的猎奇之后很晚才回家，第二天在床上醒来时有些异样的感觉。我四顾张望，看到了广场附近自己家里体面的家具和轩敞的卧室，认出了帐子的花纹和红木床架的式样，可是这一切仍使我不得要领。有一种感觉固执地向我指示：我看起来好像在这里，其实不是在这里醒来，而是在索霍区我通常以爱德华·海德的形态去睡觉的小房间里。我暗自觉得好笑，便按我的心理学方法开始懒洋洋地探究这种幻觉的由来，在这同时偶尔又打起舒服的清晨瞌睡来。我正在作这样的小憩，在比较清醒的某一瞬间，我的视线落到我的一只手上。正如你常常说的那样，亨利·杰基尔的手在形状和大小方面都具有职业特征：这是一只大而坚定、白而好看的手。可是，我在伦敦市中心黄色的晨光中相当清楚地看到的那只搁在被褥上没有握紧的手，却是瘦骨嶙峋、青筋暴突，灰白的皮色被黝黑的汗毛反衬得分外难看。这是爱德华·海德的手。

我在惊讶引起的麻木状态中想必对它注视有半分钟光景，直到恐怖在我心中猛醒过来，犹如铙钹的碰击突然把我吓了一跳。我从床上蹦起来，冲到镜子跟前。一看到镜子里那个映像，我的血液立刻变成某种异常稀薄而冰凉的流质。是的，我上床时明明是亨利·杰基尔，醒来时却成了爱德华·海德。我问自己：这该如何解释？接着，在又一阵心惊肉跳冲击下，我更进一步考虑：这又该如何补救？此时天已大亮，仆人们都已起床，我所有的药都在密室里，从我当时吓得站着发了呆的地方到那边有很长一段路：要下两段楼梯，通过后甬道，穿越露天的院子，经过解剖实习讲堂。诚然，我可以把面孔遮起来，可是在不可能掩饰我的身材变化的情况下，这又有什么用？这时，我怀着一种无比甜蜜的宽慰心情想起，仆人们对于我的化身在此地来去出入已经习惯。我马上尽可能像样地穿上我本人那个尺码的衣服，急急忙忙穿过屋子；布拉德肖看到海德先生一大早打扮得这样奇怪，不禁瞪圆了眼睛，倒退几步。十分钟以后，杰基尔博士已恢复他自己的形状，皱眉蹙额坐下来装做进早餐的样子。

其实我什么也不想吃。这次无法解释的怪现象与我先前的经验背道而驰，简直像巴比伦宫内墙上的手指，正在拼写对我作出判决的字句①。我开始比以往任何时候更认真地考虑我的双重存在可能带来的后果。由我一手炮制出笼的那个我的化身，近来得到较多的锻炼后长了筋骨；我觉得爱德华·海德的身材近来长大了些，当我套上那个躯壳时，仿佛感到身上的血液充沛了些。我开始觉察到一种危险：长此以往，我的本性的平衡可能被永远打破，随意变形的能力也许会丧失，爱德华·海德的性格将无可挽回地变成我的性格。那种药的效力并不是每次都同样显著。在我从事这项活动之初，有一次它曾使我遭到彻底失败；从此，我有过几次不得不把剂量增加一倍，有一次简直是豁出了命把剂量增加两倍；这偶尔发生的几次不稳定状况在我心满意足的情绪上投下了迄今为止唯一的阴影。不过，通过早晨那件事情，我注意到：如果说困难最初在于甩掉杰基尔的躯壳，那么近来已渐渐地、但是明显地转移到另一方面。一次迹象表明，本来那个比较好的我，在我身上慢慢地维持不下去了，正在慢慢地同另一个比较坏的我合流。

　　我现在感到必须在这两者之间作出抉择。我的双重本性具有共同的记忆，但其他各种官能在两者之间却分配得极不平均。杰基尔（他是个混合体）时而怀着神经过敏的忧虑，时而怀着愈吃愈馋的兴致策划并分享海德的快乐和奇遇；但海德根本不把杰基尔放在心上，顶多像山地的强盗那样，只有在需要藏身的洞穴逃避追捕时才会想起他来。杰基尔的关怀不下于一个慈父，而海德的冷淡却比一个逆子更甚。同杰基尔共命运就意味着与我长期暗中迁就而近来开始放纵的欲望绝缘。同海德共命运则意味着与千百种权益和抱负绝缘，一下子永远遭人鄙视，无人

---

① 《旧约·但以理书》第5章载，巴比伦王伯沙撒在宫中设盛宴与大臣们对面欢饮，忽有手指在宫内粉墙上写字，王的许多哲士均不能解读。后来经先知但以理讲解，原来所写文字为："你被称在天平里显出你的亏欠"。当夜，伯沙撒王被杀，王国亦告分裂。

理睬。两者的利弊得失固然不同,但还有另一因素应予考虑,那就是:杰基尔会在禁欲的烈火中忍受剧痛,而海德却对自己失去的一切甚至毫无知觉。我的处境虽然奇怪,然而所争论的却是一点也不新鲜的老问题;任何受到考验而摇摆不定的罪人,都要在大同小异的诱惑和忧虑面前作出抉择。我也和绝大多数同类一样,终于选择了较好的那一部分,可是结果并没有毅力坚持下去。

是的,我选择了那个上了年纪而又感到不满足的博士,他周围有好多朋友,心怀诚挚的愿望。我毅然决然地告别了无拘无束的自由、比较年轻的身心、轻快的步伐、有力的脉搏和我在披上海德的外衣时享受到的秘密乐趣。我作出这一选择也许不自觉地有所保留,因为我既没有把索霍区的住房退租,也没有销毁爱德华·海德的衣服,这些衣服还放在我的密室里,随时可用。不管怎样,有两个月光景我一直恪守自己的决定。这两个月我的生活之严谨是以前从未达到过的,我从良心的赞许中取得了补偿。但是,时间终于使我的警觉逐渐趋于迟钝,对于良心的称道慢慢地习以为常。我开始受到苦闷和渴望的折磨,那可以说是挣扎着要自由的海德的苦闷和渴望。最后,在一个意志薄弱的时刻,我又合成一服化身药剂吞了下去。

我认为,当一个酒鬼就他的恶习自己跟自己辩论时,他五百次中间也没有一次会考虑到他那畜生般的麻木不仁给自己招来的危险。同样,尽管我对自己的状况盘算再三,我还是没有充分估计到爱德华·海德的主要特征——道德上彻底的麻木不仁和随时准备作恶的残忍本质。而恰恰是这一点使我受到了惩罚。我的恶魔被关了很长一段时间,现在咆哮着冲出了牢笼。我只要把药一喝下去,就感觉到心中有一种更加难以控制、更加肆无忌惮的作恶倾向。当我听不幸的被害人彬彬有礼地向我问路时,想必正是这种倾向促使我暴跳如雷。我至少敢向上帝宣称:一个精神健全的人受了这样一点点刺激决不会犯下那桩罪行;而我在打那个人的时候,并不比一个任性的孩子砸玩具时头脑清醒。然而我是自愿地剥夺了使自己精神上保持平衡的全部本能；要知道，即使是我们中最坏的人，凭着这种本能也还能在诱惑的包围下勉强稳住步子继续走路。而我呢，一旦面临诱惑，不管是多么微不足道的诱惑，那就意味着沉沦。

恶魔的灵魂一下子在我身上苏醒并大发兽性。我怀着欣喜若狂的心情殴打那个无力反抗的肉体，每打一下就尝到一分快乐，直至自己开始感到厌倦，才骤然间在癫狂的顶点被一阵恐惧的寒栗扎穿心房。迷雾消散了，我认识到杀人是要偿命的，便从暴行的现场逃之夭夭，又是得意洋洋，又是胆战心惊。我的作恶的欲望得到了满足和刺激，而我对生命的眷恋犹同琴弦绷紧到了不能再紧的最大限度。我跑到索霍区的住所，销毁了我的各种文件（以策加倍的安全）；我从那里出发穿过灯火通明的大街小巷，情绪仍处于分裂的狂热状态，对刚刚犯下的罪行十分欣赏，一边昏头昏脑地已在策划未来其他的罪行，不过脚步还是很快，同时留神倾听有没有复仇者追来。海德一面调药，一面哼着一支歌曲。他喝药的时候算是为死者干杯。变形的痛楚还没有把他撕成碎片，亨利·杰基尔已经满面流着感恩和悔罪的眼泪跪下来，举起十指交叉握紧的双手向上帝祈恕。那一层自我放纵的外衣从头到脚给扯破了，我看到了自己的整个一生：从走路还要父亲一只手扶着的童年时代起，经过埋头苦干、自我克制的职业生涯，到某一天晚上那个可诅咒的时刻。回忆一次又一次把我带到那个万劫不复的时刻，每次都使我简直无法相信真有其事。我实在想尖声大叫，我企图用眼泪和祈祷把从我的记忆中纷纷向我袭来的一大片可怕的幻象和声音压下去；然而，在祈祷的间歇中，我的罪行的丑恶嘴脸依然直窥到我的灵魂深处。随着这种悔罪之心的痛切感开始消失，接踵而至的是一种高兴的感觉。我该如何行动的问题已经解决。海德从此将不容于世；不管我愿意不愿意，我得把自己局限于我的存在的较好的那部分。哦，想到这一点我是多么高兴啊！我张开怀抱重新接受正常生活的约束真是心甘情愿，服服帖帖！我锁上了那扇自己经常进出的门,把钥匙踩在鞋底下碾断,当时我真心诚意地想弃邪归正!

第二天,消息传来,凶案经过仔细的调查,世人都已知道是海德干的,而且被害者的人望极高。这不仅是一桩罪行,而且是一幕毫无道理、令人发指的惨剧。我自忖乐于听到这个消息,这样可以利用对于绞架的恐惧心来支撑和保护我的较好的素质。杰基尔现在是我的避难所,海德只要敢探头朝外张望一下,就将被千夫所指,人人得而诛之。

我决心在将来的行动中赎偿过去的罪愆。我可以毫不亏心地说,我的决心结出了一些好的果实。你也知道,去年的最后几个月我是多么热心为人解除痛苦;你知道我为别人做了许多事情。日子过得很平静,对我说来几乎是幸福的。我实在不能说这种只行好、不作恶的生活使我厌倦;相反,我认为自己一天天更充分地尝到了这种生活的乐趣。然而,意志的两重性还在我身上作祟;悔罪的利刃刚刚失去最初的锋芒,我身上卑下的一面(过去长期受到纵容,不久前才用锁链拴起来)便开始嗥叫,要求释放。并非我梦想让海德复活,光是这个念头就能叫我全身冰凉。不,是我本人又一次受到诱惑想愚弄一下良心,是我作为一个寻常的秘密罪人顶不住诱惑的冲击终于垮了下来。

于是一切的一切都到了头,最深最大的容器也终于满了,这一次对我的劣性的短时间迁就,彻底破坏了我的灵魂的平衡。然而我却没有警觉,崩溃的发生似乎很自然,就像回到我作出我的发现之前的日子里那样。这是一月份某个晴朗的白天,脚下严霜融化的地方湿淋淋的,但天上万里无云,摄政王公园里充满了冬日啁啾的鸟声,已隐约透出些许甜蜜的春意。我坐在阳光下的一张长椅上;潜伏在我体内的兽性馋涎欲滴地回味着过去的好日子;灵性则有些昏昏欲睡,预示着随后要进行忏悔,但尚未动起来。我在思考,说到底,我毕竟同世人类似;我把自己同别人相比,把自己积极热情的好意同他们无精打采的冷漠相比,脸上不禁浮起了笑容。就在这个自负的想法露头的一刹那,我感到一阵眩晕,接着是可怕的恶心和最猛烈的震颤。这些症状过去后,我昏倒了。等到这种昏迷状态也过去后,我开始发现我的思想情绪起了变化,变得大胆得多,蔑视危险,决心挣脱义务的约束。我往下一看,我的衣服空荡荡地悬在缩小了的肢体上,搁在膝盖上的一只手青筋暴突,变得毛茸茸的。我又成了爱德华·海德。一刹那以前,我还稳稳地受到大家的尊敬和爱戴,而且相当富有。我家的餐厅里为我作好开饭的一切准备。可现在,我却是全人类一致追捕的目标,一条丧家之犬,一个众所周知的杀人犯,迟早得上绞刑台。

　　我的理智动摇了,但没有彻底丧失。我曾多次观察到,我以第二性格出现时,我的官能似乎特别敏锐,我的情绪也更有弹性;因此,万一出现某个紧要关头,杰基尔可能顶不住垮下来,海德却能起来应付。我的药在我的密室的一只柜子里,我怎么能去拿呢?这是我双手紧按太阳穴必须解决的问题。实验室的门给我关闭了。如果我试图从前门进去,我自己的仆人准会把我送上绞架。我看必须假手于人,于是脑筋动到兰年头上。怎样和他联系呢?怎样说服他呢?就算我在街上不致被抓起来,我又怎能去同他见面呢?像我这样一个他既不认识、又不欢迎的客人,又怎能诱使一位著名的医生去搜他的同行杰基尔博士的密室呢?这时我想起我本来的身份并不是什么也没有给我留下:我可以用自己的字体书写。这个念头的火花刚一闪起,我该走的一条路,便从头到底都被照亮了。

　　于是,我尽可能把我的衣服弄得像样些,雇了一辆路过的出租马车前往波特兰街的一座旅馆(那地方的名字是我偶然想起的)。赶车的看到我的模样可乐了(那确实是够滑稽的,尽管这身衣服遮盖着多么悲惨的厄运),想掩饰也掩饰不住。我在一阵疯狂的暴怒中面对着他把牙齿咬得格格响,笑意顿时从他脸上消失。也算他运气,而我更是运气,因为只差一眨眼的工夫我就会把他从高高的御者座上拉下来。到了目的地,我走进旅馆,那副横眉怒目的神态吓得侍者们直哆嗦;当着我的面,他们不敢互相交换一下眼色，只是巴结地听候我的吩咐，把我引进一个单间，给我拿来了纸笔。生命处于危险中的海德对我说来是一个陌生的人物：他被无节制的狂怒震撼着，神经紧张到随时会杀人，千方百计给别人制造痛苦。然而这家伙是个机灵鬼，他以极大的意志力按捺住怒火，写了两封重要的信：一封给兰年；一封给普尔。为了取得确已付邮的凭据，他吩咐把这两封信挂号寄出。

　　从那时起，他整个白天都坐在单间里烤火，咬他的指甲。他独自心怀鬼胎在那里吃了晚饭，侍者在他面前显然颇为胆怯。等到夜色已浓，他从那边出发，缩在窗门紧闭的出租马车的一角，叫车夫载着他在伦敦的大街小巷里转来转去。我总是说"他"，不能说"我"。那个地狱的产儿没有半点人性；他身上除了恐惧和仇恨什么都没有。最后，他估量马车夫已开始起了疑心，便下车冒险步行，混在夜晚的行人中间，穿着不合身的服装，注定了会引人注目，而那两种卑下的情感则一直在他胸中如恶浪翻腾。他在风声鹤唳中走得很快，一边自言自语，鬼鬼祟祟地经过一些行人较少的路径，计算着到午夜十二点还剩多少时间。一次，有个妇人同他搭话，大概向他兜售一盒火柴。他重重地打了她一巴掌，吓得她拔腿就跑。

　　当我在兰年那里恢复原形的时候，我那位老朋友的骇遽之状也许使我有点心动，反正我也说不上是怎么回事。但这至少又在我回顾那一段经历时所感到的无限憎恶中添了一滴。我感到心情起了变化。现在折磨着我的事情不再是怕上绞架，而是怕做海德。我遭兰年的谴责时一半似在梦中，我就这样迷离恍惚地回到自己家里上床睡觉。经过这一天的疲劳之后，我睡得酣畅极了，甚至老是缠住我的梦魇也不能把我惊醒。早晨醒来，我感到好像被着力地抖过一番，疲软不堪，但精神振作。一想到那只睡在我体内的野兽，我依然又恨又怕。我当然没有忘记隔天那些惊心动魄的险象，但我又回到了自己家里，药物就在手边。逃脱厄运的感恩心情在我灵魂深处照耀得如此明亮，几乎可与灿烂的希望交相辉映。

　　早餐后，我徐步穿过院子，津津有味地饮吸着清冷的空气，忽然我又被预报即将起变化的那些难以描述的感觉牢牢抓住。我只来得及躲进我的密室，海德的欲念已再次像暴风雪一般向我发动冲击。这一回我服用了加倍的剂量使自己复原。可是，——我的天！——六小时以后，当我忧郁地坐着凝望炉火时，剧痛又发作了，我不得不重新服药。总之，从那天起，我好像全靠使出做体操那样的猛劲，全靠必要时立即用药物刺激，才能维持杰基尔的模样。在白天黑夜的任何时候，我都可能遭到作为前驱征兆的震颤的袭击。最可怕的是：如果我睡着了，或者只是在椅子上打一个盹，醒来时一定变成海德。处在这种时时刻刻悬在头上的厄运威胁下，由于我不准自己入睡超过了人所能忍受的限度，我本人变成了一条被高度的紧张耗尽精力的可怜虫，身心两方面都虚弱不堪，唯一盘踞在头脑里的便是对我那另一个自己的恐惧。但是当我睡着或者药效逐渐消失的时候，我几乎无须过渡（因为变形的痛苦已一天天愈来愈不明显），便能一跃而获致充斥着恐怖幻影的想象、翻腾着无名仇恨的灵魂和单薄得仿佛装不下如此凶猛的生命力的躯壳。海德的机能似乎随着杰基尔的健康恶化而增加了。如今他们互相憎恨的程度确实可说不相上下。在杰基尔这方面，这是性命攸关的本能反映。现在他看到了这个与他共有某些知觉直要到生命告终的家伙的丑恶嘴脸。正是这些共同的纽带本身组成了他的不幸中最不幸的部分；如果撇开这些，他把海德不仅看作某种邪恶的东西，还看作是某种无机物，尽管它有着旺盛的生命力。试想，坑洼里的稠泥仿佛在发出呼喊和人声，飘扬的尘土会做手势和坏事，没有生命的，纯属虚无的死东西要僭夺生命的职司，那该有多可怕。还有，那种来势凶猛的恐怖和他结下了比妻子、比眼睛对自己更密切的不解之缘。那东西被关在他的肉体的牢笼中，他听到它在里边抱怨，感觉到它在挣扎着要求出世。每当他精力衰竭的时刻，那东西确信他睡着了，就起来压倒他，把他赶下台。海德对杰基尔的憎恨则属于另一种性质。海德对绞架的恐惧驱使着他不断地实行暂时的自杀，回到他作为一个部分而不是作为一个人的无奈境地。但他讨厌这种必要，讨厌杰基尔如今陷入的沮丧状态，对于自己受到的冷遇极为不满。因此，他不时对我要那种猿猴学样的把戏：摹仿我的笔迹在我的书页上乱涂亵渎的字句，烧我的信，毁坏我父亲的像。要不是怕死，他早已毁灭他自己，好拖着我与他同归于尽。但他对生的欲望是惊人的。更有甚者，虽则我一想起他就恶心，就发冷，然而，当我回忆起他是那样卑怯、那样强烈地怕死贪生的时候，当我知道他是多么害怕我能通过自杀把他甩掉的时候，我发现自己内心深处对他却怀着怜悯。

把这番描述拉长也无益，何况时间逼得我愈来愈紧。没有一个人忍受过这样的酷刑，但愿到此为止吧。然而，纵使是这样的酷刑，熬惯了也会——不，不是减轻痛苦——也会使灵魂麻木不仁，乖乖地认命。我的惩罚本来也许会经年累月地持续下去，但最近发生的灾难使我和自己的面貌、本性终于彻底分离。我配药用的那种盐类，从第一次做试验时起一直未加补充，存货已渐渐告罄。我派人去买了一批，用来配药。气泡泛起来了，颜色只变了一次，没有再变第二次。我把它喝下去，结果不起作用。你可以从普尔那里了解，我派他把全伦敦都跑遍了，还是觅不到原来那批货。现在我已确信，我用的第一批货成分不纯，而恰恰是那种我所不知道的杂质才使药剂有此功效。

将近一个星期过去了，此刻我正在利用最后一点老药粉的效力结束我的交代。我不能耽搁太久，免得交代来不及写完，因为到目前为止，我写的交代之所以能免于被毁，那是高度的谨慎和极大的侥幸所致。设若变形的剧痛正好赶上我写这份东西的时候发作，海德不把它撕成碎片才怪呢。但是，如果我能早一点把这份东西放好，那么，他的惊人的自私和短视也许能使我的交代再次逃脱被胡乱涂鸦的厄运。的确，正在向我们两个步步迫近的劫数已使他变样并把他压垮。半小时以后，当我再一次、也是一去不复返地变成我所深恶痛绝的那个人时，我知道我将坐在我的椅子上发抖、哭泣，或者在这间屋子里（我在尘世的最后一处栖身之所）不断地走来走去，对任何可能孕育着危险的声音都要侧耳静听，一边提心吊胆，失魂落魄。海德会不会死在绞刑架上？他有没有勇气在最后一分钟让自己得到解脱？只有上帝知道，我可管不了。现在是我真正的死亡时刻，此后的事情已与我无涉。好了，我这就搁笔，然后把我的供状密封起来，以此了结那个不幸的亨利·杰基尔的一生。

月亮和六便士 〔英〕毛姆 著 傅惟慈 译
老人与海 〔美〕海明威 著 吴劳 等译
罗生门 〔日〕芥川龙之介 著 林少华 译
茶花女 〔法〕小仲马 著 王振孙 译
我是猫 〔日〕夏目漱石 著 刘振瀛 译
变形记 〔奥〕卡夫卡 著 张荣昌 译
瓦尔登湖 〔美〕梭罗 著 潘庆舲 译
一九八四 〔英〕奥威尔 著 董乐山 译
傲慢与偏见 〔英〕奥斯丁 著 王科一 译
情人 〔法〕杜拉斯 著 王道乾 译
猎人笔记 〔俄〕屠格涅夫 著 冯春 译
局外人 〔法〕加缪 著 柳鸣九 译
爱的教育 〔意〕亚米契斯 著 储蕾 译
蝇王 〔英〕戈尔丁 著 龚志成 译
红与黑 〔法〕司汤达 著 郝运 译
简·爱 〔英〕夏洛蒂·勃朗特 著 祝庆英 译
巴黎圣母院 〔法〕雨果 著 管震湖 译
雾都孤儿 〔英〕狄更斯 著 荣如德 译
基督山伯爵 ㊤㊦ 〔法〕大仲马 著 韩沪麟 周克希 译
安娜·卡列尼娜 ㊤㊦ 〔俄〕托尔斯泰 著 高惠群 等译
少年维特的烦恼 〔德〕歌德 著 侯浚吉 译
海底两万里 〔法〕凡尔纳 著 杨松河 译
罪与罚 〔俄〕陀思妥耶夫斯基 著 岳麟 译
了不起的盖茨比 〔美〕菲茨杰拉德 著 巫宁坤 等译
包法利夫人 〔法〕福楼拜 著 周克希 译
格列佛游记 〔英〕斯威夫特 著 孙予 译
金银岛·化身博士 〔英〕斯蒂文森 著 荣如德 译
小王子 〔法〕圣埃克絮佩里 著 周克希 译
浮士德 〔德〕歌德 著 钱春绮 译
鲁滨孙历险记 〔英〕笛福 著 黄杲炘 译
悉达多 〔德〕黑塞 著 张佩芬 译
福尔摩斯探案精选 〔英〕柯南·道尔 著 梅绍武 屠珍 译
乱世佳人 ㊤㊦ 〔美〕米切尔 著 陈良廷 等译
最后一片叶子 〔美〕欧·亨利 著 黄源深 译
泰戈尔诗选 〔印〕泰戈尔 著 吴岩 译
牛虻 〔爱尔兰〕伏尼契 著 蔡慧 译
动物农场 〔英〕奥威尔 著 荣如德 译
荷马史诗：伊利亚特·奥德赛 ㊤㊦ 〔古希腊〕荷马 著 陈中梅 译
莎士比亚四大悲剧 〔英〕莎士比亚 著 孙大雨 译
呼啸山庄 〔英〕艾米莉·勃朗特 著 方平 译